KB253492

적포용왕

김운영 新무협 판타지 소설

FANTASTIC ORIENTAL HEROES

赤布龍王

적포용왕 3

김운영 新무협 판타지 소설

초판 1쇄 찍은 날 § 2008년 5월 8일
초판 1쇄 펴낸 날 § 2008년 5월 16일

지은이 § 김운영
펴낸이 § 서경석

편집장 § 문혜영
편집책임 § 최하나

펴낸곳 § 도서출판 청어람
등록번호 § 제1081-1-89호
등록일자 § 1999. 5. 31
어람번호 § 제2-1484호

주소 § 경기도 부천시 원미구 심곡1동 350-1 남성B/D 3F (우) 420-011
전화 § 032-656-4452 팩스 § 032-656-4453
http://www.chungeoram.com
E-mail § eoram99@chollian.net

ⓒ 김운영, 2008

ISBN 978-89-251-1311-1 04810
ISBN 978-89-251-1249-7 (세트)

※ 파본은 구입하신 서점에서 교환하여 드립니다.
※ 저자와 협의하여 인지를 붙이지 않습니다.
※ 이 책은 도서출판 청어람과 저작자의 계약에 의해 출판된 것이므로,
　무단 전재 및 유포·공유를 금합니다.

김운영 新 무협 판타지 소설
FANTASTIC ORIENTAL HEROES

적포지심(赤布之心)

적포용왕

赤布龍王

3

청어람
서출판

第一章
흑풍백요(黑風白妖)

布
赤
龍
王

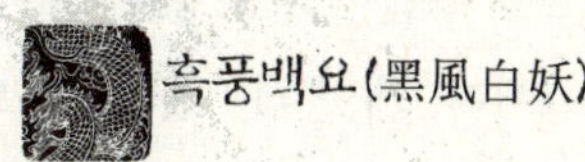
흑풍백요(黑風白妖)

　　—어떤 사람은 복을 받아 기뻐하지만 다른 사람은 그것이 슬픈 경우도 있는 법이다. 이렇듯 화와 복은 상대적인 것. 남의 복이 곧 내 복이라고는 장담할 수 없다.

"아직 멀었냐?"
"아, 죄송해요. 다 끝나가요."
　설옥은 바쁘게 손을 움직이다가 죄송한 표정을 지으며 적포천존 쪽을 돌아보며 대답했다.
　'흐음, 옷가지에 식량, 솥과 냄비에 그릇까지?

　설옥이 짐을 싸는 모습을 슬쩍 넘겨다본 적포천존은 속으로 고개를 설레설레 저었으나 딱히 다른 말은 하지 않았다. 보통 무인이 강호행을 할 때는 옷가지와 건량 정도를 챙기는 법이다. 개인 식기를 가지고 다니는 사람도 가끔 있긴 하지만 그다지 흔하지 않다.

　'저렇게 가져가면 다니면서도 제대로 된 식사를 할 수 있겠군.'

　움직임의 편의성만을 따지자면 말려야 할 일이나, 굳이 그럴 이유가 없다. 이미 적포천존의 실력은 생사를 위협받는 강호행을 할 수준이 아닌 것이다.

　설옥이 무공을 배웠다고 하지만 강호의 여인이라 하기엔 아직 무리가 있다. 그녀는 평범한 여인의 마음으로 집 밖에 나가 필요한 모든 것들을 차곡차곡 챙기는 중이었다. 거기에 남게 되는 강선도에게 필요한 것들까지 손에 닿기 쉽게 정리하는 것도 잊지 않았다.

　"늦어서 죄송해요. 이제 다 끝났어요."

　"으음……."

　적포천존이 돌아보니 과연 모든 짐을 하나로 꾸려 짊어진 설옥의 모습이 보였다. 그런데 그 짐 보따리가 얼마나 큰지 일반 장정의 반은 될 만한 부피였다.

　바짝 말랐던 전과는 달리 보기 좋을 정도로 살이 붙었다고는 하지만 여전히 가냘파 보이는 설옥이다. 그 여리여리한 몸 뒤에 짊어진 보따리는 당장이라도 그녀를 짓눌러 쓰러뜨릴 듯 거대해 보였다.

실제로 보따리의 무게를 따지자면 보이는 모습은 약과라 할 수 있다. 취사를 하기 위한 모든 도구에는 무식할 정도의 무게를 지닌 무쇠 솥도 종류별로 몇 개나 된다.

그걸 겹겹이 포개어 넣었으니, 짐 전체의 무게는 설옥의 몸 무게의 배는 되고도 남았다.

설옥은 적포천존의 반응에 자신이 뭘 잘못했나 하며 고개 를 갸웃거렸다.

'혹시 빼먹은 게 따로 있을까? 여행 경비가 될 금은자도 넉 넉히 챙겼는데……'

조심스럽게 적포천존의 의중을 살펴도 무엇이 잘못되었는 지 알 수 없었다. 결국 설옥이 입을 열어 물으려는 순간 적포 천존의 입이 열렸다.

"들어줄까?"

설옥은 사부의 말에 말도 안 된다는 표정을 지으며 머리를 세차게 흔들었다.

"아니, 아니에요. 제가 충분히 들 수 있는걸요."

이미 설옥은 보통 여인이 아니다. 실제로 그녀의 내공을 생 각하면 지금의 몇 배의 무게라 하더라도 별문제가 없다.

물론 그녀를 가르친 적포천존 또한 당연히 아는 사실이다. 단지 눈에 보이는 설옥의 모습이 너무 안쓰러워 불쑥 튀어나온 말이었다.

설옥은 가벼운 발걸음으로 사부의 바로 뒤까지 다가가 섰다. 전혀 힘들어하는 기색이 없는 모습을 확인한 적포천존은 고개를 끄덕이고는 별다른 말 없이 발걸음을 떼기 시작했다.

설옥은 얼른 뒤쪽을 향해 공손히 머리를 숙이며 인사했다.

"그럼 다녀오겠습니다, 아버님."

"그래, 몸조심하거라. 어르신도 잘 다녀오십시오."

두 사람을 배웅하기 위해 서 있던 강선도는 설옥의 인사를 받고 적포천존을 향해 인사를 올렸다.

"흠흠……."

이런 배웅에 익숙하지 않은 적포천존은 그저 헛기침 몇 번으로 인사를 대신하고 빠른 걸음으로 절곡을 나섰다. 그의 뒤에는 나는 듯 날렵한 걸음걸이로 따르는 설옥이 있었다.

인적을 찾아보기 힘든 산속을 벗어나자 드문드문 인가가 보였고, 가끔씩 사람들과 마주치기도 했다.

그런데 이 두 사람의 모습을 본 사람들의 반응이 심상치 않았다. 앞장선 적포천존을 먼저 본 이들은 행여 시선이 마주칠까 무서운 듯 고개를 숙이고 눈을 내리깔고는 슬금슬금 길을 비켜선다. 그러다가 그들의 시선이 설옥에 닿으면 안타까운 눈빛이 되었다가 한숨을 쉬며 고개를 돌리는 것이다.

원래 적포천존은 다른 사람이 어찌 보든 전혀 신경 쓰는 성격이 아니다. 거기에 무림에서 일명 '자연재해'로 명명받은 후로 그를 만나는 이들의 반응은 저반 지금과 다를 바가 없었기에 더더욱 당연하게 여겼다.

설옥은 설옥대로 사부를 본 이들이 겁에 질린 모습으로 길을 피하는 것을 보며 속으로 당연하게 생각했다.

그녀가 보기에도 적포천존의 지금 모습은 그림에 나오는 장비, 더 쉽게 말하자면 산적두목의 행색과 크게 다를 바 없었다. 하지만 그녀는 자신의 뒷모습에 따라오는 안타까운 시선은 미처 못 봤다.

이 둘의 모습이 충분히 멀어져 보이지 않게 되자 길을 비켜섰던 화전민 남자가 길바닥에 침을 뱉으며 분노의 일성을 토했다.

"퉤! 저런 나쁜 놈이 있나!"

"그러게 말일세. 아무리 흑도의 마두라 해도 저리 연약한 미인을 혹사하다니, 크으!"

함께 일을 나섰던 동료도 가슴을 탕탕 두드리며 한탄을 했다. 그러자 먼저 입을 열었던 남자는 친구를 위로하듯 어깨에 손을 올리고 말했다.

"아무리 마두라 해도 저런 모양으로 사천으로 들어갔다간 정파의 협사들이 가만두지 않을 걸세.”

“그렇겠지? 협의지심이 있는 무림의 고수라면 반드시 저 못된 놈을 혼내주고 그녀를 구해줄 거야.”

“암, 그렇고말고!”

자신들은 힘이 없어 하지 못하지만 무림인이라면 저들을 두고 볼 리 없다고 생각했다.

사실 적포천존의 모습은 설옥이 생각한 것보다 더 큰 의미가 있었다.

숱 많은 검은 머리를 위로 질끈 올려 묶었고, 검고 짙은 수염이 고슴도치처럼 사방을 향해 뻗은 모습만 보자면 말 그대로 산적두목의 형상이다. 거기에 힘깨나 쓰게 생긴 체격에 흑색 무복을 걸친 모습은 누가 봐도 흑도의 인물, 그것도 이름깨나 있을 듯한 마두라 볼만했다.

여기에 더욱 대비 효과를 주는 것이 바로 설옥이다. 수수한 백의 경장은 호리호리한 몸매에 더없이 잘 어울린다. 소박한 의상이 설옥의 아름다움을 오히려 돋보이게 하고 있었다.

남녀를 불문하고 한 번쯤 돌아보게 할 만한 미모. 거기에 검고 큰 눈동자에 가득한 것은 세상사를 모르는 듯한 순진함.

사실 이 둘이 함께 있는 것만으로도 흉악한 마두와 그에게 납치되거나 사로잡힌 순진무구한 절세미녀라는 결론이 저절로 내려진다.

물론 세상사는 겉모습으로는 알 수 없는 것, 좋게 생각해 볼 수도 있다. 하지만 그런 생각은 설옥의 몸으로 다 가려지지 않는 거대한 짐을 보는 순간 완전히 사라지고 만다.

덩치 좋은 장한은 빈 몸으로 편하게 가고, 그 뒤의 가녀린 미녀는 제 몸을 다 가릴 듯한 짐을 지고 따라가고 있다. 이 비정상적인 모습만 보아도 앞선 자의 성정이 결코 선하지 않다고 확신하게 되는 것이다.

결국 이들을 본 사람들이 내리는 결론은 대충 비슷했다.

한 성격 나쁜 흑도의 마두가 어쩌다가 초절정 미녀를 하나 납치해 하녀로 부리고 있다. 그런데 이놈의 흑도마두가 저런 미녀를 고이 감싸서 데리고 다니지 않고 막일에도 부려먹고 있는 것이다.

두 사람이 사천으로 들어서자 이러한 반응은 절정에 달했다.

"저, 저런 미녀를 아낄 줄도 모르는 놈!"

사람들은 두 주먹을 부르르 떨며 분해했다. 하지만 어쩔 수 없다. 저런 절세가인을 당당히 데리고 다닐 정도면 흑도마두의 실력이 꽤 뛰어날 것이기 때문이다.

그저 애처로운 미녀의 고생을 두 눈으로 보고도 힘이 없어 구할 용기를 내지 못하는 자신들을 원망했다.

그러나 세상에는 스스로 능력있다고 믿는 사람이 많고, 미녀를 위해서라면 목숨도 걸 수 있는 열혈남도 존재하는 법이다.

적포천존과 설옥이 열심히 걷고 있는데 누군가가 그들 앞을 막아섰다. 삼십대 중반의 화려한 청의 무복을 걸친 자였다.

"잠깐, 노형."

"노형?"

적포천존의 검고 진한 눈썹이 꿈틀거렸다. 그러나 한편으로는 내가 젊어지긴 젊어졌구나! 하는 생각이 들어 그리 나쁜 기분은 아니었다.

"뭐냐?"

적포천존은 최대한 부드럽게 대답했다.

하지만 말을 건 상대의 입장에서는 그건 결코 부드러운 대답이 아니었다. 분명히 말을 끊어 반말도 아니고 존대말도 아닌 말투를 썼고, 노형이라고 불렀으니 평대를 한 셈이다.

원래대로라면 '이놈, 너는 어디 산채의 잡귀인데 감히 하늘 무서운 줄 모르고 백주대로에 어깨를 펴고 다니는 거냐?' 하고 꾸짖어야 정상이 아닌가?

미녀를 앞에 두고 최대한 점잖게 보이려고 예의를 챙겼더니 오히려 상대가 연장자가 아랫사람 부리듯 자신을 대한다.

청의 무복의 사내는 지금까지 이런 모욕을 당해본 적이 없었다. 특히 이 거리는 그의 앞마당이나 마찬가지. 한눈에 그

가 누군지 알아보고 설설 기어야 정상인데 오히려 반말이라
니!

그의 눈에서 황당함과 분노의 감정이 같이 떠올랐다.

"뭐냐고? 허, 귀하는 눈에 보이는 게 없는 자로군. 어제는
재수가 좋아 멀쩡했다가도 오늘 재수가 없으면 그대로 길거
리에 피를 토하고 쓰러질 성격이야."

빡!

"커억."

어떻게 때렸는지 보이지도 않았다. 설옥은 속으로 탄성을
질렀다.

말을 하던 상대가 입과 코에서 피를 흘리며 일 장이나 위로
떠올랐다가 땅에 철푸덕 하고 떨어졌다. 이미 의식이 몸에서
외출했는지 그저 조건반사적으로 몸을 한차례 부르르 떨 뿐
이다.

"큿, 갑자기 뭔 헛소리냐?"

적포천존은 이미 '귀하'에서 기분이 상했지만 그래도 상
대의 말을 끝까지 들어주었다.

'이것만 봐도 내가 얼마나 정신수양을 많이 했는지 알 수
있지. 암.'

적포천존은 스스로에게 감탄하여 속으로 자화자찬을 하고
는 설옥을 향해 입을 열었다.

"가자."

"예."

둘은 걸음을 계속 옮겼다.

"그런데 저놈이 왜 우릴 막은 거지? 넌 아냐?"

문득 호기심이 일어난 듯 적포천존이 설옥에게 물었다. 물론 설옥이 그 이유를 알 리가 없다. 사실 일이 났던 시점부터 궁금하던 참이다.

"아뇨, 전혀 모르겠어요. 다시 가서 깨워 물어볼까요?"

"됐다. 갈 길이 얼마나 먼데, 그런 거까지 신경을 쓰다 보면 올해 안에 항주에 못 도착한다."

"예."

사부의 말에 설옥은 고개를 끄덕이곤 열심히 발걸음을 재촉했다. 사천 성도와 절강 항주는 중원의 서쪽 끝과 동쪽 끝이라 할 수 있다. 소소한 호기심으로 강진을 만나는 일이 늦추어지는 것은 절대 그녀가 바라는 바가 아니었다.

그런데 잠시 후, 적포천존은 걸음을 멈추고 미간을 찡그렸다.

"그러고 보니 그놈 복장에 당문의 표식이 있었구나."

"당문이요? 저번에 시아버님께서 말씀해 주신 암기와 독을 잘 쓰는 문파 말인가요?"

설옥은 원래 무림과 관계가 없던 사람인만큼 구대문파나

오대세가에 대한 것도 몰랐었다. 그래서 강선도는 설옥에게 틈틈이 강호의 상식에 대해 이야기해 주었다. 더불어 적포천 존은 강진과 설옥에게 그가 지금까지 보아온 특색있는 여러 무인들에 대해 말해주기도 했다.

당문의 특징을 떠올린 설옥이 살짝 근심스러운 표정을 지으며 말을 이었다.

"그럼 주변에서 느껴지는 이 기운은 역시 사람들이 우리를 노린다는 의미인가요?"

"감이 뛰어나구나. 지금 포위망을 치고 있다."

적포천존은 혀를 끌끌 찼다. 그러면서 혼잣말로 중얼거렸다.

"이것들이 아직까지 변한 게 하나도 없네. 에잉……."

"그냥 경공술로 벗어나면 안 될까요?"

"왜? 우리가 잘못한 게 있더냐?"

"없죠. 그래도 사부님께서 귀찮아하시는 거 같아서요."

"아무리 귀찮아도 남의 비웃음을 사는 것보다는 낫다."

"예."

적포천존의 성질에 남이 걸어오는 싸움을 피할 리가 없다. 저쪽에서 시비를 걸지 않아도 기분 나쁘면 이쪽에서 걸고도 남을 성격.

설옥은 마음을 비우고 걸음을 옮기면서 조금씩 내공을 끌어올렸다.

적포천존이 말했다.

"넌 짐도 있으니 싸우지 말고 좀 떨어져 있어라. 금방 끝날 거다."

"그럴게요."

그렇게 즉석 작전회의가 끝나고 조금 있으니, 어느새 길거리에 지나가는 사람 하나 없고 앞쪽에 세 사람이 나와 길을 막고 섰다.

성도의 대로 한가운데를 막고 일을 벌일 수 있다니 과연 사천은 그들의 영역이라 할 만하다. 표정부터가 오만함으로 가득 차 있고, 적포천존 보기를 길가의 벌레 보듯 했다. 언제든지 밟아 죽일 수 있다는 자신감이 얼굴에 역력히 드러났다.

적포천존은 입꼬리를 올려 미소를 지으며 바라봤다.

"이런 분위기, 나쁘지 않군."

하도 오랜만이라 참신한 느낌이 들었다. 마치 젊었을 때의 기분으로 되돌아간 기분이었다.

그에게도 하수였던 시절이 있었다. 내일을 기약할 수 없는 약관의 낭인무사 중 한 명이 바로 그였다. 타고난 재능과 싸움 감각으로 제법 명성을 얻었지만, 상승의 무공이 없어 고생을 했다. 고수를 만나면 상처를 입고, 다수의 적을 만나면 도망도 쳤다.

하지만 그 당시의 적포천존을 가장 괴롭혔던 것은 적이 아니었다. 바로 고용주였다.

각 지역의 대소문파들은 분쟁이 날 때마다 그들을 고용했지만 별로 좋은 대접은 못 받았다. 원래 낭인은 언제 떨어질지 모르는 꽃잎과 같은 존재이고, 그 위에 적포천존은 대인관계용 처세술이 그다지 좋지 않았기 때문이다.

그래서 적포천존은 문파나 세가에 대해 쌓인 게 많았다. 그게 정파든 사파든 대동소이하게 싫어했다.

특히 실력도 없는 것들이 자기 앞마당이라고 깽깽대는 하룻강아지 족속과 자기가 불리할 때에는 비굴하게 변명만 앞세우고, 유리할 때에는 거만하게 심판관의 위치로 올라가는 쥐새끼 족속들은 보기만 해도 화가 치밀었다.

전자는 상대의 강함을 알아보지 못하는 죄로, 후자는 그냥 괘씸죄로 트집을 잡아 손을 써왔다.

그 외에 특이한 수법을 지닌 자와 제법 강한 무인들하고도 싸우기는 했지만 그런 대상에게는 딱히 화가 난 것이 아니라 그저 가볍게 운동을 했을 뿐이다.

당하는 상대에게는 별 차이가 없게 느껴졌을 테지만 적포천존은 분명하게 구분하여 태도를 달리했다.

그의 기억 속 당문은 겉으로는 정파라고 주장하지만 실제로는 정사 중간의 속성을 지니고 있는 곳이다. 독이 묻은 암기를 자랑스레 쓰면서 무슨 놈의 정파인가?

그리고 그들은 혈족의 단결력이 강하고 절대로 원한을 잊지 않는다고 주장한다. 그래서인지 과거 무림공적으로 몰렸을 때, 당문과는 큰 원한이 없었는데도 불구하고 가장 지독하게 손을 써왔다.

그것도 꼭 다른 자들과 같이 손을 써서 뒤에서 암기를 쓰다가 불리해지면 가장 먼저 도망가는 놈들이었다. 그 기민함은 흑도의 일류방파도 부러워할 정도다. 그야말로 실리주의!

그러다가 제대로 열받은 적포천존의 방문 한 번에 당문의 전력 중 절반 정도가 우르르 무너졌다.

신기하게도 그 이후로 당문은 무림공적 적포천존의 협공에 참여하지 않았다. 무너진 세가의 복구를 핑계로 적포천존과 마주쳐도 고개를 숙이고 물러섰다. 대문파 중 적포천존에게 시달린 곳이 그들만은 아닐진대, 가장 먼저 물러난 셈이다.

그걸로 '복수는 절대 잊지 않는다' 는 그들의 주장은 다 허풍임이 드러났다. 무림의 웃음거리가 되었다. 그 불명예를 씻기 위해 당문은 십 년이 넘게 죽어라 고생을 했다.

당시 적포천존은 당씨세가를 이렇게 평했다.

　―이기는 싸움밖에 못하는 놈들.

그 평가가 지금 다시 기억났다. 삼십 년이 지나도, 그런 고난을 겪었어도 조금도 변하지 않았군.

불명예 때문에 고생을 할 때에는 그들도 필사적이었다. 적포천존은 그런 당문의 근성이 마음에 들어 더 이상 당문을 건드리지 않았다. 그런데 지난 이십여 년간 당문은 큰 적을 만나지 못했는지 다시 원래의 정신상태로 복귀한 모양이다.

"그래, 그것도 다 전통이겠지. 클클클."

적포천존은 한 걸음 앞으로 나아가며 목을 좌우로 까닥거려 근육을 풀었다. 무림 최고고수의 풍모는 전혀 보이지 않고 그저 길거리 왈패의 건들거림이 자연스럽게 표현되었다.

설옥은 생각했다.

'후우, 사부님께서는 신분을 숨기실 생각이시구나.'

그녀가 생각하기에 적포천존이 신분을 밝히면 만사가 해결될 것 같았다. 그런데 지금 분위기로 보아 적포천존은 즐기고 있었다.

'어쩌면 이번뿐만 아니라 계속 정체를 숨기실 생각이신지도 몰라. 앞으로 고생 좀 하겠구나.'

한숨이 저절로 나왔다. 그러나 제자인 그녀가 적포천존의 취미 생활을 뭐라고 할 수는 없었다.

적포천존은 두 손을 포개 쥐어 두두둑 하고 손가락을 꺾었다. 내공은 전혀 끌어올리지 않고 있었다.

'호호호. 생각해 보니 적포문의 무공을 익히고 처음 나와서 명성을 쌓기 전까지가 가장 격렬하고 재미있었지!'

십여 년간 무림의 공적으로 지목되어 잠 한숨 안심하고 잘 수 없었던 그 시기!

밥을 먹다가도, 볼일을 보다가도 싸워야 했다. 당시에는 힘도 들고 괴롭게 느껴지기도 했지만 지금 생각해 보면 그때가 그의 인생의 황금기였다.

다시는 돌아갈 수 없으리라 생각하고 있었는데 운명은 그에게 젊음을 되돌려 주었다.

"새 술은 새 포대에 담는 법. 다시 한 번 명성을 쌓아보자."

한 번 해봤으니 이번엔 더 재미있고 능숙하게 할 수 있을 거다. 적포천존은 마음을 독하게 먹었다.

첫 제물은 너희다. 타락당문!

결심이 섰으니 이제 남은 건 행동뿐, 형식적인 대화도 필요 없었다.

물론 이런 결심을 당문의 사람들이 알 리가 없다. 오히려 그들에겐 한마디의 대화가 필수적인 상황이라 할 수 있었다.

비록 모습은 안 보이지만 많은 이들이 건물 안에 숨어 숨죽인 채 지켜보고 있을 것이다. 늘 그랬듯이 당문의 멋진 모습을 보여야 한다고 그들은 생각했다.

적포천존이 과거를 회상하며 결심을 굳히는 동안 당문에서 나온 세 사람은 서로 눈빛을 주고받았다. 그리고 당연한 수순으로 그중 한 사람이 앞으로 나서서 당당하게 외쳤다.

"죽기 싫으면 순순히 네놈의 이름과 신분을 밝히고 우리를 따르라."

그 순간, 적포천존은 정면으로 몸을 날렸다.

슈우욱—

빨랐다! 잔상이 생길 정도.

말을 하던 자는 놀라 급히 뒤로 물러나고, 좌우에 있던 이들은 소매 속의 주머니에서 독모래를 한 움큼 쥐어 뿌렸다. 당가가 명성을 떨치는 데 결정적인 역할을 한 독문암기로, 피부에 닿기만 해도 중독이 된다.

그들은 생각보다 빠른 상대의 몸놀림에 급박함을 느끼곤 처음부터 절기를 드러낸 것이다.

좌악—

독모래는 적포천존을 향해 뿌려진 게 아니라 허공에 막을 형성하며 뿌려졌다. 마치 그물을 쳐서 새가 날아오다 스스로 걸리게 하는 이치다.

그러나 적포천존은 그처럼 빠르게 움직이면서도 언제든지 멈출 수 있고, 또 다른 행동도 가능하다. 그라면 안 되는 게 이상할 정도다.

파파파팍!

적포천존의 양팔이 풍차처럼 돌아갔다. 그 기세가 바람을 일으켰다. 무복이 아닌 장삼이었다면 소맷자락이 길어 더욱 볼만했을 테지만 무복으로도 독모래를 튕겨 날릴 정도는 되었다.

물러났던 자가 외쳤다.

"임기응변이 뛰어난 자다. 내공을 써서 던져라!"

독모래에 내공을 실어 앞으로 좁게 뿌리면 웬만한 천은 뚫고 들어가는 것은 물론이고 바람에도 날리지 않는다. 피부에 닿기만 하면 중독이 되는 암기니 적중만 되면 끝이다.

두 사람은 그 명령에 즉각 반응했다. 그러나 그때, 적포천존이 발로 땅을 탁! 하고 튕기니 이형환위란 말처럼 잔상을 남기며 순식간에 그들 사이를 뚫고 지나쳤다.

일차 표적은 뒤에서 입만 떠벌이는 놈.

퍽!

주먹으로 배를 치니 상대의 몸이 절반으로 접히며 뒤로 튕겼다. 입에서는 피와 위액을 같이 토해내고 있었다.

머리를 맞으면 핑 돌며 의식이 흔들리지만, 배를 맞으면 내장이 뒤틀리는 지옥의 고통에 휩싸인다. 날아가 쓰러진 자는 접혀진 자세 그대로 굼벵이처럼 꿈틀댔다.

“이놈!”

두 무사가 호통을 치며 몸을 돌렸다. 그 회전력으로 다시 암기를 뿌리는 것이 과연 당문이란 소리가 나올 만했다.

“반말 들을 각오는 했지만 막상 들으니 기분이 더럽네.”

적포천존은 신경질적으로 중얼거리며 바닥에 주저앉듯 몸을 낮췄다. 그리고는 땅을 긁듯이 다리를 크게 회전시켜 두 사람의 발목을 동시에 걸어찼다.

파팍!

“아아악!”

발목이 부러지면 치료하기가 쉽지 않다. 고통은 말할 것도 없다.

허공에 붕 떴다가 엉덩이부터 땅에 떨어진 자들은 이상한 방향으로 휘어진 발목을 부여잡고 비명을 질러댔다. 엉덩이도 아팠지만 더 큰 고통에 그쪽을 신경 쓸 여유가 없었다.

“감촉 좋고.”

적포천존은 웃으며 고개를 끄덕였다. 모처럼 고급 무공을 전혀 쓰지 않고 체술만으로 사람을 패니 기분이 상쾌했다.

“당분간 이걸로 가자. 역시 애들은 눈높이에 맞춰 지도해 줘야 배우는 놈들도 어떻게 당했는지 이해를 하겠지.”

적포천존은 지금의 이 상황을 자신이 무림의 후학들에게 가르침을 베푸는 거라 생각하기로 했다. 그러니까 실전수련을 좀 빡세게 하는 셈이니 부상은 각오해야 되는 것이다.

"쳐라!"

배를 맞고 땅에 쓰러졌던 자가 그 자세 그대로 소리를 질렀다. 고통을 참고 억지로 외쳤는지 거의 찢어지는 목소리였다.

순간 사방에 포위망을 형성한 채 숨어 있던 매복조가 동시에 모습을 드러내며 저마다 암기를 던졌다.

한 번에 수십 개의 암기가 화망을 구축하듯 날아오니 만천화우가 따로 없었다.

적포천존은 킁, 하고 코웃음을 치며 발목 부러진 두 놈을 잡아 몸의 좌우를 막았다. 그리고는 한 바퀴 휘익 몸을 돌려 사람으로 암기를 받아냈다.

파파팍.

"아아악!"

졸지에 방패가 된 두 사람은 처절한 비명을 질렀다. 이에 적포천존은 혀를 차며 중얼거렸다.

"엄살은… 이놈들아, 안 죽어. 해독은 알아서 해야겠지만."

암기 중에는 살을 찢고 뼈를 부수는 것도 있지만 그들의 상처는 의외로 얕았다.

적포천존은 사람으로 암기를 막은 것이 아니라 쳐낸 것이다. 여제자가 보는 앞에서 대량살상을 할 마음은 없었다. 더군다나 설옥은 실전을 처음 경험하는 거라 피가 너무 많이 튀면 놀라서 실수할지도 모른다.

천천히 구경을 시키고, 나중에 적당한 놈들로 한두 번 붙여 주어 첫 실전을 경험하게 해줄 생각이었다.

"내가 이렇게 자상한 사부지."

적포천존은 이 계획이 마음에 들어 흡족한 웃음과 함께 뛰었다. 그는 끝까지 명령을 내린 놈에게로 가 배를 밟고 매복조 중 한 무리가 있는 지붕 위로 뛰어올랐다.

"끄윽!"

내장이 눌리는 고통에 결국 지휘자는 의식을 잃고 말았다.

이제 남은 것은 아무래도 무공이 떨어지는 매복조들뿐. 원래 그들의 임무는 적포천존이 세 사람을 피해 다른 곳으로 도망가려 할 때 저지하는 것이었기에 일이 이렇게 되자 싸울 수 있는 투지를 잃었다.

그러나 도망갈 수는 없다. 당문에 속한 자가 지휘자를 버리고 임의로 후퇴한다면 무조건 처형의 대상이 된다. 죽어도 지휘자를 구출하거나 시체라도 업고 뛰어야 하는 것이다.

매복조 중 선임자인 조달평이 외쳤다.

"다 덤벼들어! 오조는 세 분을 구하고, 일조는 저 여자를 잡아!"

"아랫것들이 더 쓸 만하네."

적절한 작전이다. 적포천존은 나름대로 평가를 하며 걸리는 놈들을 닥치는 대로 때려눕혔다. 설옥 쪽으로 세 명이 달려드는 것을 보았지만 별로 걱정하지 않았다.

방금 정리한 일급 실전 무사인 자청기수 세 놈이라면 혹시 모를까, 하급무사들로는 절대 설옥에게 안 된다. 적포천존은 그렇게 약하게 제자를 기르지 않았다. 어떻게든 처리할 거라고 믿었다.

하지만 설옥은 적지 않게 당황하고 있었다. 피가 튀는 건 오히려 괜찮았다. 문제는 쌍검술을 수련한 그녀의 양손이 등에 멘 짐을 잡아 지탱하고 있다는 것이다.

슈슈슉―

사람이 오기 전에 암기가 먼저 날아왔다. 작은 우모침인데, 독이 묻어 있는 듯했다. 맞으면 즉사는 아니어도 적의 수중에 생명을 맡기는 셈이 된다.

"에잇."

설옥은 급한 김에 몸을 빙글 돌려 봇짐으로 암기를 막았다. 그리고는 내친김에 한 바퀴를 더 돌아 원심력을 강하게 했다.

"받아요!"

설옥은 일 장 앞으로 다가온 세 명의 남자들 중 왼쪽에 있는 자에게 봇짐을 던졌다. 설옥의 몸만 한 짐이 휙 하고 날아갔다. 던지는 시점이 오묘하여 도저히 피할 수가 없었다.

"차앗!"

사내는 반사적으로 단도를 뽑아 짐을 베었다. 어차피 가녀린 체구의 여자가 들고 다니는 짐이니 부피만 클 뿐 옷가지가 대부분인 가벼운 짐이리라.

깡!

순간 단도가 봇짐 속의 철 냄비에 부딪쳤다. 다음 순간 사내는 날아온 짐에 얻어맞고 쓰러졌다. 짐이 퍽 하고 그의 몸 위로 떨어져 깔려 버린 것이다.

"아, 그냥 받기만 해야 되는데……. 안에는 깨지는 것도 있단 말이에요!"

설옥은 안타까운 목소리로 외쳤다.

무슨 남자가 이렇게 힘이 없을까? 무공을 수련한 사람이라면 이 정도는 받을 줄 알았는데. 아무래도 그릇 종류는 다 깨질 것 같았다. 하지만 안타까워할 여유는 없다.

설옥은 잽싸게 쌍검을 뽑아 들고 남은 두 명을 공격했다.

번쩍하는 검광과 함께 둘이 거의 동시에 쓰러졌다. 어깨와 다리를 찌르며 검에 내력을 주입하니 그것이 상대의 몸 안에 타고 들어갔다.

검이 떨리는 충격은 상대의 의식을 빼앗기에 충분했다. 건곤화령검의 묘리가 제대로 발휘되었다.

"저럴 수가!"

다른 무사들이 탄성을 질렀다.

하녀라고 생각했던 여자가 무공을 펼친 것도 놀라운데 일 초도 채 펼치지 않고 두 명을 처리한 것이다.

설옥은 얼른 봇짐을 다시 들어 등에 졌다. 그리고는 사방의 눈치를 보며 한쪽 구석으로 물러났다. 천성적으로 성격이 유순한 그녀였기에 싸우는 것을 즐기지 않았다.

그 모습에 당문의 무사들은 설옥이 한참 날뛰고 있는 자의 하녀가 아니라는 것을 알아보았다.

저 둘은 한패다!

그들은 거의 확신했다. 그리고 설옥이 겉보기처럼 십대 후반이나 이십대 초반이 아닌, 훨씬 더 나이가 들었다고 판단했다.

그들이 보기에 설옥의 솜씨나 적포천존의 솜씨나 그게 그 거였다. 오히려 깔끔하게 일초로 세 사람을 쓰러뜨린 설옥의 초식이 더 화려해 보였다.

이건 방년 처녀의 경지가 아니다. 그렇다면 주안공?

그렇게 생각하니 과연 설옥의 피부가 눈처럼 하얗고 얼굴 표정은 너무나 순진무구했다. 저런 표정을 지으며 사람 셋을 눈 깜짝할 사이에 해치우다니!

특히 매복조에게 명령을 내린 조달평은 설옥의 실력과 외모에 몸을 부르르 떨 정도로 놀랐다. 그의 머릿속 한구석에 있던 과거의 악몽이 다시 살아났다. 두 번 다시 기억하기 싫은, 그러나 절대로 잊지 못할 그날의 혈해난무!

조달평은 그때 스무 살이었다.

빙염마녀가 북해로부터 나타나 시산혈해를 만들며 사천북부지방까지 왔을 때, 당문과 아미파가 공동으로 빙염마녀를 상대하기로 했다.

조달평은 천라지망의 외곽을 맡은 황자조의 막내였는데, 놀랍게도 빙염마녀는 포위망을 뚫고 그곳까지 왔다.

빙염마녀가 나타난 그 순간, 그녀의 미모와 몸에서 풍기는 묘한 기운으로 인해 황자조의 무사들 전원이 얼이 빠져 싸울 생각도 하지 못했다. 그리고 빙염마녀는 아무것도 모르는 순박한 눈을 한 채 황자조의 무사들을 하나씩 격살하기 시작했다.

피가 튀자 그제야 놀라서 정신이 든 무사들이 대응을 하려 했지만 빙염마녀의 무공은 너무나도 고강하고, 또 손속이 잔인하여 결국 대부분이 죽고 말았다.

정작 그날 조달평이 빙염마녀로부터 받은 공포의 느낌은 그녀의 무공 때문이 아니었다. 그녀는 사람을 죽이면서도 슬퍼하거나 분노하거나, 혹은 흥분하지도 않았다. 그저 아무런 느낌 없이 숨을 쉬는 것처럼 거의 의식도 하지 않고 손을 쓰는 듯했다. 인간의 감정을 잃어버린 마녀는 그렇게 무서웠다.

그날 빙염마녀는 천라지망을 뚫었다. 아미파와 당문의 공동전선이 무위로 돌아간 것이다. 아무도 빙염마녀를 막을 수 없는 듯했다.

그러나 인생은 한 치 앞도 알 수 없고 하늘 위엔 또 다른 하늘, 즉 천외천이 있는 법이다.

빙염마녀는 재수없게 사천의 경계에서 무림의 절대재난 중 한 명인 적포천존을 만나 삼초 만에 패해 행방을 감췄다고 한다. 죽지는 않았지만 무공을 소실했다는 소문이 돌았고, 그 이후로 지금까지 모습을 드러내지 않았다.

아무튼 그날 구사일생으로 살아남은 조달평은 그 후 삼 년간이나 투지를 잃고 무공을 사용하지 못했다. 몸의 부상이 아닌 정신적인 충격으로 인해 거의 폐인이 될 뻔했다.

'닮았다!'

조달평은 약간 겁먹은 얼굴로 서 있는 설옥을 보고 속으로 중얼거렸다.

한 번 보면 얼굴을 돌려 시선을 외면하기 힘든 미모, 한없이 맑은 눈동자, 눈처럼 하얗지만 창백하지 않은 피부, 일초에 두 무사를 쓰러뜨리고도 언제 그랬냐는 듯 무심하게 서 있는 태도.

그녀는 흑의의 장한이 저처럼 무식하게 손을 쓰는데 긴장하거나 흥분하기는커녕 오히려 약간은 권태로운 시선으로 보고만 있었다. 그야말로 헤아릴 수 없는 수라장을 헤쳐 나온 사람이 아니라면 아예 감정이 없는 사람만이 저런 시선을 할 수 있을 터이다.

"비혼설녀공(悲魂雪女功)."

조달평의 입에서 빙염마녀의 독문무공이 튀어나왔다.

소수옥녀공(素手玉女功)과 함께 여성 전용의 양대마공 중 하나인 비혼설녀공이 틀림없다.

"비혼설녀공이라고? 조 형님, 확실합니까?"

옆에서 동료가 듣고 확인하듯 되물었다. 그의 목소리가 떨리고 있었다.

조달평은 혼을 빼앗긴 듯 설옥 쪽에 시선을 고정한 상태로 고개만 끄덕이며 대답했다. 말을 하는 중에도 그의 눈동자는 끊임없이 흔들리고 있었고 억양의 고저마저 느껴지지 않았다.

"백치와 같은 순진한 표정, 눈처럼 하얀 피부, 가차없는 손속."

"으으으으!"

조달평의 무심한 듯한 대답에 숨겨진 무한한 공포의 감정이 자연스레 주변으로 전달되었다.

"비혼설녀공이다. 요녀가 나타났다!"

결국 그는 참지 못하고 외쳤다.

젊음을 유지하는 대가로 감정이 점점 사라져 종국에는 냉혈의 마녀가 된다는 마공이 바로 비혼설녀공이다. 내공의 강함은 물론이고 섭혼술의 묘리도 섞여 있어 남자라면 보기만 해도 정신이 몽롱해진다고 했다.

여자의 몸으로 대마두가 되려면 그걸 익히는 게 가장 확실한 방법이라는 소문도 있다.

그래서 당가의 여섯째 아들도 당했구나. 아무리 망나니로 소문난 버려진 자식이라고 해도 당문의 직계로서 기본적인 무공 수준은 지니고 있다. 그런 무인이 일초에 당했다고 해서 이상하다 생각했더니, 바로 섭혼술에 걸려 정신이 몽롱해졌던 것이다.

그들은 멋대로 상상의 나래를 폈다. 그들의 생각으로는 모든 것이 한 치의 빈틈없이 딱 맞아떨어졌다. 길거리의 낭인도 아닌 당문의 무사 셋을 한 번에 쓰러뜨린 설옥의 실력이 무엇보다 큰 증거였다.

비혼설녀공을 연성했다면 최소한 당문의 장로 급이 나와야 상대가 된다. 대성을 했다면 당문의 주력이 출동하지 않으면 감당이 안 된다.

어설픈 전력으로 비혼설녀공의 마녀와 싸운다? 그야말로 불 속에 종이뭉치를 집어 던지는 것과 같은 결과만 남는다. 그런데 지금 그들의 전력은 어설픈 정도도 되지 못한다.

사람들은 완벽하게 전의를 잃었다.

처음 그들은 설옥이 정말 비혼설녀공을 익힌 마녀인지 아닌지를 확신하지 못해 서로의 얼굴만 보았다. 그러나 갈수록 그런 확신이 들기 시작했다.

사실 확인을 할 필요는 없다. 진상 규명은 높은 사람이 와서 알아서 해줄 것이다.

어쨌거나 땅에 쓰러진 세 기수는 구했다.

"퇴각하라!"

곧 그들은 전력으로 도망치기 시작했다. 쓰러진 동료의 희생을 헛되이 하지 않고 그들의 몫까지 살아주겠다고 다짐하면서.

"뭐? 비혼설녀공?"

황당한 것은 적포천존이다. 그는 기가 막혀 도망가는 자들을 쫓는 것도 포기하고 설옥에게 다가왔다. 어차피 하급무사들은 손보고 싶은 마음도 없었다.

"허참, 듣고 보니 그럴듯한데?"

적포천존은 고개를 끄덕였다. 그가 보기에도 설옥의 미모와 표정은 비혼설녀공을 익혔을 때 나타나는 징후와 비슷했다.

오음절맥은 나았지만 천성적으로 강한 설옥의 음기는 내공과 융합되어 나타난다. 피부가 얼음처럼 차가워 보이는 이유가 거기에 있다. 마치 빙공의 대가와도 같아 보인다.

　무엇보다 사람을 홀리게 하는 미모와 때 묻지 않은 눈동자가 궁극이다.

　"허참, 이 정도면 한번 들으면 의심하기 어려울 정도군."

　적포천존이 감탄한 표정으로 중얼거리자 영문을 모르는 설옥은 왠지 모르게 불안한 생각이 들었다.

　그녀는 조심스럽게 적포천존에게 물었다.

　"저, 사부님, 비혼설녀공이 뭔가요?"

　설옥으로서는 처음 들어본 무공이다.

　적포천존은 이걸 어떻게 설명해야 할지 잠시 고민하다가 입을 열었다.

　"그러니까, 여자만 익힐 수 있는 무공 중에 쓸 만한 게 네 개쯤 있다. 비혼설녀공은 그중에 하나로 젊음을 유지하고 피부를 하얗게 만드는 무공이지. 음한기공의 극치라 할 수 있다."

　"아, 피부 미용을 위한 무공도 있나요?"

　"그렇게 생각해도 무방하다. 하지만 이게 마공의 부류에 속하는 거라서 그만큼 단점도 많다."

　"예? 마공이라고요?! 그럼 혹시 저 사람들이……."

　설옥은 마공이라는 말에 질린 표정으로 당문 사람들이 도망친 쪽을 바라보며 말끝을 흐렸다. 제발 부정해 주기를 바라는 설옥의 간절한 표정에도 적포천존은 그가 생각하는 진실을 말해주었다.

"그래, 널 마공을 연성한 요녀라 착각한 모양이다."

"아니, 어떻게 그런……. 어쩌면 좋아요?"

설옥은 울상이 되어 어찌할 바를 모르며 물었지만, 적포천존은 별거 아니라는 듯 대답했다.

"신경 쓸 것 없다. 다른 자들이 어떻게 생각하는지는 별로 중요한 게 아니다. 가자."

"예……."

설옥으로서는 신경이 쓰이지 않을 리가 없다. 그러나 적포천존은 그런 설옥은 안중에도 없이 이미 걸음을 옮기고 있었다.

적포천존은 걸으면서 생각했다.

원래 그는 적당한 수준으로 손을 쓴 후 계속 이 자리를 지키고 있다가 윗놈이 나오면 다시 조금 수준을 높여 손을 쓰고 하는 식으로 오늘 뽕을 뽑으려 했었다.

'하지만 비혼설녀공이 나타났다고 하면 그놈들이 그냥 나오지는 않지. 앞뒤로 조사를 해본 뒤 아미파도 끌어들여서 같이 공격해 올 것이다. 그것도 정예부대로!'

그러면 곤란하다.

설옥은 아직 그 정도의 수라장을 스스로 파헤칠 수준이 아니다. 일이 터지면 결국 자신이 지켜주면서 싸워야 하는데,

그런 건 딱 질색이다.

'일단 좀 더 실전 훈련을 시키자. 등에 진 짐도 어딘가에 맡겨야 한다.'

적포천존은 설옥이 충분히 실전에 익숙해질 때까지 저들의 눈에 띄지 않게 피해 다니기로 결심했다.

세가 불리할 때 도망가는 것을 별로 수치로 여기지 않는 적포천존이었다. 귀찮을 때에도 태연히 도망을 간다. 그러나 이번에는 그냥 도망가는 것이 아니라 일부러 쫓겨야 한다.

설옥에게 이보다 더 좋은 수련 환경은 없다. 사람은 쫓기다 보면 독해지는 법.

'설옥이 저 녀석이 착하고 귀여운 건 좋은데, 무림에서 활동을 하려면 아무래도 강단이 부족하단 말야. 이런 기회에 제자의 부족한 점을 채워주는 것이 사부의 일 아니겠어?

자칫 잘못하면 설옥의 존재가 적포천존 자신에게나 제자인 강진에게나 약점이 되어버릴 것이다. 최소한의 수준까지는 무공과 마음을 단련해야 한다!

"각오해라."

적포천존은 뜬금없이 설옥에게 말했다. 생각의 전후는 모두 생략하고 경고만 한 것이다.

"예? 사부님, 뭐를요?"

당황한 설옥이 물었지만 적포천존은 입을 꾹 다물고 더 이상 다른 말을 하지 않았다. 사부가 이렇게 나올 때는 다시 물어봐야 소용이 없었다. 순순히 사부의 뒤를 따랐지만 설옥의 마음은 마냥 불안했다.

'차라리 절문비곡에서 나오지 않고 그냥 상공이 돌아올 때까지 기다릴걸.'

후회가 파도처럼 밀려왔지만 이미 늦었다.

곧 강호에는 한 가지 소문이 돌았다.

—이십 년 만에 비혼설녀공을 익힌 요녀가 출현했다!

요녀는 출도하자마자 대담하게 사천의 이대패자 중 하나인 당문에 시비를 걸었다고 한다. 그리고 훌륭하게 당문의 추적을 따돌리고 사천지방을 벗어나 호북으로 들어섰다는 것이다.

당문에서는 수치를 참지 않고 꼭 요녀를 잡아 처단하겠다는 결정을 내렸다.

그들은 요녀의 실력을 면밀하게 분석했다. 그 결과, 요녀가 아직 비혼설녀공을 완벽하게 연성하지 못했다는 결론을 내렸다. 빙염마녀보다는 하수로 판단한 것이다.

어쩌면 빙염마녀의 제자일지도 모른다.

　빙염마녀는 과거 당문과 적지 않은 원한을 쌓은 바 있으니, 만약 새로운 요녀가 빙염마녀와 관계가 있다면 꼭 잡아서 빙염마녀의 행적을 찾아야 한다.

　이에 당가직계의 차남인 당정표가 장로인 당칠노와 자청기수 열둘을 동반하고 문을 나섰다고 했다.

　또한 사천의 또 다른 패자이자 구대문파의 하나인 아미파에서도 당문의 요청에 따라 일대제자 셋을 포함한 아홉 명의 추적대를 내보냈다고 믿을 만한 소식통이 전했다.

　순식간에 강호의 이목이 호북지방으로 향했다. 그럼에도 불구하고 요녀의 이름이나 소속은 일절 알려지지 않았다.

　단지 그녀는 한 명의 흑도고수를 호위무사로 대동하고 있었는데, 그 흑도의 고수 역시 요녀와 비슷한 수준의 고수라 했다.

　그리고 그들이 장강 줄기를 따라 동쪽으로 움직이는 것으로 보아, 그들의 목적지는 동해에 인접한 강남의 어느 한곳일 거라고 관계자들은 분석했다.

　강남으로 향하는 요녀나 흑도고수라면 십중팔구 흑룡방 사람일 가능성이 크다!

　어쩌면 흑도고수가 흑룡방 사람이고, 비혼설녀공의 요녀를 새로 영입해 가는 것일지도 모른다. 흑의 무복만 봐도 딱 흑룡방 같지 않은가?

　이게 누가 내린 결론인지는 알려지지 않았지만 무림인들

을 혹하게 만들기에는 충분했다.

비혼설녀공을 연성한 요녀 정도라면 아무래도 총단으로 가서 직접 방주와 만나지 않겠는가? 강남무림맹의 군사 역할을 맡고 있는 제갈모는 어쩌면 흑의 무복의 흑도고수가 총단의 위치를 알고 있을 수도 있다고 판단했다.

얼마 안 있어 강남무림맹에서 일단의 사람들이 출동했다. 아직까지 아무에게도 알려지지 않은 흑룡방의 총단! 그 위치는 만사 제치고 알아내야 하는 일이었다.

일파만파란 사자성어가 딱 들어맞게 사건이 커지고, 순식간에 두 사람은 강호의 유명인이 되었다.

언제부턴가 사람들은 이들 두 사람의 남녀를 흑풍(黑風)과 백요(白妖)로 부르기 시작했다. 정식으로 결정된 것은 아니지만, 이미 사실상 무림공적이 된 것이나 마찬가지였다.

강호가 알아서 들끓어주니 적포천존은 되찾은 청춘을 충분히 즐기는 중이고, 설옥은 고생길이 훤하게 트였다.

第二章　멸절천룡(滅絕天龍)

赤布
龍王

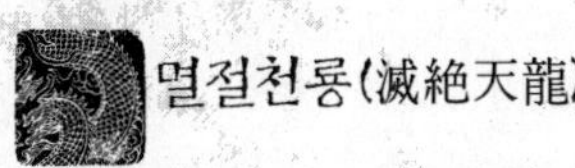 멸절천룡(滅絕天龍)

강진은 길을 걸으면서 대근에게 그간 있었던 일들을 이야기해 주었다.

"그래서 너를 만나는 일이 생각보다 좀 늦어진 거야."

사실 소학에게 별일이 없었다면 곧바로 소림사로 왔을 터였다.

"소학 형에게 그런 일이 있었다니 전혀 몰랐어요. 그래서요? 형이 다 혼내준 거예요?"

강진이 소학을 찾아가 처음 봤을 때의 이야기를 하자 대근은 주먹을 불끈 쥐고 안타까워하며 말했다.

소학과 함께하기는 싫었지만, 함정에 빠져 매일 맞았다는 이야기를 들으니 자신도 모르게 화가 난 모양이다.

강진은 살짝 웃고는 항주의 일을 어떻게 해결했는지 설명했다. 모든 이야기를 듣고 난 대근은 환하게 웃으면서 엄지손가락을 치켜들었다.

"역시 강진 형이 최고예요. 그럼 소학 형은 이제 걱정할 필요가 없는 거네요?"

"응. 그럴 것 같구나."

강진은 예전과 다름없이 순박한 표정으로 자신을 따르는 동생을 한껏 흐뭇한 표정으로 대답하며 속으로 감탄했다.

'과연 공진 대사님의 말이 틀림없구나! 예전의 대근이였다면 이런 이야기를 다 이해하지 못했을 텐데.'

확실히 똑똑해진 듯한 대근을 보고 있자니 저절로 공진 대사에게 감사하는 마음이 들었다. 이 정도라면 앞으로도 대근에게 모든 상황을 차근히 설명하고 진행할 수 있을 듯했다.

"그런데 넌 지금 우리가 어디로 가는지 궁금하지 않은 거야?"

"헤헤, 저야 뭐 형이 어디로 가든 같이 있을 수만 있으면 좋아요. 할아버지도 형을 도와 뭐든 하라고 하셨구요."

"후훗, 그래도 어디로 가는지는 아는 게 좋겠지? 나는 지금 심양으로 가려고 한단다."

"심양이요?"

"응. 거기에 천룡교가 있거든."

강진은 자신의 신세 내력에 대해서도 대근에게 설명해 주었다.

"일단 복수를 하는 것이 먼저겠지. 그다음 일은 사부님을 찾아가 뵌 다음에 결정하려고 한단다."

대근은 강진의 일이 마치 자신의 일인 것처럼 열심히 고개를 끄덕였다. 그러다가 일을 마친 후 사부와 설옥을 찾아간다는 이야기를 하자 진지하던 표정이 확 펴지더니 환하게 웃으며 물었다.

"그럼 설옥 누이도 볼 수 있겠네요?"

"그래!"

"와아! 참, 그런데 설옥 누이는 아직도 그렇게 말랐나요?"

"후후훗, 보면 놀랄 거다. 원래 옥 누이는 몸에 병이 있어서 그렇게 약했던 건데, 이제는 다 나았다. 그리고 예뻐졌지."

"아, 병이 있었군요. 나아서 예뻐졌다니 다행이네요."

"음."

강진은 짧게 대답하며 고개를 끄덕였다.

그냥 예뻐진 정도가 아니다. 설옥 정도라면 절세미녀라는 말이 어울리고도 남는다. 설옥의 하얀 얼굴을 떠올리면서 강진은 속으로 생각했다.

'아내 자랑은 팔불출이라는데, 내가 딱 그 모양인 건가?'

불현듯 그녀가 보고 싶어졌다. 물고기 죽을 인연으로 만난 후 하루 이상을 떨어져 지낸 적이 없는 두 사람이다. 바쁘게 움직일 때는 좀 덜하지만 틈만 나면 가슴 한구석이 살짝 아리면서 설옥의 얼굴이 떠오르곤 했다.

'그러고 보니 설옥이 해준 음식을 먹어본 지가 꽤 되었군.'

무엇보다 지난 십 년간 강진은 설옥의 요리에 길들여졌다. 강호에 나온 후 제법 돈을 썼기에 식사도 꽤 괜찮은 것을 먹었는데, 그래도 설옥만큼의 맛이 안 났다.

항주의 일이 해결된 후에는 소학과 함께 정말 고급 요리도 몇 번 먹었는데, 오히려 더욱 강진의 입맛에 맞지 않았다. 소박한 음식에 익숙한 혓바닥이 향료를 아끼지 않고 쓴 고급 요리의 풍취를 아직 이해하지 못하는 모양이다.

'나중에 절문비곡으로 돌아가면 설옥의 물고기 찜과 채소 볶음을 다시 맛볼 수 있겠지.'

먹을 걸 생각하니 벌써 입에 침이 고였다.

'윽, 내가 원래 이렇게 식탐이 많았나? 이거야 원, 누이를 그리워하는 건지 음식을 그리워하는 건지 모르겠군.'

슬쩍 대근의 눈치를 보니 나름 설옥을 떠올리는 듯 그리운 눈빛을 하고 있다. 아마 자신도 지금 비슷한 얼굴을 하고 있을 것이다. 결국 강진은 화제를 돌리기로 했다.

"그런데 대근아, 너 그동안 소림의 무공이 아닌 내가 가르쳐 준 무공을 수련했다면서?"

"예. 저 무척 열심히 했어요."

대근은 스스로 생각해도 자랑스러운지 한껏 어깨를 펴면서 대답했다.

"혹시 공진 대사께서 소림의 무공은 안 가르쳐 주신 거냐?"

승적에 오른 것도 아니고 정식 제자도 아니니 소림 무공을 전하는 것은 법도에 어긋날 수도 있다. 강진은 이런 생각을 하면서 대근에게 물었다.

"아니요. 할아버지는 배우라고 했는데, 제가 그냥 근왕무적도법을 계속 수련하겠다고 했어요. 그걸 배우는데 얼마나 힘이 들었는데요. 게다가 아직 다 배운 것도 아닌데 어떻게 새로운 무공을 처음부터 배우겠어요?"

대근이 어림도 없다는 듯 고개까지 설레설레 저으며 말하는 바람에 강진은 자신도 모르게 웃음을 터뜨렸다.

"하하하, 그건 그렇다."

"형한테 배운 거 다 익힐 때까지 다른 거는 그냥 신경 끌래요. 전 둔해서 남이 세 개 배울 때 하나만 죽어라고 해도 힘들어요."

대근에게 준 무공이 처음 생각처럼 삼류의 것이 아님을 강진도 이제는 알고 있었다. 강진은 여전히 웃는 얼굴로 대근의 어깨를 두드리며 자상하게 말했다.

"넌 둔하지 않다. 오히려 현명한 거지. 원래 무공은 모든 잡스러운 것들을 버리고 하나를 깊게 깨닫는 것이라고 했다. 네가 십 년간 근왕무적도법을 수련했다니, 틀림없이 도를 휘두르기만 해도 뇌성이 일어나고 바람이 갈릴 거야."

뇌명성과 섬풍세는 근왕무적도법이 경지에 올랐을 때 일어나는 현상이다. 처음에는 빠르게 휘둘러야 되지만 나중에는 깃털을 도신 위에 얹고 그게 떨어지지 않을 정도로 느리게 휘둘러도 소리와 기세가 떨어지지 않는다.

장대근은 웃으며 가슴을 펴고 대답했다.

"형 말대로 이제는 천둥소리도 나고 바람도 갈라져요. 그래도 아직 좀 빠르게 휘둘러야 돼요."

"대단하구나."

강진은 계속해서 장대근을 칭찬했다. 그러면서 그는 과연 장대근의 머리가 계속 좋아지고 있다는 것을 깨달았다.

말귀를 알아듣는 것만 좋아진 것이 아니다. 말을 할 때 더듬거나 도중에 생각하지 않고 바로바로 대답이 나오는 게 그 증거다.

'공진 대사님께 정말 큰 은혜를 입었다. 내 꼭 흑룡방의 총단을 찾아내어 그분의 은혜를 조금이라도 갚으리라.'

받은 것이 있으면 그만큼 갚아야 한다. 그것이 원한이든 은혜든.

어쨌든 강진은 장대근에게 자꾸 말을 시켰다. 두뇌를 활성화시키는 데 가장 좋은 방법이기도 하고, 또 정말로 오랜만에 만난 동생의 지난 일들을 모두 듣고 싶었다.

장대근은 신이 나서 자기 이야기를 했다.

"처음에는 팔에 힘이 안 들어가서 그냥 들어 올리기도 힘들었어요. 그러다가 겨우 막대기를 들 수 있게 되어서 근왕무적도법을 연습하기 시작했는데요."

길을 가며 장대근은 자신의 지난 십 년간 있었던 일들을 강진에게 말했다.

막대기로 수련을 하다 겨우 어느 정도 회복이 되어 도끼를 휘두를 수 있게 되었다. 등의 근육이 어깨의 약함을 보완하기 시작한 것이다.

"그때 할아버지가 절에서 계도를 하나 얻어다 주셨어요. 그러니까 도법을 수련할 때에는 도끼나 나무막대기가 아닌 꼭 도를 쓰는 게 좋다고 하셨거든요."

"그 말씀이 맞다."

"헤헤헤, 이제는 저도 알아요. 할아버지가 그때 시키신 게 한 번은 나뭇가지로 초식을 시전하고, 그다음에는 도끼를 가지고 한 번 해보고 나서 도로 본격적인 연습을 하라고 했거든요. 그렇게 하다 보니 도법이 왜 도법인지 알겠더라고요."

여기까지 말하던 대근은 갑자기 생각이 난 듯 약간 작은 목소리로 강진에게 말했다.

"아, 형. 원래 형은 내가 무공 수련하는 모습을 남에게 보이지 말라고 했는데 제가 할아버지께 근왕무적도법을 수련하는 걸 보여 드렸어요. 모르는 게 너무 많아서……."

"괜찮다. 공진 대사님은 친할아버지 같은 분이니 남이라 할 수 없지 않니. 그분은 너한테 정말 잘 대해주셨고, 또 네가 앞으로도 잘되기를 바라실 거야."

"예."

강진이 화를 내지 않자 장대근은 다시 신이 나서 하던 이야기를 계속했다.

"그래서 할아버지가 제 도법이 아무래도 운신이 좀 약하다고 따로 보법도 가르쳐 주었어요."

"그래? 잘되었구나."

강진은 의외라는 듯 잠시 걸음을 멈췄다. 그리고는 장대근에게 말했다.

"마침 밥 먹을 때도 된 듯하니 저쪽에서 좀 쉬었다 가자. 네 근왕무적도법도 보고 싶구나."

"좋아요!"

밥을 먹자니 기운이 세 배다.

장대근이 먼저 길 옆쪽 숲으로 달려가더니 곧 적당한 공터를 찾아냈다. 그리고는 짐 보따리를 내리고 열심히 먹을 것을 찾아내 펼쳐 놓았다.

'녀석, 먹성은 여전하구나!'

먹는 양으로 보자면 예전보다 더하면 더했지 조금도 줄지 않았다. 강진이 식사를 마친 후에도 대근은 한참을 더 먹었다. 먹는 속도는 강진보다 빨랐지만 양을 채우려면 역시 시간이 걸리는 것이다.

그렇게 배를 채운 후, 장대근은 공진 대사가 준 소림백근도를 뽑아 들고 도법을 시연하기 시작했다. 내공은 주입하지 않았지만 천인력을 지닌 장대근인지라 여전히 그 기세가 무서웠다.

'저건 이미 근왕무적도법이라고 볼 수는 없겠군.'

장대근의 시연을 보면서 강진은 속으로 생각했다. 물론 형(形)은 근왕무적도법을 충실히 따르고 있었지만 담겨진 내용이 달랐다. 다른 사람이면 몰라도 강진이 직접 가르쳐 준 도법이기에 그 차이를 확연히 느낄 수 있었다.

장대근이 지금 펼치는 도법은 근력의 힘을 극한까지 이용하는 외가도법이 아니다. 내외가 합일되어 신기에 이르도록 하는 것 같았다. 말하자면 근왕무적도법에 소림의 무공을 섞어 한 단계 더 발전시킨 듯했다.

거기다가 보법은 전혀 달랐다. 한 걸음 한 걸음이 무거우면서도 둔하지 않았다.

가벼우면 빠르고, 무거우면 둔한 것이 이치인데 장점만을 지닌 보법이라니? 그것도 도법에 딱 맞춰놓아 완전히 도법의 일부가 되었다.

근왕무적도법에 단점이 있다고 하면 도법을 시전할 때 너무 강한 힘이 들어가 몸을 빠르게 이동시키기 힘들다는 데에 있었다.

그런데 이제는 한 초식을 펼칠 때마다 꼭 한 걸음을 움직이는데, 진각의 묘리와는 또 달라서 땅에 발자국이 생기지 않았다.

강진은 장대근의 도법이 자신의 반선반마검법에 비해 전혀 손색이 없는 무서운 무공이 되었다고 생각했다.

'공진 대사님, 이런 식으로 장난을 쳐 놓으시다니……'

강진은 입가에 미소를 지었다.

장대근의 시연이 끝난 후, 강진은 자리에서 일어나 검을 뽑아 들며 말했다.

"아주 좋다. 정말 강해졌구나. 이제 내가 익힌 검법을 펼쳐 보일 테니 거기서 구경해 보렴."

"어, 형도 하려고요?"

장대근은 옆으로 비켜났다.

옛날에는 무공을 전혀 익히지 못한 강진 형이 고수가 되었다는 말을 들었을 때에는 사실 실감이 나지 않았다. 하지만 이렇게 검을 뽑아 선 모습을 보니 몸에서 은은히 흐르는 기세가 부드러운 가운데 섬뜩함이 느껴졌다. 마치 날카로운 보검을 최고급 비단 천으로 싸놓은 것 같았다.

"우선 정삼십육초!"

검이 지면과 수평으로 휘둘러지니 하늘의 구름이 움찔하여 멈추고 검압에 고개 숙였던 수풀이 감히 다시 위로 쳐들지 못했다. 하룻강아지 범 무서운 줄 모르고 하늘로 뻗어 있는 새싹들은 모두 잘려 나가 그 끝이 뭉툭해졌다.

바람 속에 검을 숨기고, 다시 검 속에 바람을 담으니 어느 순간부터 검날이 보이지도 않았다. 오직 태양 빛에 반사된 검광만이 강진의 주변을 둘러쌌다. 빛이 강진의 몸을 완전히 가렸다.

"와!"

장대근은 탄성을 질렀다. 예전이었다면 그냥 아무것도 모른 채 마냥 신기해할 테지만 이제는 다르다. 강진의 검이 얼마나 무서운 것인지 피부로 느꼈다.

장대근은 눈 한 번 깜박이지 않고 열심히 반선반마검법의 정삼식육초를 보았다. 초식이 복잡하여 단 일초도 기억할 수는 없었지만 이미 그런 건 중요하지 않았다.

상대의 검기가 어떻게 흐르는가만 느끼면 몸이 알아서 기억할 테니까. 장대근은 머리보다는 몸이 먼저 기억하는 체질이었다.

"이번에는 반삼십육초다. 차핫!"

강진이 다시 소리치며 크게 기합을 질렀다. 그러자 순간적으로 그를 감싸고 있던 빛무리가 모두 사라졌다. 주변 분위기가 확 하고 바뀌었다. 귀신이 나와도 전혀 이상하지 않을 정도로 싸늘해졌다.

"어?"

장대근은 자신도 모르게 뒤로 한 걸음 물러났다. 갑자기 강진 형이 요괴로 변신한 게 아닐까 하는 생각이 들었다. 그러면서도 여전히 강진의 검법에서 눈을 떼지 않았다.

"초식은 비슷한데……."

장대근은 고개를 갸웃거렸다. 정확히 기억은 못해도 강진의 지금 동작이 아까와 거의 비슷하다는 것을 알 수 있었다. 강진이 그런 장대근의 중얼거림을 듣고 외쳤다.

"형(形)이 같아도 의(意)가 다르다! 허초와 실초가 서로 바뀌니 상대가 형을 알면 오히려 방비하기 어렵다. 너는 이 점을 주의해 보아야 한다."

"아항, 과연 그러네요."

확실히 강진의 말대로 동작은 같아도 힘이 들어가는 곳이 전혀 달랐다. 그에 따라 동작의 완급도 전혀 달라 앞의 초식을 보고 방비한 자는 큰 낭패를 당할 게 뻔하다.

무엇보다 몸에서 풍기는 기운 자체가 워낙 심하게 바뀌어서 밤에 보았다면 도저히 같은 사람이라고 생각되지 않을 정도다.

"신불(神佛)과 마귀(魔鬼)는 원래 큰 차이가 있는 것이 아니다. 고개를 돌려 뒤를 볼 수 있으면 세상이 바뀐다고 했다. 무공 또한 마찬가지. 정사는 모두 사람의 마음으로부터 나온 것이다."

"헤헤. 맞아요."

강진 형은 원래 종종 어려운 말을 하곤 했다. 그래도 이번 말은 왠지 모르게 이해를 할 것 같았다.

장대근은 웃으면서 대답을 했다.

강진은 그렇게 정반 합쳐서 칠십이초의 반선반마검법을 모두 펼쳐 보였다. 구결을 모두 읊어준 것은 아니다. 모든 초식을 순서대로 시범을 보였다. 이것으로 강진이 근왕무적도법을 아는 것처럼 장대근도 반선반마검법을 알게 된 셈이다.

강진은 말했다.

"우리는 앞으로 같이 다니게 된다. 그리고 위험이 닥쳤을 때에는 서로의 등을 보호하며 싸우게 될지도 모르지. 그러니 너와 난 서로의 수법에 익숙해져야 한다. 내가 부족한 것은 네가 메우고, 네가 하기 힘든 것은 내가 대신해야 해. 그렇게 만 한다면 어떤 적도 우리 형제를 해할 수 없을 거야.”

“그럼요.”

장대근은 강진의 말에 크게 기뻐하며 대답했다. 무엇보다 형과 등을 맞대고 서로를 돕는다고 생각하자 크게 힘이 났다. 강진은 강진대로 열의에 찬 말을 듣고 기분이 더욱 좋아졌다.

“그래, 그럼 오늘부터 사람이 없을 때마다 같이 수련을 하자. 우선은 간단하게 비무를 하는 게 좋겠다.”

“앗! 형하고 저하고 싸우는 건가요?”

“비무다. 대충 들어보니 넌 아직 다른 사람과 제대로 대련을 해보지 않은 듯하더구나. 승룡관을 통과할 때에도 기관이 아닌 사람을 만나면 주로 방어하고 버티는 쪽으로만 무공을 썼다고 들었다.”

“다 할아버지하고 아는 사이일 텐데 제가 어떻게 주먹으로 때려요? 그냥 적당히 맞아야죠.”

장대근은 머리를 긁적이며 특유의 순박한 표정으로 말했다. 원래 그는 어려서도 힘이 세다고 함부로 남을 때리거나 겁박한 적이 없다. 오히려 자신이 힘이 센 만큼 다른 사람을 다치게 할까 봐 조심스럽게 행동해 왔다.

“그래, 하지만 우리끼리 하는 비무는 사양할 필요가 없어. 내가 좀 맞아도 되고, 반대로 너를 때릴 때에도 손에 사정을 두진 않을 거야.”

　강진 또한 동생의 이러한 성품을 알기에 대련을 제안한 터였다. 장대근은 웃어 보이며 자신있게 말했다.

　“헤, 전 맞아도 안 아프거든요.”

　“후훗. 좋다, 덤벼라! 일단 내공은 빼고 해보자꾸나.”

　“옙!”

　위이잉—

　강진이 손을 까닥이자 바로 공격하기 시작하는 장대근.

　아무리 내공을 사용하지 않는다고 해도 무게가 백 근이나 되는 도에 맞으면 몸이 두 쪽 날 것이다. 두 쪽이 안 난다고 해도 뼈가 부서지는 것은 확실하다.

　그러나 장대근은 이미 강진의 실력을 보았기에 전혀 망설이지 않았다. 강진 역시 장대근이 금강불괴에 가까운 몸이란 말을 들었기에 서슴없이 장대근의 몸을 칼로 찔러갔다.

　그러나 사실 둘 다 초식을 내고 거두는 것을 모두 마음 가는 대로 행할 수 있는 경지에 도달해 있었다. 정말 상대가 방비하기 어려운 순간이 오면 언제든지 멈출 수 있는 것이다.

　팍!

　강진의 검이 먼저 장대근을 찔렀다. 아무래도 초식의 정묘함은 강진이 장대근보다 훨씬 윗줄이다.

　그러나 그 순간 장대근의 몸에서 일어나는 반탄력에 의해 강진은 뒤로 밀려났다. 동시에 장대근의 백근도가 강진의 머리를 노리고 닥쳐들었다.

"이크!"

강진은 급히 피했다. 장대근이 동작을 멈추고 물었다.

"형, 괜찮아요?"

"괜찮다. 계속하자."

겉으로는 태연한 척했다. 하지만 속까지 그럴 수는 없었다.

'공진 대사님, 도대체 이 녀석에게 어떤 무공을 심어놓은 겁니까?'

강진은 다시 비무를 시작하면서 가슴속으로 부르짖었다.

이건 예상했던 것보다 훨씬 강하다. 강하다기보다는 괴물에 가깝다. 강진의 공격을 튕겨낼 정도면 그 누구도 장대근의 몸에 해를 입히지 못할 것이다.

"이 정도라면 내가 살형기를 일으켜도 쉽지 않다. 어쩌면……."

강진은 지금 태혼살형기의 칠성 단계에 달하는 강기를 발출할 수 있다. 그런데 장대근의 몸에서 흘러나오는 대해와도 같은 내력의 힘은 그것도 견뎌낼 것만 같은 느낌이 들었다.

그렇다면 만약 장대근과 같은 수준의 적을 만나면 팔성 이상의 힘을 써야 한다. 그건 바로 동귀어진을 뜻하는 것이다.

"대근이의 무공이 오히려 나보다 뛰어나다 할 수 있구나!"

강진은 기가 막혔다. 동시에 알게 모르게 자신이 장대근을 무시했다는 것을 깨달았다. 장대근은 그가 가르쳐야 할 대상이 아니다. 서로 비교하며 같이 수련해야 할 대등한 존재이다!

"하하하하, 좋다! 아주 좋다!"

갑자기 강진이 크게 웃었다. 영문을 알 수 없는 장대근은 의아한 표정을 지었지만 강진은 검을 더욱 날카롭게 휘두르기 시작했다.

시간이 갈수록 둘의 비무는 점점 격렬해졌다.

강진은 적포천존이나 설옥과 수련을 했는데, 적포천존은 너무 강하고 설옥은 아무래도 약했다. 그런데 장대근은 그야말로 눈높이에 딱 맞는 상대라 할 수 있었다.

무엇보다 그가 살형기를 일으키지 않으면 절대로 장대근을 해할 수 없다는 것을 알았기에 정말로 실전적인 비무를 할 수 있었다.

그것은 장대근에게도 마찬가지여서 그 역시 강진과의 비무에 점점 빠져들었다.

한차례 몸을 풀고 떨어져 선 둘은 동시에 웃었다.

"하하하. 좋구나! 이거 버릇되겠는데?"

"헤헤. 저두 너무 좋아요. 버릇되면 어때요. 재미있으니 자꾸 해요."

장대근은 아직도 아쉬운 듯 공중에 대고 소림백근도를 휘둘렀다. 별 힘을 주지 않는 것 같은데도 윙윙거리는 소리가 울린다. 백 근이 아닌 한 량짜리 회초리를 장난삼아 휘두르는 것 같다.

그 마음이야 강진도 다르지 않았지만 주의를 주는 것을 잊지 않았다.

"그래, 하지만 빨리 복수도 하고 공진 대사의 부탁도 들어드려야 하니 마냥 대련을 하면서 쉴 수는 없어."

"길을 가며 낮에 한 번 하고, 잠을 자기 전에 조용한 곳을 찾아서 또 한 번 하면 되죠. 점심을 그만큼 빨리 먹고, 잠은 조금 덜 자도 돼요."

"좋아. 그렇게 하자."

장대근에게 있어서 밥을 빨리 먹겠다는 것은 조금 먹겠다는 것과 같은 의미다.

강진은 장대근이 밥 양을 줄이면서까지 비무를 하겠다는 것을 보고는 미소를 지었다. 이 동생에게 있어 무공이 밥보다 더 소중한 것이 되었으니 그야말로 앞날이 기대된다. 일면 두려울 정도다.

둘의 비무는 그날부터 심양에 도착하기까지 한 번도 빠지지 않고 정한 대로 행해졌다. 그건 의심할 여지없이 둘을 동

시에 성장시켰다. 그것도 혼자 할 때보다 몇 배나 빠른 성장
이었다.

이래서 사람들은 절차탁마라는 사자성어에 큰 매력을 느
끼는지도 모른다.

*　　　*　　　*

심양에 도착한 강진과 장대근은 곧바로 천룡교가 있는 안
양산 금조곡으로 향했다.

강선도에게서 안양산의 지리와 금조곡의 구조에 대해서는
아주 자세히 들었다. 들어갈 길과 물러날 때 쓸 퇴로도 이미
결정해 놓았으니 적의 본거지를 치는 데 지리적인 손해도 거
의 없는 셈이다.

하지만 엄밀히 따져 보았을 때 천룡교는 강진의 원수가 아
니다. 천룡교의 교주가 원수일 뿐, 말하자면 교 자체는 강진
의 친척들의 집단이나 마찬가지다.

"우선은 정식으로 신분을 밝히고 교주에게 도전하는 걸로
하자. 가능하면 거절하지 못하게 사람들이 많은 상황에서 교
주와 만나야 한다."

천룡교는 사파가 아니다. 나름대로 자부심을 지닌 자들의
조직이니 충분히 먹힐 것이다. 적어도 강호의 정상 급 고수일

게 뻔한 교주가 약관을 겨우 넘긴 강진을 무서워 피할 리가 없다.

"만약 교주가 처음부터 나서지 않고 수하들로 나를 시험하려 하면, 대근이 네가 대신 싸워라. 난 교주와의 일전을 대비해 기를 보전하고 전신을 날카롭게 가다듬은 상태로 있겠다."

"염려 마요, 형. 덤비는 놈들은 내가 다 때려눕힐 테니까."

장대근은 이날을 위해 무공을 수련했다고 가슴을 탕탕 치며 말했다. 그렇게 둘은 필살의 각오를 다지며 안양산으로 향했다.

일단 안양산의 기슭에 도착한 후, 강진과 장대근은 서두르지 않고 꼬박 하루를 산속에서 지내며 기를 가다듬었다.

그사이 그들은 숲의 기운과 때에 따라 바뀌는 바람의 방향, 땅의 단단함 정도, 나무들의 모양 등 세세한 것들까지 신중하게 살핀 후 그 환경에 몸을 적응시켰다.

최고 수준의 고수가 싸울 때에는 아무리 작은 것이라도 소홀히 해서는 안 된다. 어쩌면 최악의 사태가 되어 천룡교도 전체와 싸우게 될지도 모르니 지형을 자신의 아군으로 삼는 것도 중요했다.

새벽이 되어 산의 맑은 정기가 최고조에 달할 무렵, 그들은 운기조식을 끝내고 움직이기 시작했다.

"오늘은 날씨가 맑겠군요. 구름 한 점 없어요."

"그래, 기온도 선선하니 싸우기엔 좋은 날씨다."

환경이 안 좋을 때 소수와 다수가 싸우면 소수가 훨씬 불리하다. 다수는 돌아가며 쉴 수 있지만 소수는 끊임없이 싸워야 하니 무조건 체력 소모가 적은 쾌적한 환경이 좋다.

강진 일행은 금조곡의 입구로 들어섰다. 강선도의 말에 의하면, 여기쯤에서 누군가가 숨어 지키고 있다고 했다.

"아무도 없는 것 같은데요?"

장대근이 고개를 갸웃거리며 말했다. 강진 형의 말이 틀리는 경우도 있나? 하는 표정이었다.

"더 들어가 보자. 아무래도 이십 년 전의 정보이니 지금은 변화가 있을 테지."

계곡에 들어설 때까지 전혀 방해받지 않았다. 방해는커녕 인기척 하나 없었다.

이건 아니다. 아무리 위장을 했어도 사람이 드나든 곳은 표시가 난다. 그런데 이곳은 수풀이 밟혀 꺾인 자국도 없고, 바위마다 이끼가 끼어 있다. 나무줄기를 잇는 덩굴이 사람 하나 지나는 것을 방해할 정도니 거의 원시림 수준이다.

강진은 뭔가 잘못되었다는 생각을 하며 금조곡 안으로 들어섰다.

과연 금조곡 안쪽으로는 적지 않은 건물들이 지어져 있었다. 그런데 그 건물들은 하나도 빠짐없이 부서져 귀신과 산바람만 남아 있는 것 같았다.

"어느 놈이 먼저 턴 것 같은데요?"

장대근은 그렇게 말하며 강진의 눈치만 보았다.

강진은 눈을 감고 잠시 생각에 잠겼다.

'도대체 무슨 일이 있었던 걸까?'

수백 년을 내려온 조직의 본거지가 불과 이십 년 사이에 깡그리 부서져 주춧돌만 남은 형국이라니.

'왜 이렇게 마음이 답답하지?'

어떤 일이 일어났는지 변수를 생각해야 하는데, 머릿속에 안개가 낀 것처럼 아무 생각도 나지 않았다. 그저 답답하고 무언가 울렁거리는 느낌만 들 뿐이다.

조심스레 자신을 보고 있는 대근의 시선이 느껴졌다. 무언가 안심시킬 말을 하고 싶은데 입이 열리질 않는다. 눈을 감고 있음에도 폐허가 된 이곳의 모습이 선명하게 떠오르고 있었다.

강진은 억지로 생각하던 것을 멈추고 스스로의 내면을 돌아보았다. 그리고 다음 순간 깨달았다.

'나는 이곳에, 아니, 천룡교에 무의식중에 큰 기대를 하고 있었던가?'

문제의 사건이 없었더라면 여기는 강진이 자라난 터전이 되었을 곳이다. 한 번도 의식하지 못했지만 자신은 천룡교의 '소교주'가 아니던가! 교주를 만나 원수를 갚고 나면 그와 피가 이어진 친척들이 자신을 받아들여 주리라 기대했는지도 모른다.

천룡교의 근거지인 이곳은 결국 그의 고향과도 같은 곳. 그런데 이곳이 멸망했으니 그로서는 고향을 잃은 것과 마찬가지이다.

상실감. 마음을 답답하게 했던 것의 정체를 깨닫는 순간 가슴속으로부터 왠지 모르게 뜨거운 열기가 치솟아올랐다.

'아, 내가 그동안 무의식적으로 이곳을 그리워했었구나!'

강진은 문득 깨달을 수 있었다. 고향을 그리워하는 마음이 그에게 남아 있었던 것이다. 그걸 스스로 깨닫자 가슴속의 열기는 분노라는 확실한 감정이 되어 강진의 마음을 흔들었다.

무니포도 사라졌고, 이곳 천룡교도 폐허가 되었다. 이제 강진은 정말로 고향이 없는 사람이 되었다. 강진의 분노는 고향이었던 곳을 파괴한 미지의 존재를 향해 뻗어나갔다.

덩달아 음모를 꾸며 자신을 제거하려고 한 천룡교주에 대한 복수심도 강해졌다. 그는 당연히 한 집단의 우두머리로서 따르는 이들과 터전을 지키지 못한 책임을 져야 한다.

마음을 정리하자 멈췄던 생각이 정리되기 시작했다. 눈을

뜬 강진은 약간 불안한 표정이 되어 있는 장대근을 보며 차분
하게 말했다.

"일단은 단서가 있나 찾아보도록 하자. 서두를 필요는 없
다."

"그래요, 형."

둘은 부서진 집들의 잔해를 돌아다니며 하나하나 살폈다.
내부에도 잡초가 무성한 것이 아무래도 십 년도 더 전부터 이
런 상태였나 보다.

단서가 될 만한 것은 아무것도 없었다. 그 흔한 사람의 뼛
조각도 하나 남지 않았다.

원래 교주가 지내도록 되어 있는 용무전의 잔해도 살폈지
만 그곳 역시 철저하게 파괴되어 있었다.

기관의 파괴는 물론 극소수만이 알고 있다는 암도도 모두
막힌 상태다. 이걸로 봐서 이곳을 파괴한 자들은 단순히 공격
을 가해 사람만 죽인 게 아니라 다시는 천룡교가 재건되지 못
하도록 정성을 들여 작업을 한 것 같았다.

"혹시 이사를 간 건 아닌가요?"

"그건 아니야. 건물의 파괴된 벽이나 바닥에 미세하지만
병장기가 긁힌 흔적이 상당수 남아 있어. 천룡교는 누군가에
게 공격을 당해 치열한 싸움 끝에 멸망을 당했기가 쉽다. 사
람뿐 아니라 건물까지 파괴한 것으로 보아 원한이 있어도 이

만저만한 원한이 아닌 것 같아."

"우움, 그게 누굴까요?"

"글쎄, 아버님에게 들은 걸로는 짚이는 게 없구나. 일단은 따로 방법을 생각해 조사해 보고, 그래도 단서를 찾을 수 없으면 절문비곡으로 돌아가 아버님과 상의를 해보아야겠다."

천룡교의 역사나 기본적인 조직 체계에 대해서 강선도에게 들었지만, 아무래도 본인이 직접 천룡교에 속한 상태로 자란 것은 아니라 과거의 역사를 자세히 알 수는 없다. 강선도만이 원수를 짐작할 수 있는 것이다.

장대근이 반색하며 그 의견에 찬성했다.

"그럼 돌아가요. 저도 아저씨하고 설옥 누이를 만나보고 싶어요."

"그래, 하지만 그보다 먼저 일단 강남으로 가서 공진 대사께서 부탁하신 흑룡방에 대한 조사부터 해보자."

"아, 흑룡방. 그래요. 그게 좋겠어요."

할아버지 얘기가 나오니 장대근은 '맞다. 그게 있었지!' 하고 중얼거리며 열심히 고개를 끄덕였다.

이렇게 된 이상 새로운 실마리를 찾을 때까지 복수는 보류다. 강진은 그렇게 결정하고 용무전의 잔해로부터 나왔다.

그때, 강진은 누군가가 자신을 보고 있다는 느낌을 받았다. 그는 고개를 돌려 금조곡 뒤쪽의 산등성이를 보았다.

과연 사람이 있다. 둘이다. 그중 한 사람은 강진 쪽으로 뛰어 내려오는 중이고, 다른 자는 그 자리에 남아 있었다.

"감시자군."

강진은 미간을 살짝 찡그렸다.

흥수는 아주 집요한 성격임에 틀림없다. 천룡교를 멸망시키고도 모자라 혹시라도 누가 찾아올지 모른다고 생각하여 그동안 감시자를 붙여놓은 것이 틀림없다.

'최소한 십 년이 넘은 듯한데, 그동안 내내 감시자를 두었다는 건가?'

이런 외진 곳에 인원을 배치하고 감시할 수 있다는 것은 보이지 않는 상대의 세력이 만만치 않다는 증거라 할 수 있다.

강진의 행동을 주시하던 장대근도 두 사람을 발견하고는 당장이라도 뛰어갈 듯한 자세로 물어왔다.

"위쪽에 있는 놈을 쫓아가 때려잡을까요?"

"그건 힘들어. 저곳은 정말 감시하기 딱 좋은 곳이라 몰래 접근하기가 거의 불가능해. 그리고 이미 우리는 저들의 시야에 잡혔으니 경거망동해서는 안 돼."

"알았어요. 저는 형이 시키는 대로만 할게요."

장대근은 금방 자세를 가다듬고 강진의 지시를 기다렸다. 예나 지금이나 강진이 말하는 대로 하는 것이 최선이라는 생각은 변함이 없었던 것이다.

강진은 조용히 호흡을 가다듬고 달려오는 사람이 도착하기를 기다렸다.

그래도 망망대해에서 물속에 빠진 금반지를 찾는 것처럼 아무런 단서도 없는 것보다는 이렇게 상대와 접촉을 할 수 있는 게 불행 중 다행이다.

비록 상대는 어둠 속에 있고 그들은 밝은 곳에 나와 훤히 드러난 형국이지만, 그건 어떻게든 뒤집을 수 있으리라.

이윽고 산 위의 남자가 강진의 앞에 도착했다. 그는 삼십대 중반 정도로 보이는 냉막한 인상의 무사로 가죽옷을 입고 손에는 사람 키만 한 대겸(大鎌)을 들고 있었다.

한 자 반이나 되는 낫의 날은 서슬이 시퍼랬다. 그게 풀을 베는 도구가 아님은 확실했다.

"이곳까지 왔으니 필시 천룡교와 연관이 있는 사람이겠군. 천룡교도가 아니라면 이름과 신분을 밝혀라."

"그대들이 천룡교를 멸문시켰소?"

"다시 말하지. 기회가 있을 때 이름과 신분을 밝혀라."

"이곳이 절문된 지 최소한 십 년은 넘어 보이는데, 그동안 계속해서 이곳을 지켰소?"

동문서답, 둘은 서로 자기가 하고 싶은 말만 했다.

상대에게 질문만 하고 대답은 전혀 안 하니 서로 허공에 대고 혼잣말을 하는 것과 같다.

상대는 그게 마음에 들지 않는 듯했다. 그는 입을 다물고 대겸을 들어 공격 자세를 취했다. 싸늘한 기운이 주변을 감쌌다. 적지 않은 살인을 한 전문살수의 분위기가 느껴졌다.

장대근이 나서려 했지만 강진은 손가락으로 은밀한 신호를 보내 장대근을 막았다. 그리고는 검을 뽑아 대응자세를 취했다.

"그냥 죽어랏!"

챙, 챙, 챙!

"기합 한번 특이하다."

강진은 그렇게 중얼거리며 검을 휘둘러 대겸을 막아 흘렸다. 그러나 상식적으로 봤을 때 한 손으로 휘두르는 패검으로는 패도적인 살인병기에 속하는 대겸의 힘을 감당하기 어렵다. 이러한 무기의 차이로 인해 두 사람이 맞붙은 이후 강진은 계속해서 뒤로 밀렸다.

최소한 겉으로 보기에는 그랬다. 물론 이는 강진이 의도한 연극이었다. 일부러 내공을 거의 끌어올리지 않고, 그 위에 절초로 반격하지도 않았다.

무공을 겨룰 때에 좌우로 피하는 것은 몰라도 뒤로 물러나기 시작하면 이미 하풍에 든 셈이라 열세를 만회하기가 극히 어렵다.

중년 장한은 살기 어린 눈으로 차갑게 웃으며 연신 공격에 공격을 더했다. 단지 장대근이 끼어들 것을 대비해 의식의 한 부분을 그쪽에 할애하는 듯했다.

'대근이가 끼어드는 순간 치명적인 반격기를 쓸 생각이로군.'

강진은 상대의 살기가 자신이 아닌 대근이에게 향해 있음을 알았다. 말하자면 궁지에 몰린 강진은 대근이를 끌어들이는 미끼인 셈이다.

그러나 장대근이 끼어들 리가 없다. 그는 강진이 신호를 할 때까지 그냥 구경만 하려고 작정한 상태다. 가끔씩 강진이 왜 저자를 단숨에 제압하지 않고 지는 척하는 것인지 이해할 수 없다는 듯 고개를 갸웃하기도 했다.

그때 대겸의 힘을 이기지 못하고 뒤로 비척비척 물러나던 강진이 건물의 잔해에 발뒤꿈치가 걸렸다. 순간적으로 중심이 크게 흔들려 빈틈이 드러나 버렸다.

"이놈, 끝이다."

비릿한 미소란 이런 걸 두고 말하는 걸까? 강진은 그렇게 생각하며 대겸에 맞아 뒤로 튕기듯 쓰러졌다.

겨우 날을 피해 목이 잘리는 것을 면했지만 돌아오는 회자번신의 공격에 가슴의 요혈을 정통으로 맞았다. 대겸의 뒤쪽 대 부분은 도리깨와 마찬가지니 제대로 맞으면 가슴이 으스러진다. 평균적으로 즉사, 최소한 중상이다.

“아아악!”

강진은 크게 비명을 지르며 내상을 심하게 입은 듯 입에서 피를 푸욱 하고 뽑었다. 사실은 입술을 깨물어 침과 함께 뿜은 것이다. 그러면서 장대근에게 신호를 보냈다.

“차앗!”

“이미 늦었다.”

장대근이 기합을 지르며 달려들자 중년 장한은 크게 소리를 지르며 몸을 돌려 대겸을 수평으로 크게 휘둘렀다.

부웅 하는 소리와 함께 하얀 선이 넓게 원을 그렸다.

장대근은 자신의 소림백근도로 상대의 대겸을 쳐내려 했다. 그런데 그때 강진의 다급한 전음성이 귀를 찔렀다.

“대근아, 이기면 안 돼. 무기 버려!”

장대근은 급히 도를 잡은 손에서 힘을 뺐다. 캉! 하는 소리와 함께 파란 불똥이 허공을 수놓았다. 장대근은 그 충격으로 도를 놓쳤다.

“흐흐흐, 죽어랏!”

‘죽어랏’ 이 기합인 자다. 장대근은 속으로 그렇게 중얼거리며 몸을 날려 땅을 구르며 다시 백근도를 잡았다. 무림인들이 흔히 말하며 가장 꺼려하는 뇌려타곤의 동작이다.

장대근은 땅을 굴러 흙을 묻히는 행위를 결코 수치스럽게 생각하지 않았다.

뇌려타곤을 펼칠 바에는 그냥 칼을 맞아라? 그런 식의 교육은 받은 적이 없다. 오죽하면 승룡관을 통과할 때 굼벵이처럼 땅을 기었을까.

강진의 전음이 계속해서 들려왔다.

"무조건 시간을 끌어. 난 산 위의 놈을 잡겠다."

'아항~'

그제야 장대근은 강진의 의도를 알아차릴 수 있었다. 당한 척하고 산 위에서 보이지 않는 사각지대에 쓰러진 후, 모습을 감춘 채 그쪽으로 올라가려는 생각이다.

이런 상황 판단이 순간적으로 될 정도로 요즘 장대근은 머리가 맑았다.

그럼 난 열심히 싸우는 척하면 된다!

장대근은 즉시 크게 기합을 지르며 상대에게 달려들었다. 강진이 그랬던 것처럼 내공은 하나도 쓰지 않고 초식과 절초 또한 아예 쓰지 않았다. 그러나 장대근에게는 천생신력이 있다. 거기에 무기의 길이와 무게도 상대에게 뒤지지 않는다.

캉, 캉, 캉!

두 개의 중병기가 계속해서 부딪치는데, 장대근의 몸은 더 이상 밀리지 않았다.

"이, 이놈! 힘이 장사구나."

무식하게 큰 대도를 봤을 때부터 짐작은 했지만 이 정도였을 줄이야!

상대는 젊은 놈에게 애를 먹는 것이 기분 나쁜 듯 눈을 가늘게 뜨고 연신 날카로운 살초를 써댔다. 다 헛일이었지만 정작 본인은 그런 사실을 꿈에도 생각지 못했다.

강진은 둘의 싸움이 격해지자 슬쩍 몸을 빼서 달리기 시작했다. 산등성이 쪽에서 보지 못하는 사각지대만을 골라 이동하니 위쪽에서 지켜보던 자는 전혀 알아차리지 못했다.

장대근과 대겸을 든 중년 장한의 싸움은 점점 격렬해졌다. 아무래도 연극에 익숙하지 못한 장대근이 점점 기세가 올라 다시 상대를 밀어붙이고 있었다.

하수를 상대로 지는 연극은 의외로 어렵다. 싸우다 보면 상대의 살기에 같이 마음이 동해 자신도 모르게 힘이 들어가는 것이다.

"으으윽, 이놈! 이제 보니 실력을 숨기고 있었구나."

중년 장한은 이를 갈았다. 그는 이미 장대근이 그보다 고수라는 것을 감 잡고 있었다. 그렇다면! 슬쩍 눈을 돌려 강진이 쓰러진 자리를 보니 사람이 없었다.

당했다! 중년 장한은 순간적으로 맞공세를 포기하고 수세를 취하였다. 우선 그는 몸을 이리저리 움직여 장대근의 균형을 흔들려고 시도하는 동시에 입을 오므려 휘파람을 불었다.

삐익—

상당한 수련을 쌓은 휘파람 소리다. 날카로운 고음이 계곡 중에 퍼졌다.

이것이 신호인 듯 산 위에서 구경하고 있던 자가 뒤로 물러났다. 그자는 뒤쪽에 있는 바위 동굴 안으로 몸을 날렸다. 그때 강진이 도착했다.

“서랏!”

강진은 내력을 주입하여 크게 외쳤다. 동시에 유엽표를 세 장 꺼내 던졌다.

슈슈슉―

“크윽!”

위에서 대기하고 있던 자가 아래로 내려온 자보다 고수였다. 그는 뒤쪽에서 소리가 나는 순간 몸을 비틀어 동굴의 벽쪽으로 찰싹 붙었다.

그러나 강진이 던진 세 장의 비엽표 중 두 장은 회선표의 궤적으로 그리며 동굴 안을 나선형으로 빙빙 돌아 사각이 없었다. 두 장은 피했지만 한 장이 그의 허벅지에 박혔다.

그사이 강진은 동굴 안쪽에 사람의 손에 의해 조각된 부분이 있다는 것을 알았다. 이 동굴에는 기관장치가 있다. 그걸 깨닫는 순간 다시 세 장의 유엽표를 뽑아 던졌다.

파파팍!

유엽표 세 장은 그대로 날아가 도망가던 자의 어깨와 허리,

그리고 종아리에 박혔다. 상당히 독하게 손을 써서 걷기는커
녕 제대로 움직이기도 힘들 것이다. 그러나 이미 동굴의 기관
은 작동하고 있었다.

그그궁—

사내가 붙은 동굴 벽이 소리를 내며 들어갔다. 그리고는 비
밀 문이 가운데를 축으로 빙글 돌았다. 벽에 붙은 사람을 순
식간에 안으로 감춘 것이다.

동시에 강진은 이상한 낌새를 느꼈다. 순간적으로 그는 몸
을 날려 동굴을 빠져나갔다.

콰콰쾅!

동굴 내부에는 화약이 장치되어 있었는지 굉음과 함께 바
위 동굴이 무너져 내리기 시작했다. 그대로 안에 있었다면 죽
었을 것이다.

원래는 도망가는 자를 쫓아 들어오는 자를 제거하고 추적
의 꼬리를 자르기 위해 만든 함정이다.

그런데 강진은 입구 쪽에 멈춰 서서 암기를 던졌기에 동굴
속 깊이 들어갈 필요가 없었다. 덕분에 다치지 않고 무사할
수 있었다. 만약 조금만 더 들어갔어도 제때 빠져나오지 못했
을 것이다. 그러면 사망 아니면 중상이기 쉽다.

"역시 강호의 암투는 지독하고 음험하다. 하기야 저들도
살려고 필사적이니……"

강진은 한숨을 내쉬며 상대가 들어갔던 비밀 문의 위치를 가늠해서 땅을 팠다. 과연 돌로 된 암도의 벽을 뚫고 들어가니 비밀 통로가 나왔다.

문 바로 앞에 쓰러져 있는 자는 거의 숨이 끊어져 가고 있었다. 암기에 맞는 바람에 동굴 벽에서 채 떨어지지 못한 데다가 화약이 터지는 충격이 그대로 그의 몸에 전해져 내장을 뒤흔든 모양이다.

입에서 연신 피를 토하고 있는데, 상태를 보니 구하기 힘들 것 같았다.

강진은 일단 상대의 머리 위를 오른손으로 누르고 내공을 흘려 넣었다. 그리고는 다른 손으로 지법을 시전하여 임시방편으로 출혈을 막았다.

"크으으."

상대는 그제야 겨우 정신이 드는 모양이다. 힘없이 고개를 흔들며 강진을 보았다.

"죽… 여라."

보통 놈들이 아니다. 강진은 적이 죽음을 두려워하지 않는 자라는 것을 알고 가슴이 차가워지는 듯한 기분이 되었다. 그러나 상대가 독하면 그는 더욱 독하다. 마음을 굳게 먹고 말했다.

"난 강진이다. 너도 죽기 전에 이름을 말해라."

"괴전… 흑룡방 소가대……."

사내는 자신의 이름과 소속을 숨기지 않았다. 흑룡방이다.

보통 무림인들은 흑룡방과 원한 관계가 되면 밤에 잠도 제대로 자지 못한다. 사내는 자신의 소속을 밝힘으로써 강진이 피가 마르는 듯한 두려움을 느끼리라 생각했다.

흑룡방과 원한 관계를 맺은 이상 당연히 죽은 목숨이다. 그걸 미리 알려줬으니 죽을 때까지 두려움에 떨며 도망쳐야 할 것이다.

강진은 애당초 흑룡방과는 돌아올 수 없는 강을 건넌 사이다. 그는 미간을 찡그렸다.

천룡교주는 그의 부친을 살해한 불구대천의 원수지만 천룡교는 그의 출신지이기도 하다. 말하자면 태어나기도 전의 고향이다.

그런데 흑룡방이 천룡교를 멸문시켰다니!

흑룡방에 대한 분노가 일었다. 부친의 원수는 죽었는데 또 새로운 원수가 생겼다.

괴전이라는 사내는 강진의 눈에서 살기가 이는 것을 보고 웃었다.

"어찌 됐든… 우리 흑룡방을… 적으로 돌린 이상… 너는 죽는다! 커헉."

그는 마지막으로 저주의 말을 남기고는 피를 토했다. 절명한 것이다.

강진은 잠시 그자를 보다가 손을 뻗어 그자의 품속을 뒤졌다. 내상약이나 암기, 지필묵 등만 있을 뿐 별다른 물건은 없었다.

결국 얻은 것은 흉수의 정체뿐이다. 강진은 혹시 주변에 또 다른 자가 있는지 살핀 후 산을 내려왔다.

내려와 보니 장대근이 대겸을 든 중년 장한을 제압해 놓은 후였다.

중년 장한은 장대근이 제대로 실력을 발휘하자 삼초를 버티지 못했다. 그도 어디 가면 무시당할 실력은 아니다. 실전 경험도 풍부하여 곧 흑룡방의 정방도가 될 자였다. 그런데 백근도가 기세를 타자 일초에 대겸이 두 동강 나며 그 충격에 내상까지 입었다.

아연실색해서 제압당한 이후에도 정신을 차리지 못하고 '내가 속다니… 고수라니…' 하고 혼잣말을 하고 있었다.

"형, 어떻게 됐어요?"

"제압했는데 화약이 터지는 바람에 죽었다."

"어, 아까 그 굉음이 화약 소리였어요?"

장대근은 아직 화약이 터지는 것을 한 번도 보지 못했다. 그는 눈을 휘둥그레 뜨고 '내가 갈 걸' 하고 중얼거렸다.

"그자는 어떻게 되었지?"

“턱을 한 대 치고 혈을 세 개 짚었어요. 아직 좀 흔들리는 모양이에요.”

“그래.”

강진은 중년 장한에게 다가가 백회혈을 자극했다. 그러자 상대는 정신이 번쩍 든 듯 다시 눈에서 생기와 함께 살기를 흘렸다.

“으으, 네놈은 누구냐?”

중년 장한은 아직 포기하지 않고 강진의 정체를 물었다. 이에 강진은 고개를 끄덕이며 대답했다.

“나는 강호에서 요 근래 홍의검협이라는 명칭을 얻은 바 있지.”

“홍의검협! 네놈이?”

장한의 눈이 크게 떠지더니 강진의 모습을 살피는 듯 눈동자가 움직였다. 마치 자신이 알고 있는 인상착의와 일치하는지 확인하는 듯한 표정이다.

그의 반응을 지켜보던 강진의 입꼬리가 살짝 올라가자 장한의 눈에 불안한 빛이 떠올랐다.

“내 무림명을 알고 있다, 이거지? 그렇다면 당신들은 정기적으로 외부의 연락을 받는다는 뜻이군.”

“어헉!”

장한의 불안감은 적중했다. 자신도 모르게 본단과의 연락선을 노출하였으니 흑룡단에 죄를 지은 셈이 되었다.

"됐다. 넌 이만 자라."

빡!

강진은 주먹으로 상대의 백회혈을 사정없이 때렸다. 그 충격에 중년 장한은 눈의 흰자위를 드러내며 옆으로 쓰러졌다.

"대근아, 일단 우리는 연락하러 오는 자를 기다리자. 그자가 산 위에서 죽은 자를 발견하면 상급자에게 보고를 하러 갈 것이다. 그걸 미행하면 틀림없이 흑룡방과 접촉을 할 수 있겠지."

"헤헤, 그럼 이제부터는 우리가 놈들을 쫓는 거네요."

"그래, 그런데 정말 조심해야 한다. 항상 은밀하게 행동하되 때로는 대담한 행동도 마다하지 않기로 하자."

"그럼요. 전 형이 시키는 대로 할게요."

"그래, 일단 기다리는 동안 기척을 죽이는 훈련을 좀 하자. 넌 아직 그런 쪽으로는 익숙하지 않으니까."

"그래요!"

장대근은 신이 나서 강진의 말에 찬성했다.

"근데 어떻게 훈련하면 돼요?"

"간단하다. 넌 숨고, 난 찾는다."

"앗, 그것은!"

장대근은 이 훈련을 이미 알고 있다. 아니, 이 놀이를 알고 있다. 바로 어릴 적에 시간이 날 때마다 했던 숨바꼭질이 아닌가!

장대근이 숨고 강진이 찾는다. 찾으면 어떻게 알아냈는지를 가르쳐 주고 다시 숨게 한다.

강진은 미소를 지으며 고개를 끄덕였다.

"일차 목표는 이각 동안 내 이목을 피해 숨는 거다. 내가 너를 세 번 찾아내면 이번에는 내가 숨겠다. 그러니까 세 번 들키면 네가 술래가 되는 거다."

"어헛, 술래는 싫어요. 강진 형은 무지하게 잘 숨잖아요!"

"그걸 찾아야 훈련이 되지. 암."

"으으윽."

"안 할래?"

"아니요! 해요!"

이렇게 즐거울 수가 없다! 장대근은 흥분해서 외쳤다.

장대근은 며칠 동안 온 산과 계곡을 누비며 숨고 찾기 훈련을 계속했다.

그는 잠을 자는 시간도 아까워할 정도로 이 수련을 좋아했다. 무공을 수련하니 놀기도 좋다고 생각하는 장대근이다.

*　　*　　*

열흘쯤 지나니 과연 계곡의 입구 쪽에 누군가가 나타났다. 그자는 곧바로 천룡교의 잔해 중앙까지 달려와 적당한 나뭇가지에 검은 천 조각을 맸다. 그게 아군이라는 표식인 듯했다.

강진과 장대근은 그자를 발견하고도 기척을 숨긴 채 조용히 지켜만 보았다.

한참을 기다려도 산 중턱에서 나오는 자가 없자, 그자는 무기를 빼어 들고 산을 오르기 시작했다. 그리고 발견했다. 무너진 동굴과 죽어 있는 한 사람의 사체.

그자는 이미 썩어 들어간 시체의 상태를 꼼꼼하게 살피고 동굴 주변 역시 자세히 조사했다. 그러나 별다른 단서를 찾지 못하자 한참 고민을 하다가 이동하기 시작했다.

강진은 장대근에게 신호를 보냈다. 그러자 장대근이 그를 미행하기 시작했다. 그 큰 덩치로 용케 수목과 바위의 그늘에 몸을 숨기며 상대에게 들키지 않았다.

강진은 움직이지 않았다. 그는 한참을 기다렸다가 장대근의 모습이 거의 보이지 않을 무렵에야 움직였다. 이동을 하는 데에도 발자국이 남지 않았다.

강진은 사내의 뒤를 쫓으려 하지 않았다. 장대근의 위치와 이동속도를 확인하면 상대가 어디쯤 있는지를 유추해 낼 수 있다.

강진은 옆쪽으로 거리를 벌려 표적과 장대근과 함께 삼각형을 이루도록 자신의 위치를 잡았다. 이렇게 하니 둘을 모두 살필 수 있었고, 또 그가 표적을 미행한다는 느낌은 거의 들지 않았다.

어느 쪽이냐 하면 장대근을 보며 미행하는 쪽에 더 가깝다.

장대근은 강진의 위치를 알지 못한다. 그는 열심히 표적만 미행하면 된다. 강진은 장대근과 표적 모두를 볼 수 있지만, 가능하면 표적은 보지 않는다. 장대근의 움직임만 봐도 표적의 상태를 거의 확실하게 확인할 수 있기 때문이다.

이렇게 삼 일 정도를 미행하다 보니 사내는 산에서 벗어나 시가지로 들어섰다.

그때부터가 정말 힘든 미행이었다. 장대근은 대낮에 지붕을 타고 담을 넘기도 해야 했다. 그러나 그런 힘든 노력도 사내가 홍등가 한가운데에 있는 기루로 들어가니 다 헛것이 되고 말았다.

어떻게 하지? 장대근은 고민했다. 일단 그는 사내가 다시 나오기를 기다리기로 했다. 하지만 사내는 마음에 드는 기녀라도 하나 찾았는지 전혀 나올 생각이 없었다.

하루를 꼬박 지키고 있었는데, 결국 사내는 나오지 않았다. 한탕 질펀하게 노는 모양이다.

'우씨, 차라리 나도 들어가?'

장대근은 순간적으로 그런 생각을 했다. 그도 역시 피 끓는 젊은 청춘. 그러나 그는 곧 몸을 부르르 떨며 고개를 저었다.

진한 화장을 하고 요사스럽게 웃으며 사내에게 달라붙는 기녀들의 모습을 상상하니 가슴이 뛰기는 하는데, 반대로 몸에서 거부 반응이 일어났다.

사실 장대근의 이상형은 바로 설옥이다. 항상 상냥하며 맛있는 밥을 지어주는 가정적인 여성이 좋았다.

그 위에 공진 대사와 함께 십여 년을 생활하며 강호의 온갖 요사스러운 여자들에 대한 이야기를 들었다.

그런 여자들에게 한번 빠지면 바로 인생을 망치고, 정상적인 여자는 그런 여자와 어울리는 남자를 경멸하고 절대로 상대하지 않는다고 배웠다.

말하자면 공진 대사에게 세뇌교육을 받은 셈인데, 이게 순진한 장대근에게는 칼같이 먹혔다. 호기심이나 욕정이 생기기는 해도 그것 때문에 설옥 누이 같은 여자를 색시로 맞아들이지 못하면 큰일인 것이다.

공진 대사는 장대근에게 이성에 대해 지혜롭게 대처할 수 있는 세 가지 규칙을 말했다.

첫째, 기녀나 색녀와 놀려면 최소한 성혼을 하고 나서 놀 것. 안 그러면 좋은 신부를 얻기 힘들다.

둘째, 하지만 이후에도 그쪽에 맛들이면 부인에게 평생 원망을 듣게 되니 각오는 할 것.

셋째, 만약 욕정을 못 참고 사고를 치면 절대 남에게 말하지 말 것. 다시 말해서 남하고 같이 기루를 가는 것은 정말 위험한 일로 평생 약점을 잡히는 일이 된다는 것을 명심할 것.

이 규칙은 사람을 총각돌부처로 만들고, 성혼을 한 후에는 일처종사(一妻從)하는 순진남편으로 성장시키는 무서운 함정이 숨어 있다.

일단 기루를 혼자 가는 것은 상당한 경력을 쌓은 고수나 하는 짓이고, 보통 초보는 이쪽 방면의 선배의 인도를 받게 되는데 그걸 원천봉쇄하고 있다.

또 성혼을 할 때까지 참으라고 했으니 장가를 빨리 갈 것이고, 그 뒤로는 당분간 신혼의 분위기에 빠질 테니 다른 데 눈을 돌리기 어렵다. 이쯤 되면 늦바람만 조심하면 되는데, 이것도 부인의 원망이 무서워 쉽게 빠져나가기 어렵다.

어떻게 보면 공진 대사의 무서운 함정이라고 할 만하다. 한편으로는 손자처럼 생각하는 장대근의 커다란 약점을 보강할 방편이기도 했다. 그리고 공진 대사의 의도대로 장대근은 이 세 가지 규칙에 제대로 낚였다.

몸은 속세의 소용돌이 중에 있어도 마음은 승려의 것.

장대근은 의리있고 충성스럽고, 힘과 무공이 모두 뛰어난 호한이지만 여자에게는 환상을 품게 되었다. 그는 아직 기녀와 옷깃만 스쳐도 위험하다고 생각하고 있었다.

그는 무늬만 속가제자지 의식과 상식은 거의 소림의 돌부처와 비슷한 경지로 세뇌를 당한 상태였다. 신승이라는 공진대사는 그렇게 무서웠다.

*　　　*　　　*

"아직 안 갔나?"

"움직이지도 않는군요. 석상도 저런 석상이 없어요. 앞마당에 장식을 해놓으면 인왕상인 줄 알겠네요."

"저자가 나를 미행한 게 맞겠지?"

"틀림없는 것 같아요. 당신 이외에 여기 들어온 사람은 모두 나갔고, 저자가 다른 사람을 미행하는 중이었다면 이미 움직였을 테니까요."

"그렇군. 역시 꼬리가 붙어 있었어. 혹시 다른 자는 없었지?"

"없어요."

"흑요랑의 눈을 피할 자는 없을 테니 확실하겠군."

사내는 자신이 품고 있는 여자의 가슴을 부드럽게 쓰다듬으며 말했다.

겉보기와는 달리 흑요랑은 심양 비밀 분타의 분타주이고

사내보다 상급자이다. 하지만 그녀는 절대 그런 티를 내지 않고 오히려 자신보다 하급자인 다섯 명의 정식 방도들 모두를 정랑(情郎)처럼 대했다.

그들은 저마다 따로 처첩을 두거나 다른 기루에서 즐기기도 하지만 흑요랑은 전혀 신경 쓰지 않았다.

원래 그녀는 자유연애를 주장하다 고을에서 거의 죽기 직전까지 몰려 도망친 요녀였다.

사실 흑요랑의 무공은 그다지 뛰어나지 않지만 정보를 다루는 능력과 눈매가 날카롭고, 그걸 잘 활용할 수 있는 머리가 있다. 비밀 분타의 책임자로는 적임이라 할 수 있는데, 그녀의 모자란 무공은 바로 다섯 명의 다른 정식 방도들이 채우게 되어 있다.

영리한 흑요랑은 다섯 명에게 명령을 내려 부리지 않고 자유롭게 활동하며 스스로의 영역을 확보할 수 있도록 최대한 도왔다.

흑룡방의 정식 방도라면 거의 강호의 일류고수일 뿐만 아니라, 방에 대한 충성도도 높아 흑요랑이 그들을 어떻게 대하든 직위에서 오는 상하관계를 잊지 않을 정도는 된다. 조직체계가 흔들릴 위험은 없는 것이다.

어찌 됐든 다섯 정식 방도의 업적은 모두 그녀의 것이고, 또 필요하면 그저 침상 머리에서 부탁을 하면 된다.

상대는 절대 거절을 할 수 없으니 사실은 부탁이 아니라 명령이라고 해야 옳지만, 한차례 정사 후에 교태를 부리며 귓가에 하는 말이니 전혀 거부감이 들지 않았다.

그렇게 해서 심양분타는 강북의 비밀 분타 중 가장 깊은 뿌리를 내릴 수 있었다.

심양분타가 맡은 일 중 상당히 중요한 것 하나, 바로 천룡교의 잔당 색출이 있다.

흑요랑은 임무에 충실하여 그곳에 감시를 위한 은신처와 함정을 만들어놓고 분타원들 중 쓸 만한 자를 둘 배치했다. 덕분에 그동안 천룡방을 찾은 몇몇 사람들을 모두 제거할 수 있었다.

그런데 이번에 결국 사단이 난 것이다.

"어떻게 할 거지?"

"호호호, 그야 조용히 숨죽이고 있어야지요."

사내가 묻자 흑요랑은 요염하게 웃으며 말했다. 눈앞의 남자를 몰래 미행해 온 자라면 손대기 어려운 강자이기가 쉽다. 사람을 모아 다수로 기습을 하면 제거할 수도 있겠지만 그건 하책에 속한다.

"당분간 이 기루에서 멀어져야겠네요. 무공을 조금이라도 익힌 사람은 모두 다 적당히 숨는 게 좋겠어요."

"흠, 그럼 저자를 역미행하지 않아도 좋나?"

"그게 무슨 필요가 있나요? 저처럼 큰 덩치의 사람은 한 번보기만 해도 절대 잊지 않을걸요? 내 이미 화공을 시켜 저자의 용모파기를 그려놓으라 했어요. 한 번만 봐도 그림이 나오는 자이니 지금쯤 열 장도 넘게 그려놨을 거예요."

"그럼 그걸 다른 곳으로 보내놓으면 되겠군."

"그런 거지요. 꼭 우리 심양분타가 고생을 할 필요는 없어요. 우리의 임무는 숨어서 뿌리를 내리는 거니까요. 싸울 거면 총단에서 장로 급이 와서 지휘를 해달라고 하고요. 전 싸움 지휘는 자신없어요."

"흐흐흐. 흑요랑, 그대는 과연 영리하여 잘하는 것과 못하는 것을 확실히 구별하는군."

"혹시 똑똑한 여자를 싫어하는 건 아니죠? 아무튼 염려 말아요. 우리는 그냥 숨만 죽이면 돼요. 저쪽에서 제 풀에 떨어져 나가든, 참지 못하고 여길 쳐들어오든 전혀 상관없어요."

고장난명이라는 말이 있다. 손바닥도 마주쳐야 소리가 난다는 뜻인데, 저쪽에서 아무리 이쪽을 찾으려 해도 아예 무시하고 상대하지 않으면 오히려 찾기가 힘들다. 괜히 경계하고 조심하면 더 들키기 쉬운 법이다.

"그렇지. 나는 그럼 지하의 밀도로 빠져나가야겠군."

"그렇게 해요. 저도 준비가 끝나는 대로 잠시 몸을 뺄 테니까요."

그녀는 이곳의 루주가 아니다. 루주는 따로 있다. 그야말로 무공을 모르는 일반인으로 환갑이 다 된 노인으로, 과거 기루를 하다 망한 것을 흑요랑이 돈을 구해 주고 재기시킨 것이다.

기루의 실질적 주인이 흑요랑이라는 것은 아무도 모른다. 보표들도 모두 흑룡방과는 전혀 관계가 없다.

그들이 있는 곳은 기루의 후원인데, 흑룡방도들 중 한 명의 이름으로 빌린 상태다. 보름쯤마다 빌리는 사람이 바뀐다. 그렇게 사람의 이름은 바뀌어도 후원은 항상 흑룡방이 빌리고 있는 것이고, 안에 있는 사람은 거의 같다.

하지만 이번에 모처럼 후원의 대여를 그만두고 이곳을 비우게 생겼다. 사람들은 앞으로의 일 중 세세한 부분을 상의하고는 저마다 잠수할 준비를 시작했다.

그러나 그들은 꿈에도 몰랐다. 강진은 이미 그들의 머리꼭대기 위인 천장 속에서 모든 것을 듣고 있다는 사실을 말이다.

❖읽거나 말거나❖

강진아, 너밖에 없다. 대근이 좀 타락시켜라.

第二章
살형지행(殺形之行)

赤龍王
布王

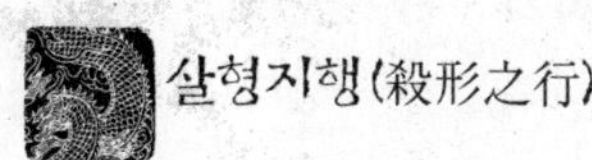

　　　강진은 표적이 기루로 들어선 순간부터 일이 틀어졌다는 생각을 했다. 적도 바보가 아닌 이상 이런 중간 거점을 이용하여 혹시 있을지 모를 꼬리를 끊게 되어 있을 것이다.

　장대근이 기루 맞은편의 건물 지붕 위에 자리를 잡자 강진은 고개를 끄덕였다.

　"곧 들키겠구나."

　어쩌니 저쩌니 해도 장대근은 미행의 초보, 여기까지가 한계다. 예상대로 되어가는 것이다.

이제 남은 건 오늘 밤에 적들이 장대근을 포위 공격할 때까지 기다리는 것. 강진은 기루 쪽은 보이지도 않는 여관방을 잡아놓고 느긋하게 차를 마시면서 장대근을 지켜보았다.

하루가 지났다. 지난밤에 기대했던 습격은 없었다. 그렇다고 해서 장대근을 감시하려는 사람이 나타난 낌새도 없다.

"무시하는군."

아침을 먹으면서 강진은 중얼거렸다.

"그냥 잠수할 생각인가?"

적의 의지가 만만치 않다. 꼬리를 끊는 일에 집중하여 함부로 미행자를 건드리지 않는다. 정체를 숨기기에 전력을 다하고 있다는 소리다.

문제는 저 기루가 적의 소굴이냐 아니냐다. 아닐 가능성이 구 할. 그러나 아예 연관이 없을 수는 없다. 어느 정도까지 연관이 되어 있을까?

"그래도 대근이가 지켜보고 있는데 그자가 몰래 기루를 벗어날 수는 없으니 말이야."

아직 표적은 안에 있다. 아니면 비밀리에 암도 같은 데로 쥐도 새도 모르게 빠져나갔던가. 그냥 뒷문이나 담을 넘는 걸로는 안 된다.

"일단 안으로 들어가 확인해 보는 게 좋겠군."

강진은 결론을 내리고 식사를 끝낸 후 기루로 향했다.

"나리, 어서 오세요."

입구를 지나치자 제법 아리따운 기녀 네 명이 서 있다가 정중하게 인사를 한다. 양쪽에 두 명씩, 모두 특색이 있어 남자라면 어느 한쪽으로 관심이 쏠릴 수밖에 없는 구색이다.

기녀들의 인사가 끝나기 무섭게 내관 쪽에서 비단옷을 입은 남자가 와서 지극히 공손한 태도로 강진을 맞이했다.

옷차림새만 보아도 점소이 수준이 아닌 총관 급의 인물이다.

'일단 사람을 보고 있다가 대응하는 건가?

강진은 당연하다는 듯 익숙한 태도로 접대를 받아들였다.

그들은 강진의 옷차림과 얼굴 생김을 보고 순간적으로 판단한 것이 틀림없다.

대목이다! 완전 호구다!

화려한 선홍색의 비단 장삼과 허여멀건한 얼굴을 보니 사람이 좋아 보였다. 나이도 많지 않은데 대낮부터 혼자 기루에 들어온 것을 보면 '나 제법 놀았수~' 하고 크게 외치는 것과 같다.

자기 딴에는 나름 화류계의 고수라 생각하지만 알고 보면 하룻강아지. 철들기 전부터 자기가 번 돈이 아닌 부모의 돈 쓰는 맛을 알아버린 훌륭한 재물의 사회환원가!

이거야말로 기루업에 종사하는 전문가들이 엄지손가락을 치켜세우는 최고의 손님이다.

"이런 분 한 분만 오시면 그날 문 걸어 잠궈도 됩니다. 제대로 홀리기만 하면 완전 황금종을 울려 버리시죠."

그들은 주저없이 단언한다. 황금종은 하루 매상을 선불로 내고 가게 전체를 대여하는 걸 의미한다.

총관이 분위기있는 목소리로 강진의 주의를 끄는 사이, 주변의 기녀 네 명이 찰싹 달라붙어 따라 들어왔다.

총관은 웃는 얼굴과는 반대로 날카로운 눈으로 강진이 어느 쪽 기녀에게 끌리는가를 살폈다.

그러나 강진은 기녀들을 거들떠보지도 않았다. 그저 품에서 손을 꺼내 총관의 손바닥에 은자를 따다당 하고 떨굴 뿐이다. 손가락에서 은자가 생겨난 듯 자연스러운 은자 뿌림.

"헛, 은자 여섯 냥!"

"소저들에게 한 냥씩 나눠주게."

두 냥은 총관 몫! 기루의 규칙에 딱 맞는 분배다.

"어머!"

"나으리~"

기녀들이 더욱 농밀하게 웃으며 달라붙는다. 그러나 총관은 강진의 뜻을 알았다.

'오호, 이자가 그래도 제법 놀아보긴 했군. 좋았어. 오늘 우리 기루에 재신이 광림했으니 금은자를 보따리로 쌓지 않으면 능력이 없다고 해야겠지.'

강진의 말없는 주문은 아주 간단하다. 입구의 기녀로는 안 되니 최고로 가자는 것. 여기서 수준이 맞는 기녀가 안 나오면 상대는 미련없이 몸을 돌린다.

봉황이 닭장에서 놀 수는 없기에.

"위층으로 가시죠."

총관이 안내를 하는 사이 은밀한 수신호를 받은 점소이가 달렸다. 총관의 오른쪽 엄지손가락이 살짝 굽어 있다. 특급의 대박 손님! 간판기녀들인 월, 매, 류, 란이 지급으로 총출동을 해야 하는 상황이니 서두르지 않을 수 없다.

이후 강진은 총관이 안내하는 대로 기루의 최상층으로 올랐다. 화려하게 꾸며진 넓은 방 안에는 사람 다섯이 나란히 누워도 남을 만한 상이 놓여 있었다. 아직은 음식이나 술이 나오지 않았지만 곧 꽉 채워질 것이다.

"그럼 곧 준비를 할 터이니 잠시만 기다리십시오."

총관은 강진에게 차를 한 잔 따라주고는 밖으로 나갔다. 옆방에서 은은한 비파 연주가 시작되어 운치를 더했다.

강진은 창문으로 밖의 전경을 보며 생각했다.

'확실히 사부님께 배운 보람이 있군.'

과거 적포천존은 자신이 놀아본 경험을 토대로 강진에게 강호행의 이모저모에 대해 가르친 바 있다. 대부분 자랑이 과하게 섞인 내용이지만 핵심은 칼같이 잡아주었다.

평생 결혼도 하지 않고 홀로 강호를 떠돈 적포천존은 돈이
생기면 무거워서라도 그걸 가볍게 만든, 그야말로 되는대로
산 인생이다. 이런 방면으로는 고수 중에 고수라, 무공만큼
자신이 있다.

비록 강진은 처음이긴 해도 긴장하지 않고 배운 것을 실행
할 정도는 되었다.

딱히 표정 관리도 필요없다. 그의 현재 차림이 바로 완벽한
무대 의상과도 같다. 또한 귀신도 부린다는 재물도 품속에 두
둑하게 있으니 더할 나위 없다.

화화공자! 재신! 이게 바로 강진의 현주소다. 마음만 먹으
면 언제라도 연극이 아닌 실제 상황이 된다.

강진은 차를 한 모금 마시며 지그시 눈을 감고 비파의 음률
에 빠져드는 척했다. 하지만 실제로는 정신을 가다듬고 기를
모아 주변에 돌아다니는 낌새를 살폈다.

'없다. 무공을 익힌 자들은 몇 명의 보표뿐. 그들도 거의
하류니 그들과는 상관없는 자들일 것이다.'

총관도, 기녀도 모두 무공을 익히지 않았다. 올라오는 동안
에도 그런 사람은 하나도 없었다.

일부러 강진을 경계하고 있는 상황이 아니라면 이럴 리가
없다. 다시 말해서 이 기루는 흑룡방과 전혀 관계가 없다는
뜻이다.

'그렇다면?

표적은 어디로 샜나. 대근이가 놓친 걸까? 아니야, 그럴 리가 없지. 믿자.

그때 문이 열리며 흑, 청, 홍, 녹의 비단옷으로 꾸민 네 소저가 들어왔다. 하나같이 입구에 서 있던 기녀와는 비교도 안 되는 자색의 소유자들이다.

가장 앞에 선 흑의미녀가 날아갈 듯 절을 하며 말했다.

"대인을 뵈옵니다. 저는 월희라 하옵고, 이 아이들은 매영, 류향, 란란입니다."

월희는 나이가 가장 많았는데 눈웃음에 교태가 뚝뚝 떨어져 선천적인 색녀란 느낌이 강하게 들었다. 밤일에 적극적인 여인을 좋아하는 선수라면 그녀를 고르리라.

매영은 차가운 얼음의 꽃 같아서 웃지도 않았다. 전설상의 미녀인 서시와 비슷하게 꾸민 듯했다. 도전 의식 강한 남자의 불같은 가슴을 녹이는 얼음이다.

류향은 순진하고 부드러운 성격으로 보였고, 부끄러움을 잘 타는지 살짝 얼굴을 붉힌 채 고개를 숙이고 있었다. 초보자가 넘어가기 딱 좋은 표정 연기다.

그러나 강진이 보기에 그녀의 눈동자 굴러가는 소리는 양의 탈을 쓴 불여우임을 확실하게 알려준다.

란란은 나이가 가장 어려 세상물정 모르는 발랄한 소녀로 보였다. 막 성공을 해서 인생을 즐길 여유가 있지만 남자로서의 자신감이 한풀 꺾긴 남자의 시선을 끌 만하다.

미모만으로 따지면 란란이 가장 훌륭하다 하겠지만 그만큼 언행의 자태에서 나오는 은은한 매력은 떨어진다. 기예의 수준도 떨어질 것이다. 하지만 그 점이 더욱 매력일 수도 있다.

네 기녀는 차례대로 인사를 하며 강진에게 술을 한 잔씩 따랐다. 강진은 마다하지 않고 그걸 모두 마셨다.

순간 네 기녀들의 눈이 살짝 빛났다. 잔을 주고받아도 일대 사다. 보통 사람 같으면 거절하기 쉬운데 그녀들은 자신들의 미모를 믿고 처음부터 승부수를 던진 것이다. 그리고 성공했다!

손님이 그걸 다 받았으니 이제 상당히 알딸딸할 것이다. 지기 싫어하고 미녀 앞에서 큰소리치는 성격! 확실하다.

이제 남은 것은 재신의 품속에 대기하고 있는 은자의 무게를 가늠하는 것뿐, 네 여인들의 눈빛이 허공에서 교차했다.

'이 손님은 내가 찜.'

'무슨 소릴! 난 이분께 반했어. 돈이 문제가 아니라 내가 꼭 오늘 밤 하루라도 새신부가 될 거야!'

'애들아, 순서를 지켜라. 이 언니는 이 기회에 아예 은퇴를 하련다. 그냥 내가 이분의 첩으로 들어갈 테니 너희들이 양보

해라.'

'……'

무공을 익히지 않아 전음입밀의 수법은 몰라도 그녀들은 서로의 속마음을 읽듯이 통했다.

그때 가장 큰 언니인 월희가 강진 몰래 인상을 살짝 찡그려 주의를 주었다.

대적, 아니, 대목을 앞에 두고 자중지란이 웬 말인가? 재신이 왔다가도 달아난다.

'공동작전으로 간다. 손님만 원하면 우리 모두 같이 가는 거야. 잊지 마. 이분 놓치면 채찍 한두 대로는 안 끝나!'

'히익!'

서슬이 시퍼런 것이 완전 마녀가 따로 없다. 세 소저는 완전히 기가 죽었다.

알고 보면 그녀들도 기녀원에 팔려온 처량한 신세다. 잘못하면 뒤로 끌려가 채찍으로 죽도록 얻어맞게 된다. 곧 그녀들은 마음을 비우고 단독 행동을 포기했다. 이렇게 된 이상 완벽한 연수합공으로 강진의 뼛속까지 발라먹기로 굳게 다짐했다.

그사이 요리가 나와 상이 가득 찼다. 하나같이 은자로 계산하지 않으면 안 되는 진귀한 요리들뿐이다.

강진은 점잖게 젓가락을 들어 산채를 한 조각 집어 입에 넣었다.

"여기 화전도 한번 맛보세요."

란란이 애교있게 얼른 젓가락을 들어 강진의 입가로 가져다 댔다. 그러나 강진은 살짝 고개를 저었다.

그리고는 자리에서 일어났다.

"어머, 나으리. 측간에 가시려고요?"

월희가 얼른 일어나 강진의 팔을 부축하듯 붙었다.

강진이 품속에서 금원보 하나를 떨구며 말했다.

"아무래도 해가 밝으니 기분이 나질 않는구나. 하늘이 붉게 물들면 다시 오마."

"어머."

순식간에 분위기가 싸해졌다. 아무리 운치있게 말해도 강진의 행동이 말하는 바는 크다.

네 명의 기녀들이 그의 눈에 안 차다는 것.

채소 안주 한 점 집어먹고 금원보를 하나 떨궜다. 그리고는 미련없이 일어난다.

깔끔한 행동. 이 손님은 진정 풍류를 즐기는 재신이었다!

월희의 눈에 안타까움이 떠올랐다.

돈도 돈이지만 진짜 풍류남을, 그것도 젊고 매끈한 남자는 그렇게 쉽게 만나는 물건이 아니다. 손가락만 까닥해도 옷을 벗고, 공짜라도 무조건 모셔야 할 상대다!

휙—

월희는 고개를 돌려 뒤쪽에 멍하니 서 있는 세 기녀를 보았
다. 강진을 볼 때와는 달리 살기가 느껴지는 살벌한 눈동자였
다.

'너희들이 신경전 벌인 게 다 들켰잖아! 일을 망치다니, 좀
있다 보자!'

'히익!'

어느 틈에 총관이 달려왔다.

"아이구, 가십니까?"

강진은 점잖게 말했다.

"여긴 처음인데, 제법 잘 꾸며놓았군. 시간나면 다시 한 번
들르지."

뭐라고 말할 것인가? 총관은 속에서 튀어나오려는 욕설을
참으며 허리를 굽혔다.

"항상 문을 활짝 열어놓고 기다리죠. 저기, 그런데 나으리
의 존성대명을 아직 못 들었습니다."

"나는 강일세."

"강 대인, 또 왕림하심을 목을 빼고 기다리겠습니다."

"음."

"강 대인 나가신다~"

성대한 배웅이다. 일이 틀어졌어도 앞일은 알 수 없으니 뒤

끝이라도 좋아야 한다. 그걸 보고 강진은 이 기루가 제법 장사 수완이 있다는 것을 알았다.

그러나 강진이 충계를 걸어 내려오자 위쪽에서는 난리가 났다.

"다 언니 때문이야!"

"무슨 소리! 니가 먼저 독점선언을 했잖아!"

"잉잉, 난 아무 짓도 안 했는데 언니들 땜에 나도 같이 죽게 생겼어."

"웃기지 마! 네가 제일 노골적이었어!"

"홍, 그러는 언니야말로 그분이 턱 끝만 치켜들었어도 바로 옷을 벗으려고 허리띠를 느슨하게 했잖아. 품위도 없이 몸부터 들이대려 하다니, 얼음꽃 매영 맞아?"

"뭐얏? 너 이리 와!"

"홍, 오라면 못 갈 줄 알고? 천박한 갈보년!"

"이년이!"

"아니, 이것들이 아직도 반성을 안 하고 끝까지 싸워? 너희들 다 이리 와!"

"아아아. 언니, 잘못했어요."

"죽어! 죽지 않으면 내가 죽여주마!"

다 들린다. 차라리 몰랐으면 좋았을 것을.

고수가 되니 청경 역시 극에 달해 감각이 보통 사람의 몇 배나 되는데, 이게 꼭 좋은 건 아니다.

강진은 기녀들에 대한 환상을 머릿속에서 지웠다.

그는 일층에 내려와 밖으로 나가려다 문득 생각이 나서 물었다.

"저쪽 후원에서도 사람을 받나?"

"예? 아, 후원은 주로 통째로 임대를 합지요. 나으리께서도 며칠 푸욱 쉬며 즐기시려면 제가 손을 써보겠습니다."

"호, 그거 나쁘지 않군."

"그러문입죠. 후원에는 시냇물도 흐르고 정자도 있어 제법 운치가 있습니다."

총관은 어둠 속에 환하게 빛나는 북극성을 발견한 기분으로 얼른 허리를 굽혔다. 비록 후원에 손님이 있다고 해도 강진이 고개만 끄덕이면 위약금을 물고라도 비워야 한다고 생각했다.

강진은 상당히 끌리는 듯 흠흠, 하며 몇 번이나 후원을 훑어보았다. 나무 한 그루 한 그루가 운치있게 심어져 있는 것이 적지 않은 정성을 들인 듯했다. 시냇물도 흐른다고 했다. 시내 한복판에 물이 흐를 리 없으니 그건 다 만든 것일 터.

"시냇물이라, 돈 좀 들었겠군. 여기 주인은 풍류를 아는구나."

"물론이죠. 이쪽 업계의 큰손이니 다음에 오시면 아마 루주께서 직접 맞이하실 겁니다."

"기대하지."

희망이 보이자 총관은 기분이 약간 좋아졌다. 기존의 간판으로 모자라면 다른 곳에서 사람을 빌려오면 된다. 하지만 이 근처에서 빌리면 손님을 달고 돌아갈 수 있으니 조금 떨어진 곳에서 데려와야 한다.

'끄응, 장기 출장을 준비해야겠군.'

총관은 다시 기회가 왔을 때 절대로 재신을 놓치지 않겠다고 굳게 결심했다.

하지만 역시 재신이란 한 번 떠나가면 두 번 다시 뒤를 돌아보지 않는다. 중화에서 말하는 복의 신은 앞쪽 머리엔 머리칼이 있어서 달려 들어오는 놈을 잡기는 쉽지만, 일단 스쳐 지나가면 뒤통수가 기름칠한 대머리다. 절대로 못 잡는다.

*　　　*　　　*

"후원이다."

강진은 직감적으로 확신을 했다. 그러나 확증이 없다. 뛰어들면? 시치미를 떼겠지. 절대로 시인하지 않을 것이다.

고문을 하거나 문답무용으로 손을 써야 하는데, 모두 좋지 않다. 무엇보다 여기서 판을 부수면 또 꼬리가 끊길 가능성이 있다.

강진은 심사숙고 끝에 결론을 내렸다.

제대로 들킬 때까지 타고 올라간다. 가능하면 총단이 있는 곳까지 가고, 설혹 거기까진 힘들더라도 올라가면 갈수록 적에게 큰 타격을 줄 수 있다.

"일단 확인을 하자."

강진은 여관으로 돌아왔다. 그리고는 밤이 될 때까지 기다려 아무도 눈치 못 채게 여관을 빠져나와 기루로 향했다.

기루가 있는 거리는 일종의 유흥가였기에 밤이 되어도 어둡기는커녕 오히려 수백 개의 등에 불이 밝혀져 대낮과도 같았다.

강진은 서슴없이 몸을 날려 벽의 그늘 사이로 나아갔다. 아무도 그를 인식하지 못했다.

기루의 후원담을 단숨에 넘은 강진은 주변에 느껴지는 사람들의 기척에 미소를 지었다. 여러 명의 숨소리가 들리는데 모두 무공을 익히고 있었다.

"제대로 찾았군."

강진은 완전히 기척을 죽이고 후원의 건물 벽 쪽으로 다가갔다. 지붕과 반대편 벽 쪽에 매복자가 있었지만 강진은 이미 그들의 존재를 훤히 꿰뚫고 있었다.

슥—

몸을 띄워 처마 밑에 박쥐처럼 붙으니 전혀 보이지 않게 되었다. 이처럼 환한 곳일수록 그늘은 더욱 어려운 법이다.

일단 안전을 확보하자 강진은 손가락으로 벽에 구멍을 뚫었다. 창문에 구멍을 뚫으면 들키기 쉬우니 지공이 받쳐 주면 벽에 뚫는 것이 훨씬 좋다.

그가 구멍을 뚫은 위치는 천장과 지붕 사이의 공간 부분이었다. 용의주도한 자들은 이 안에도 매복자를 두니 우선 그것부터 확인해야 했다.

잠시 주의 깊게 구멍 속의 기척을 살폈다.

"없군."

강진은 즉시 기를 모아 벽을 둥글게 도려냈다. 곧 사람이 들어갈 수 있는 구멍이 생겨났다. 그토록 큰 구멍을 뚫는데도 전혀 소리가 나지 않았다. 지붕 위에 있는 자도 눈치를 채지 못할 정도다.

그렇게 안으로 들어가 도려낸 벽면을 다시 끼워 넣으니 거의 감쪽같았다.

자세히 보면 둥그렇게 갈라진 틈이 보이겠지만 어느 누가 지붕 바로 아래 처마 밑을 유심히 살펴보겠는가? 재수없지만 않으면 일이 끝날 때까지 안 들킬 것이다.

천장의 위쪽에는 기둥과 기둥 사이를 이은 보가 있었다. 굵은 통나무 재질로 사람이 몇 명 매달려도 끄떡없어 보였다.

매복 준비가 끝난 후, 강진은 드디어 적당한 위치로 가서 천장 막에 살짝 구멍을 뚫고 아래쪽의 기척을 살폈다.

"아아, 아아아―"

기묘한 신음 소리, 강진은 이게 무슨 소리인지 금방 알아챘다. 그의 얼굴이 살짝 붉어졌다.

'실례를 하게 되었군.'

예의가 아닌 줄은 알지만 안 볼 수는 없다. 상대가 방사를 치르는 동안에야말로 방 안의 동정을 살피기에 가장 좋은 시기가 아닌가?

강진은 가능한 한 침상 위쪽으로는 시선을 두지 않으려 노력하며 아래쪽을 살폈다.

제법 넓은 방이었고, 화려했다. 구멍을 뚫을 때 건물의 구조를 생각해서 가장 중심이 되는 방 쪽에 뚫으려 했던 계획이 성공한 것 같았다.

'그렇다면 저 침상 위의 남녀가 이곳의 중요 인물일 가능성이 크다.'

강진은 어쩔 수 없이 침상 쪽으로 시선을 돌렸다. 일단 두 남녀의 모습을 확인해야 했다.

남자는 침상 위에 누워 있고, 여자가 위로 올라가 서서히 몸을 흔들고 있었다. 남녀 모두가 이런 일에 익숙한 듯 호흡이 잘 맞았다.

특히 여자 쪽은 둔부의 움직임이 전혀 멈추는 법이 없고, 반복 운동이 단순하지 않아 거의 나선의 원을 그리다시피 하는 것이 이쪽 방면의 고수라 할 만했다.

강진도 그쪽으로는 적지 않은 수련을 쌓았기에 한눈에 알아보았다.

"고수다! 저 움직임은 만상환희공의 이치에 딱 들어맞고 조금도 어색함이 없구나!"

강진의 머릿속에 독학으로 설옥과 연습했던 동작들이 새록새록 떠올랐다.

지금 이 방면의 고수를 만나니 그동안의 성취를 다른 사람과 비교할 수 있게 되었다. 강진은 염치불구하고 여자의 움직임을 세밀히 살피며 여러 가지로 상상을 했다. 배울 점이 많았다.

곧 그녀는 흥분해서 자신의 손으로 가슴을 쓰다듬으며 연신 신음 소리를 내기 시작했다. 허리의 움직임이 점점 빨라지자 남자 쪽의 얼굴이 기묘하게 일그러졌다.

쾌락을 즐기면서도 상대를 같이 즐겁게 할 줄 아는 것이다. 반면 남자 쪽은 그렇게까지 고수는 아니다. 그저 여자에게 주도권을 넘기고 흘러들어 오는 쾌락에 몸을 맡기고 있을 뿐이다.

'저자는!'

그자다. 금조곡에 온 자! 아직 떠나지 않고 후원에 있었다. 순간 강진의 눈이 차가워졌다. 더 이상 야릇한 생각을 하지 않았다.

'그럼 여자 쪽은 애인인가?'

둘의 분위기를 보니 그럴 가능성이 컸다. 단순히 돈으로 산 기녀가 절대 아닌, 서로를 오래 사귄 정인으로 대하는 게 느껴졌다. 여자 쪽도 어느 정도 무공을 지닌 것으로 보아 같은 흑룡방 소속인 모양이다.

내려가서 제압할까? 그럴 필요는 없지. 지금 분위기 좋은데 왜 일부러 판을 깨겠어?

강진은 조용히 누워 호흡을 가다듬고 의식을 주변으로 퍼뜨렸다. 누군가 다가온다면 바로 알 수 있도록 경계는 하지만 거의 기식대법처럼 기척을 낮추어 개나 고양이도 그가 있는 것을 눈치 채기 어렵다.

그리고는 아래쪽의 소리에 귀를 기울였다. 신음성은 무시하고 가끔씩 섞여 나오는 그들의 이름이나 신분 등을 기억했다.

잠시 후, 방사가 끝난 둘은 침상 위에서 여러 가지 상의를 하기 시작했다.

그들에게 있어 이 침실이야말로 집무실 겸용인 것 같았다. 여러 가지 분타 내의 일들을 상의하는데 강진이 알아들을 수 있는 것도 있었고, 없는 것도 있었다.

단지 강진이 들은 바로는 이 여자의 이름이 흑요랑이며 흑룡방 심양분타의 분타주라는 것. 그리고 사내는 흑룡방의 정식 방도로서 이곳에 흑요랑을 뺀 정식 방도의 수는 다섯이라는 것이다.

다음날이 되자 강진은 그중 세 명을 더 확인할 수 있었다.

그런데 그들은 모두 흑요랑을 만나 일을 처리하기 전에 정사부터 치렀다. 그것도 한 번으로 끝나는 것이 아니라 거의 남자가 탈진할 때까지 흑요랑은 쉬지 않았다:

솜씨가 워낙 좋아서 힘이 빠진 남자들의 기운을 다시 북돋는 것도 능숙했다.

'지독한 색녀군.'

강진은 혀를 찼다.

보고 듣는 것도 한두 번이지 하루 종일 몇 번이나 계속되니 이젠 지겹다. 그렇다고 해서 여자가 바뀌는 것도 아니고. 이 색녀는 그야말로 하루에 세 번씩 밥 먹듯이 정사를 벌여야 직성이 풀리는 몸이었던 것이다.

강진은 꼼짝없이 관음증에 걸린 변태 치한 노릇을 하게 된 자신의 처지를 한탄했다. 그나마 만상환희공에 도움이 되었으니 망정이지, 그것도 아니었다면 그야말로 시간 낭비다.

어쨌거나 고난을 참고 견딘 보람이 있어 이들의 계획에 대해 거의 모든 것을 알게 되었다. 이제 새벽이 되면 모두가 비밀 암도를 통해 빠져나갈 것이다.

'그래, 잘 빠져나가라.'

강진은 마음속으로 그들의 계획을 응원해 주었다.

'멋지게 빠져나가 다른 비밀 구역으로 갈 때쯤이면 어느 정도 방심을 하겠지? 그때 아주 철저하게 파헤쳐 주마.'

강진은 속으로 다짐했다.

*　　　*　　　*

다음날 새벽부터 강진은 바빠졌다.

흑요랑을 비롯한 사람들이 모두 암도로 들어서자 후원에는 기척이 사라졌다. 오늘부로 후원은 비어 있는 장소가 될 것이고, 다른 일반 손님을 받을 것이다.

강진은 서둘러 밖으로 나갔다.

아직 날이 완전히 밝지 않아서인지 사람이 거의 보이지 않았다. 확실히 색주가의 새벽은 한산했다.

강진은 지붕 위로 올라가 사방을 살폈다. 이런 거리에 비밀 암도라고 해봤자 멀리는 뚫지 못했을 터, 건물 한두 개만 지나면 다른 비밀 통로로 나오게 될 것이다.

"저기 있군."

강진은 곧 그가 찾는 자들을 발견했다. 흑요랑을 비롯해 강진이 아는 세 명의 흑룡방 정방도들, 그 외에 십여 명의 수하들이 이동을 하고 있었다. 장대근은 그것도 모르고 여전히 제자리를 고수하고 있었다.

강진은 장대근에게 그걸 말할까 했지만 곧 그만두기로 했다. 그들의 이사가 끝날 때까지는 장대근을 감시하는 자가 있을 것이다.

강진은 혼자 조용히 흑요랑 일행의 뒤를 밟았다. 그리고는 마침내 그들이 상당히 큰 저택의 후문으로 들어가는 것을 보았다.

마을의 외곽 쪽에 위치한 장원이었는데, 높은 담으로 둘러싸여 안쪽이 잘 보이지 않았다.

그들이 들어오도록 문을 열어준 자는 하인 복장을 한 남자였는데, 무공 수준으로 보아 아무래도 흑룡방의 정방도인 듯했다.

흑요랑이 그자를 살짝 끌어안고 입을 맞추었다.

"준비는 다 됐나요?"

그녀의 물음에 하인 복장의 사내는 음산한 웃음을 지으며 말했다.

"주인 놈이 외지에서 장사를 끝내고 돌아오려면 최소 한 달은 더 있어야 하지. 그전에는 손님도 안 온다고 봐야 해. 지금 집에는 부인과 두 첩, 그리고 딸년 둘과 어린 아들 하나뿐이야. 물론 하인들과 하녀들도 따로 계산해야겠지."

"하인은 물론이고, 개 한 마리도 빠져나가면 안 돼요. 우리는 이 집을 약탈하려는 게 아니라 은신처로 쓰려는 거니까요."

"그야 이를 말인가? 지난 이 년간 내가 이 집에서 하인 노릇하며 들인 공이 얼만데, 아무튼 시작하자고. 날이 완전히 밝으면 혹시라도 비명 소리가 새어나가 지나가는 행인의 귀에 들어갈지도 모르니까."

"좋아요."

흑요랑이 주변 사람들을 향해 손짓하자 사람들은 일제히 무기를 뽑아 들고 사방으로 흩어지려 했다. 세세한 명령이 없어도 알아서 둘씩 짝을 지어 일사불란하게 움직이는 모습을 보니 이런 일이 한두 번은 아닌 모양이다.

그때 하인 복장의 사내가 흑요랑에게 말했다.

"미리 말해두는데, 첩년들과 딸들은 죽이지 마. 특히 소소라는 어린 첩년과 수우라는 계집은 얼굴에 잔흉터 하나라도 나면 안 돼."

흑요랑이 입가에 미소를 지은 채 눈을 흘기며 말했다.

"이쁜 년들인가 보죠?"

"그래."

"나쁜 사람, 이쁜 애들은 절대로 안 죽이도록 하죠."

"역시 흑요랑이야."

하인 복장의 사내는 비릿한 웃음을 지으며 흑요랑의 뒤쪽에 섰다.

"사철두는?"

"저기 오는군."

호랑이도 제 말하면 온다던가. 하인 복장의 사내가 손가락으로 하인들의 숙소 쪽을 가리킨 곳을 보니 과연 다부진 체격의 사내가 걸어오고 있었다.

"흑요랑, 이미 와 있었군."

"하인들은 다 처리했나요?"

"어젯밤 술에 몽혼약을 좀 섞어두었지. 해가 머리 위에 뜰 때까지 아무도 못 일어날걸? 내 수하 네 명이 지키고 있으니 혹시라도 일어나는 놈은 비명도 못 지르고 숨이 끊어질 거야."

"그냥 지금 다 죽여도 되는데. 아무튼 좋아요. 일단 안채를 처리해요."

"그러지."

그들의 몸에서 살기가 무럭무럭 일어나기 시작했다. 바야흐로 이 상인의 집은 살겁에 휘말리게 생겼다.

강진은 그들의 대화를 들으며 이를 갈았다.

"천인공노할 놈들! 주인 없는 빈집을 털고 힘없는 양민을 학살할 셈이군!"

세상에 이처럼 지독하고 흉악한 놈들이 있다니!

그들은 단지 숨을 곳을 얻기 위해 아무런 연관도 없는 일가족 하나를 완전히 절단 내려 하고 있었다. 냉정하게 상황을 정리해 보면 이들은 이미 이 집을 탐내어 전부터 사람을 들여보내 일을 꾸몄음이 틀림없다.

항주에서도 그랬다. 민란까지 일으켜 항주의 상인들을 약탈하고, 또 비밀 거점을 만들려고 했다. 그들에게 있어서 사람의 목숨 따위는 강가에 자란 갈대의 줄기와 아무런 차이도 없는 것이다.

흑룡방, 악의 주구들!

'내 비록 스스로 선인이라고 말할 수는 없지만, 이놈들과는 하늘 아래 같이 숨을 쉬지 못하겠다. 천룡교의 원한이 없더라도 목숨을 걸고 흑룡방을 치는 일에 혼신의 힘을 다한다!'

강진은 속으로 맹세를 했다. 그리고는 몸을 날려 장원 안으로 뛰어 들어갔다.

원래대로라면 이들이 자리를 잡는 것을 숨어서 계속 지켜봐야 한다. 그러면 마침내 이들의 상급자를 만날 수 있게 될 것이다.

그런 만큼 흑룡방에 치명적인 타격을 입히기 위해서라면 끝까지 숨어서 이들의 연락망이 어디까지 뻗어나가는지를 밝히는 것이 좋다.

반면에 지금 손을 쓰고 나면, 이번에는 반대로 강진이 표면에 드러나고 흑룡방의 주구들이 어둠 속에서 강진을 노리게 될 것이다.

'아직 나는 몸에 호신강기를 두르지 못한다. 적들이 끊임없이 암살을 감행하면 감당하기가 쉽지 않다.'

강진은 지금 자신이 나가면 후일 얼마나 위험한 지경에 처하게 될지 또한 잘 알고 있었다. 하지만 이런 만행을 보고만 있을 수는 없다. 무엇보다 마음이 원하고 있는 일이었기에.

"너무 자신을 억누르는 것은 좋지 않다. 이 사부는 평생 마음이 따르는 대로 살았지. 진정한 대장부라면 가끔 뒤를 보지 않고 일을 저지르는 호기가 있어야 하는 법이다."

적포천존의 가르침이 선명하게 머릿속을 울렸다. 세상의 눈이나 제반 사정을 따지는 것은 물론 중요한 일일 수 있다. 하지만 그보다 더 중한 것은 바로 스스로의 마음이다.

특히 적포문의 무공은 끓어오르는 분노를 양분으로 삼는다. 자꾸만 머리를 써 그것을 자제하는 습관이 들면 다음 단계로 올라갈 수 없다.

"다만 상황이 불리하여 위태할 때에는 늦기 전에 몸을 빼야 만수무강에 지장이 안 생긴다. 어떤 사람의 마음도 죽음을 원하지는 않는 법! 남의 눈이나 겉치레의 체면에 연연할 필요는 없다."

명문정파의 사람들이 듣는다면 호통을 칠 말을 적포천존은 거침없이 했다. 스스로의 양심에 꺼리는 일이 아니라면 목숨을 보전하는 것이 무엇보다 중요한 법이다.

강진은 사부가 말한 때가 바로 지금임을 깨달았다. 나중에 도망을 치더라도 지금은 마음의 소리를 따르고 싶었다.

'뒷일은 뒤에!'

강진은 마음의 결정을 내렸다. 그는 몰랐지만 이것이야말로 적포천존이 살아오면서 가장 많이 한 생각이다. 지금이야말로 손을 쓸 때! 강진은 마음을 독하게 먹었다.

순간 가슴속에서 무엇인가 꿈틀대고 움직이는 것이 있었다. 천룡교가 사라진 것을 보았을 때 생긴 살기였다. 살기는 살형기로 바뀌어 그대로 남아 있다가 살기를 뿜어낼 대상을 찾게 되자 스스로 움직인 것이다.

"손을 쓸 때는 머리를 굴리지 말고 몸을 굴려라. 머리는 뒷수습
을 할 때 써야 하니 아껴두는 거다!"

적포천존의 버릇과도 같은 한마디 충고가 마지막으로 강
진의 머릿속에 떠올랐다 사라졌다. 강진은 본능에 자신을 맡
겼다.

파팟!

무언출수, 출수를 할 때에는 잔말을 하지 마라!

강진은 적포문의 규율에 따라 두말없이 손을 썼다. 그가 담
에서 뛰어내리며 검을 휘두르자 가까이에 있던 자들 중 둘이
피를 흘리며 쓰러졌다.

"앗! 적이다."

순간 흑룡방의 방도들 대부분이 가까운 은폐물을 향해 사
방으로 몸을 날렸다. 동시에 피하지 않은 한 명이 강진 쪽으
로 달려들며 손에 들고 있던 단창을 던졌다.

슈우욱―

단창은 맹렬하게 바람을 가르며 강진의 가슴 한가운데를
향해 날아왔다.

그러자 강진은 검을 뽑아 단창을 살짝 비껴 쳤다. 챙! 하는
소리와 함께 단창이 방향을 정반대로 바꾸어 왔던 방향 그대
로 날아갔다. 오던 기세보다 가는 기세가 두 배는 강했다.

쒜에엑—

"어헉!"

달려오던 자가 기겁을 하여 급히 몸을 틀었다.

가까스로 피할 수 있었지만 그의 옷 옆구리 쪽이 걸려 찌익 하고 찢어졌다. 사내는 죽음에서 돌아온 듯 하얗게 변한 얼굴로 거친 숨을 몰아쉬었다.

그러나 그의 숨은 오래가지 못했다. 단창과 함께 강진이 날아오며 그의 가슴에 검을 박아 넣었다.

"끄아아악!"

처절한 비명 소리가 새벽 공기를 찢어발겼다.

"쳐라!"

흑요랑의 날카로운 외침 소리와 함께 암기가 날아왔다.

"흥!"

강진은 어림없다는 듯 검을 크게 한 바퀴 돌렸다. 춤을 추듯 우아한 초식은 그리 빠르지도 않았다. 그런데 암기가 모두 그물에 걸린 듯 검신에 부딪쳐 땅에 떨어졌다.

"고수다!"

누군가가 외쳤다.

사실 강진이 첫 번째 사내를 죽였을 때 흑요랑 주위의 정방도들은 강진이 무서운 고수라는 것을 깨달았지만 아무도 입 밖에 꺼내어 말하지 않았다. 상대의 강함을 인정하면 싸우기도 전에 사기가 떨어질 것을 염려한 것이다.

그러나 강진의 경지는 정방도인 일류고수뿐만 아니라 삼류고수도 충분히 느낄 만큼 고절했다.

흑요랑은 굳은 얼굴로 강진의 움직임을 보았다.

갑자기 어디서 나타난 고수일까? 나이도 젊어 보이는데 저런 경지라니!

그녀는 지금 상황이 아주 재수없다고 느꼈다. 이대로 싸우면 안 된다. 무슨 수를 써서든 상대를 멈추게 해야 한다.

그녀는 즉시 품속에서 흑룡방의 표식인 흑룡패를 꺼내 들었다. 이 패를 보고 두려워하지 않는 무림인은 없다. 신분을 드러내는 게 곤란하긴 하지만 다 죽는 것보다는 낫다.

"잠깐 멈춰요! 귀하, 우리는 흑룡방 사람이에요!"

제발 알아서 물러나라. 그러면 절대로 뒤를 쫓지 않을게.

흑요랑은 속으로 그렇게 부르짖었다. 급할 때는 살아남는 일만 머릿속에 남는 법. 급한 상황이 해제되면 '절대로'가 싹 바뀌어 버릴 테지만 지금 순간만큼은 정말로 진심이었다.

그러나 강진은 검을 멈출 생각도 하지 않았다.

"이미 알아!"

슈욱―

강진은 검을 땅에 수평이 되게 내민 채 앞으로 나아갔다. 노리는 것은 바로 흑요랑이었다.

흑요랑은 놀라 헛바람을 들이키며 몸을 빼려 했다. 그녀의 수하들 중 두 명이 급히 그 앞을 막아섰다.

"차앗!"

강진이 기합을 지르며 검에 내공을 주입하자 검이 부르르 떨리며 저절로 휘었다. 정상적으로는 도저히 있을 수 없는 공격 초식이 발출되었다.

파팟!

"악!"

일초에 두 사내의 가슴을 베니 양쪽에서 피가 분수처럼 뿜어졌다. 바로 반선반마검법의 반마변초 중 하나인 요지유마검이었다. 내력으로 검날을 순간적으로 구부리니 변초의 무한함과 기괴함이 상상을 불허했다.

강진은 그 가운데를 지나치며 그대로 흑요랑의 목을 노리고 찔렀다.

그러나 그녀의 주위에 있던 다섯 명의 정방도들은 결코 삼류가 아니다. 그들은 당황하지 않고 즉시 진형을 이루며 사방에서 강진을 공격했다.

나머지 한 사람은 몸을 낮추고 기세를 죽인 채 혹시라도 강진이 네 명의 공격을 피하면 그 틈을 노릴 준비를 했다. 절묘한 연수합공이었다.

강진은 어쩔 수 없이 검을 돌려 좌측 두 명의 무기를 튕겼다. 그리고는 왼손으로 우측 한 명의 팔목을 잡아 그자의 무기로 옆을 공격했다.

카카캉!

그사이 흑요랑은 죽다 살아난 표정으로 몸을 뒤로 뺐고, 남은 한 명의 정방도가 낭아곤으로 강진의 발목을 후렸다.

"차앗!"

강진은 바람을 가르며 몰아쳐 오는 낭아곤을 발로 밟아 뛰었다. 날카로운 쇠못이 달린 낭아곤이지만 강진의 신법인 천뢰신행보는 원래 못을 밟고 뛰면서 수련을 하는 구절이 있다.

휘익 하는 소리와 함께 강진은 새처럼 사람 머리 위까지 날아올랐다. 동시에 그의 손에서 세 장의 비엽표가 튀어나갔다.

쒜엑, 퍽!

"커억!"

정방도 중 한 명이 정수리와 어깨, 그리고 배에 구멍이 뚫려 절명했다. 그러나 다른 네 명은 전혀 동요하지 않고 그대로 허공에 뜬 강진을 공격하려 했다.

강진의 몸에서 줄기줄기 뻗어 나오는 살기는 이미 이 자리에서 어느 쪽 하나가 완전히 사라질 때까지 싸움이 그치지 않음을 주장했다.

흑요랑도 차가운 표정으로 자신의 허리띠를 풀어 채찍처럼 휘둘렀다. 다섯 명의 정방도가 펼치는 사의오행진(邪意五

行陣) 중 이 빠진 자리에 그녀가 들어간 것이다.

휘익.

적의 공격은 강진의 급소를 노린 게 아니다. 그저 발목이나 허벅지 등 방비하거나 피하기 어려운 곳을 노렸다. 조금이라도 강진의 움직임을 손상시킬 수만 있다면 좋다는 투였다. 부상만 입히면 죽이는 것은 쉬운 일이다.

그들은 싸울 줄 알았다.

그러나 강진은 허공에서 몸을 휙 틀어 머리를 아래쪽으로 향하게 했다. 그리고는 검으로 닥쳐오는 다섯 개의 무기를 일일이 쳐냈다.

채챙, 파파팍!

파란 불똥이 연달아 튀더니 상대는 비틀거리며 뒤로 물러났다. 머리 위를 향해 초식을 펼치니 아무래도 힘이 부족했다. 반면 강진은 강대한 내공에 체중까지 실어 반격을 하니 무기만 부딪쳐도 그 충격이 장난이 아니었다.

“크으윽…….”

특히 하인 복장의 정방도는 가장 가까이에 있었기에 홀로 강진의 힘 중 삼 할을 받아내야 했다. 그는 입가로 피를 흘렸고, 어깨가 탈골된 듯 팔이 아래로 쳐져 다시 들지를 못했다. 그 틈새로 강진의 검날이 벼락처럼 파고들었다.

팍!

목 중앙을 파고든 검이 등골을 뚫고 나왔다.

강진은 땅에 떨어지면서 다시 몸을 뒤집어 발로 착지했다. 그리고 등 뒤에까지 젖혔던 검을, 상대의 몸에 박혀 있던 검을 뽑아 앞쪽의 상대를 공격했다.

촤악—

검이 닿기도 전에 피가 닿았다. 신기하게도 핏방울은 날카로운 암기처럼 대상의 피부 속으로 파고들었다.

"아악!"

액체가 피부를 뚫는 경험을 해본 적이 있는가! 반선반마검법의 수봉탄(水蜂彈)의 위력은 바위도 뚫는다.

그렇게 강진이 한 번 몸을 띄우고 내려앉는 사이 흑룡방의 정방도 셋이 절명했다. 일초에 한 명씩 확실하게 쓰러뜨린 결과이다.

"이, 이럴 수가!"

흑요랑은 공포로 이를 다다닥 떨었다. 그녀는 지금 손을 쓸 수 없을 정도로 몸이 굳었다.

강진은 그런 흑요랑을 거들떠보지도 않고 남은 두 명을 차례차례 처리했다. 아무리 상대가 발악적으로 덤벼도 강진의 일초를 넘길 수는 없었다.

다음에는 수하들 차례다. 강진은 검과 암기를 모두 사용해 가차없이 그 자리에 있는 자들을 모두 격살했다. 비명 소리가 하늘을 찔렀다.

이제 마지막으로 남은 것은 흑요랑. 그녀는 전신을 벌벌 떨며 말했다.

"나, 나, 나, 나를 죽일 건가요?"

강진은 말없이 검을 들고 흑요랑에게 갔다. 그리고는 서슴없이 그녀의 가슴을 찔렀다.

푹.

"무정한 사람……."

흑요랑은 자신의 가슴을 내려다보다가 옆으로 쓰러졌다.

그때서야 강진은 입을 열었다.

"남을 함부로 죽이려는 자. 자신의 죽음을 두려워해도 소용없다."

강진은 심호흡을 한 번 했다. 그러자 가슴속에 연성된 태혼살형기가 약간은 진정됐다.

강진은 잠시 자신의 검을 보았다. 흑요랑은 반항도 하지 않았다. 그냥 잡아서 흑룡방의 비밀을 캐묻는 것이 현명했을지도 모른다. 그러나 검을 멈추지 않았다.

"확실히 태혼살형기는 위험하다. 일단 살기를 일으키면 적을 모두 쓰러뜨리기 전까지는 멈추기가 어렵구나."

태혼살형기의 살기는 강진의 가슴속에 들어차 자비심이 일어나지 못하도록 막는다. 그러니 싸움을 시작하면 냉혈한이 되어버리는 것이다. 강진은 그 점이 마음에 걸렸다.

그래도 싸움에 앞서 검을 주저할 수는 없다. 망설임은 빈틈을 낳는다.

강진은 다시 한 번 심호흡을 하고 하인들의 숙소 쪽으로 달려갔다. 그쪽에 남은 자들이 있다는 것을 들었으니 그들도 처리를 해야 했다.

第四章　절영보검(切影寶劍)

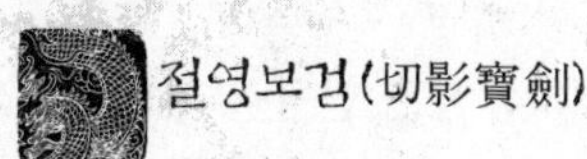

절영보검(切影寶劍)

　　한바탕 난리를 피우고 나자 안채 쪽이 시끄러워졌다. 잠에서 깨어난 하인들 몇 명은 강진이 손을 쓰는 모습을 직접 보기까지 했다. 그들은 피가 튀고 비명이 귀를 찌르자 감히 움직이지 못하고 벌벌 떨었다. 심지어는 오줌을 지리는 사람도 있었다.

　　하인들 중 일정 이상의 무공을 지닌 자를 모두 처치한 강진은 남은 자들 중에서 가장 나이가 많은 자에게 자초지종을 설명했다. 그리고는 안채에 이 사실을 알리라고 했다.

　　그사이 강진은 시체의 수를 확인했다. 역시 모자랐다. 흑룡방의 주구들 중 몇 명이 싸움이 벌어지는 순간 바로 몸을 뺐다. 아무리 그라 해도 그걸 막을 여유는 없었다.

"귀찮게 되었군."

강진은 인상을 살짝 찡그렸다. 그러나 지금 와서 후회해도 이미 늦었다. 적들이 어떤 수단을 쓸지는 모르지만 그냥 물러나지는 않을 것이다.

후회를 할 마음은 없다. 이제는 앞만 볼 뿐.

그런 생각을 하고 있을 때, 안채에서 비단옷을 입은 노인이 나왔다. 그는 강진에게 깊게 읍을 하며 자신의 성을 '이' 라고 말했다.

강진도 정중하게 인사를 했다.

"이 총관님, 새벽부터 소란을 피워 죄송합니다. 이 무뢰배들이 갑자기 이곳을 치려 하니 손을 안 쓸 수가 없더군요."

"천만의 말씀을, 강 소협께서 이렇게 구명지은을 베풀어주시니 보은할 방법이 없을까 걱정입니다. 어서 같이 들어가시지요. 노부인께서 직접 인사를 하시겠다고 하십니다."

총관은 강진을 안내해 안채로 들어갔다. 그사이 하인들이 벌벌 떨면서 쓰러진 자들을 치웠다. 몇 명은 관으로 달려가 이 사실을 보고하기로 했다. 다행히도 이 집 주인은 관에 아는 사람이 있어 번거로운 일은 생기지 않을 것이라고 했다.

안에는 노부인이 두 하녀의 부축을 받고 나와 있었다. 이 장원 주인의 모친이라고 했다. 다른 첩들이나 딸들은 외간 남자를 만날 수 없으니 방 안에 틀어박혀 나오지 않았다.

"강 소협, 어서 오시지요. 도움을 주셔서 감사합니다."

노부인은 인사를 하고는 다시 강진에게 자초지종을 물었다. 강진은 이들이 강호에서 악명을 떨치고 있는 흑룡방의 주구들이라는 것과 그들이 꾸민 일에 대해 설명했다.

노부인은 안색이 굳어 고개를 저었다.

"그 효삼은 삼대째 이 집에서 하인들의 우두머리 노릇을 했는데, 그런 사람이 배신을 할 줄이야."

"역시 젊었을 때 강호를 떠돌다가 돌아온 것입니까?"

"그렇다오."

"흑룡방에서는 일을 꾸밀 때 주로 그런 사람을 앞세우는 듯합니다. 혹시라도 내통한 자가 더 있을지 모르니 당분간 조심하시고, 무림맹에 사람을 보내 도움을 청하십시오."

"그렇게 하지요."

노부인은 강진의 충고가 진심에서 우러난 것임을 알고 미소를 지으며 받아들였다. 강진의 겸허한 태도가 크게 마음에 든 듯했다.

강진은 노부인과 잠시 담소를 나누며 이 장원의 주인이 수 씨라는 것과 일 년에 절반 정도는 멀리 요동 지역까지 장사를 하러 나가 집을 비운다는 것을 들었다. 그러니까 이곳은 수가

장인 셈이다.

수가장은 강진이 생각했던 것보다 심양 지방에 이름이 알려져 있는 곳으로, 심양의 지부대인도 알고 보면 수씨의 인척 관계라고 했다.

어느 정도 이야기가 진행되고 하녀가 다시 차를 내오자 노부인은 하녀에게 말했다.

"안에 가서 우아에게 절영보검을 가지고 오라고 해라."

"예."

차를 다 마실 때쯤 노부인의 손녀인 수우라는 소녀가 품에 한 자루의 검을 들고 나왔다.

연한 하늘색의 옷을 단정하게 차려입은 그녀는 아직 어렸지만 빼어난 미모는 이미 피어나고 있었다. 그녀는 무림의 여인들과는 달리 엄한 교육을 받고 자란 듯 강진 앞에서 고개도 들지 못했다.

"할머니, 가져왔어요."

노부인은 검을 받아 반쯤 뽑았다.

검이 검집에서 뽑히는 순간 번쩍하고 섬광이 이는 듯한 느낌이 들었다. 갇혀 있던 서기가 일시에 해방되어 사방으로 퍼지니 검신으로부터 상서로운 기운이 줄기줄기 뻗어나갔다. 천하에 둘도 찾기 힘든 보검임이 틀림없었다.

검신 안쪽에는 초서체로 절영(切影)이라고 음각되어 있었는데, 그것이 이 검의 이름인 듯했다.

"이 검은 돌아가신 부군이 젊었을 때 우연히 얻은 보물이라오. 혹시라도 다른 사람들이 보게 되면 보물을 노리는 사람이 찾아올까 봐 수십 년 동안 외인에게 보이지 않고 내가 지니고 있다가 이번에 손녀에게 물려주었지요. 그러나 자고로 영물과 보검은 스스로 주인을 찾는다는 말처럼, 보검의 임자는 이 아이가 아닌 강 소협인 듯하구려."

"아, 이처럼 훌륭한 보물은 받을 수 없습니다. 저들을 친 것도 다 제 은원에서 비롯된 것이니, 마음에 두실 필요는 없습니다."

"사양하지 마시구려. 강 소협이 아니었다면 이런 물건도 모두 저들의 손에 들어갔을 터, 여기 있는 우아만 해도 소협 덕에 목숨을 부지한 셈이니 검 하나가 어찌 아까울 수 있겠소? 또 이 집에 보검이 있다면 아무런 덕도 되지 못하고 해만 되겠지만, 강 소협의 손에 들리면 협행을 하는 데 조금이라도 도움이 될 터이니 이는 화를 복으로 바꾸는 일이오."

노부인의 말은 잔잔하면서도 거역하기 힘든 기운이 서려 있었다.

강진은 잠시 검을 바라보다가 결심을 굳히고 노부인으로부터 그것을 받아 들었다.

"그럼 사양 않고 감사히 받도록 하겠습니다."

"그게 좋아요."

강진이 절영보검을 받아 들어 허리에 차니 마치 몸의 일부인 듯 딱 어울렸다. 무게와 크기가 모두 마음에 들어 뽑지 않아도 그를 지켜주는 듯했다. 강진은 묘하게 마음이 안정되는 것을 느꼈다.

강진은 문득 한숨을 내쉬었다.

'아! 사부님께선 검은 신외지물이니 보검을 구하지 말고 검강의 경지에 이를 때까지 쉬지 말고 수련하라 했는데, 이제 이 검이 이렇게 마음에 드니 당분간 다른 검을 쓰면 초식이 많이 둔해지겠구나.'

보검을 쓰게 되면 알게 모르게 그 본래의 날카로움에 몸이 의지하게 되는 경우가 많다. 그럴 경우 다른 검을 사용하면 마음속에 허함이 생겨 오히려 약해진다.

보검은 검사에게 있어 장점임과 동시에 약점이 되는 것이다.

하지만 강진은 그런 마음속의 흔들림을 노부인 앞에서 보일 수 없었다. 그는 다시 공손하게 노부인에게 감사의 인사를 했다.

그 후 강진은 수가장을 나섰다.

걸으면서 보니 과연 주변에 그를 보고 있는 시선을 느꼈다. 쫓을까?

'의미없지.'

강진은 그들을 무시했다. 모른 척하고 걸음을 옮겼다. 하지만 그는 머릿속으로 쉬지 않고 생각하고 있었다.

'지금이라면 저들의 감시망도 완벽하지 않을 것이다. 경공을 이용해서 다른 지방으로 가면 나를 찾기는 쉽지 않을 터. 하지만 이대로 며칠만 있으면 완벽한 감시 체제가 형성되겠지. 그때는 피하려고 해도 피할 수 없다. 어떻게 한다?

상식적으로 생각하면 일단 적의 감시를 빠져나가 암전(暗箭)을 피하는 게 현명해 보인다. 보이는 칼날은 피하기 쉬워도 어둠 속의 공격은 방비하기 어렵다.

하지만 강진은 고민 끝에 그렇게 하지 않기로 결심했다.

'내가 몸을 피하면 저들도 나를 찾기 어렵지만, 나도 저들을 찾기 어려워진다.'

상대는 강남무림맹이 십여 년간 싸우면서도 실체를 잡아내지 못한 흑룡방이다. 강진 혼자서 적의 중추를 찾을 가능성은 매우 적었다.

그렇다면? 적을 끌어들이는 것이 가장 확실하다.

강진은 자신이 저들에게 보인 힘이 어느 정도인가 면밀하게 검토해 보았다.

항주에서는 전대 거마인 천흉마군 백자붕을 격살했고, 이곳 심양에서는 수십 명을 동시에 상대해 결국 심양분타는 사실상 괴멸시켰다.

　'이번에 그들이 나를 상대할 때에는 틀림없이 어마어마한 전력으로 임하겠지.'

　강진 자신이 어떤 고수이든 절대로 빠져나갈 수 없는 함정을 파고, 흑룡방의 위신을 걸고 가장 빠른 시일 내에 척살하려 할 것이다. 혹시라도 강진이 강남무림맹에 가담이라도 한다면 그 뒤에는 손을 쓰기 어려우니까.

　'하지만 저들은 아직 모르는 것이 두 가지 있다. 하나는 바로 나의 진정한 무력이고, 다른 하나는 대근이다!'

　승산이 있다. 살아남을 수 있다!

　강진의 눈이 투지로 빛나기 시작했다. 자신도 모르는 사실이었지만 그 눈빛은 적포천존의 그것과 꼭 닮아 있었다.

＊　　　＊　　　＊

　장대근은 아직까지도 기루 앞쪽에서 기다리고 있었다.

　"그놈 참 오래 노네."

　갈 데까지 간 놈인가 보다. 장대근은 기루에 들어가 나흘째 나오지 않는 놈에게 감탄 반, 분노 반의 감정이 섞인 불평을 했다.

　"어떻게 한다?"

　이 정도 되었으니 계속 죽치고 있을 수는 없다고 생각했다.

그러나 마땅히 다른 뾰족한 수가 생각나는 것도 아니다.

그때 장대근의 귀에 반가운 목소리가 흘러들어 왔다.

"대근아, 듣기만 해라."

"……!"

강진 형이다. 전음입밀의 수법으로 나에게 지시를 내려주는구나!

형, 정말 그리웠소. 하루 종일 여기 있으려니 정말 지겨워 죽을 뻔했는데, 이제 그냥 들어가서 뽀갭시다.

기루는 절대로 들어가선 안 될 장소라고 생각하는 그였지만 강진과 함께 악적을 잡으러 가는 것은 예외다. 무엇보다 더 이상은 지붕 위에 엎드려 있기 싫었다.

강진의 전음이 다시 들려왔다.

"그대로 있다가 저녁이 되면 그곳을 떠나라. 남창 부근에 석마령이라는 곳이 있는데, 거기에 숨어서 기다려라. 한 달 이내로 내가 그곳으로 가마."

남창? 석마령? 남창!

남창이면 강남에서도 아래쪽으로 여기서 수천 리나 떨어진 곳이다. 거기까지 혼자서 가라니? 그야말로 입이 저절로 벌어지는 소리다.

그러나 강진이 전음입밀로 소리를 전하고, 장대근은 강진의 위치를 모르니 항의도 할 수 없다. 전음입밀의 수법은 주

변에 소리를 퍼뜨리지 않고 대상에게만 말을 전하는 상승무
공이지만 상대를 보지 않고서는 시전하기가 불가능하다.

속 타는 장대근의 가슴을 달래려는 듯 강진의 말소리가 다
시 들렸다.

"긴장해라. 한 달 뒤에 네가 그곳에 없으면 내가 크게 위험
해진다."

위험! 장대근은 더 이상 가슴속에 불만을 담을 수 없었다.
자초지종을 알 수는 없지만 강진이 시킨 일에는 다 그만한 이
유가 있을 터.

장대근은 강진이 자신을 믿고 위험 속에 뛰어들려는 것을
눈치 챘다. 그는 천천히 고개를 끄덕여 알았다는 표시를 했다.

그 뒤로 강진의 전음은 다시 들리지 않았다.

저녁이 되자 장대근은 마치 감시를 포기한 것처럼 몸을 일
으켜 마을을 벗어났다.

홍의검협 강진의 출현은 장대근과는 전혀 연관이 없는 것
처럼 보였기에 흑룡방의 잔당들은 강진에게 모든 이목을 집
중시키고 있었다. 아무도 장대근에게 시선을 주지 않았다.

*　　　*　　　*

수가장의 천금소저인 수우는 생전 처음 외간 남자를 보았

다. 그녀의 나이 올해로 열여섯인데, 그동안은 친오라버니 둘 이외엔 젊은 남자를 보지 못했다.

세월이 세월인지라, 그녀의 부친인 수 대인은 하인들 앞에서도 모습을 드러내지 못할 정도로 그녀에게 엄하게 명했다. 외부의 사람들은 수가장에 수우가 있다는 것도 잘 모를 정도였다.

새벽에 갑자기 비명 소리가 들리자 안채의 모든 사람들이 잠에서 깨었다. 밖에 동정을 살피러 나갔던 몸종은 한 무림인이 여러 명을 상대로 싸우고 있는데 피가 튀고 비명이 끊이지 않아 너무나도 무섭다고 말했다.

수우는 그 말에 감히 방 밖으로 나가지 못하고 벌벌 떨기만 했다.

그러다가 비명 소리가 그치고 다시 몸종이 나가 일이 어떻게 되었는지를 듣고 왔다.

"아가씨, 글쎄, 나쁜 놈들이 우리 수가장을 해하려 했다지 뭐예요. 그런데 지나가던 협사님께서 우연히 그걸 알게 되자 검을 뽑아 손을 썼다는 거예요. 지금 협사님께서는 노마님과 차를 드시고 계세요."

"아, 누가 우리 수가장을 해하려 했다고?"

"그래요. 흉악한 강도들이래요."

그러면서 몸종은 협사가 아주 젊고 훤칠한 미남이라고 떠

들어댔다. 붉은 비단 장삼을 걸치고 한 자루 검을 허리에 찬 것이 그야말로 당당한 사내대장부의 기상이라고도 말했다.

그때부터 수우는 젊은 협사에게 마음이 가기 시작했다. 그런데 조금 있으니 하녀가 와서 노부인의 명을 전했다.

절영보검을 가지고 나오라니! 이건 무슨?

할머니의 명이다. 수우는 얼른 올해 새로 맞춘 연하늘색의 옷을 입고 하얀 비단 천에 싼 절영보검을 지닌 채 밖으로 나갔다.

대전 안으로 들어가기 전, 수우는 살짝 고개를 들어 강진의 얼굴을 보았다.

순간 수우의 심장이 격하게 뛰며 얼굴이 붉어졌다. 자신도 모르게 숨이 가빠지려는 것을 억지로 참으며 떨리는 다리로 앞으로 나아갔다.

들킬까 봐 감히 얼굴을 들지 못했다. 만약 붉어진 얼굴을 할머니나 저 협사에게 들킨다면 죽는 것이 나으리라. 사실 얼굴을 아무리 숙인다고 해도 붉어진 것을 숨길 수는 없지만 수우에게는 그런 점을 생각할 마음의 여유조차 없었다. 무엇보다 숨소리 자체가 살짝 격해져 있었다.

할머니가 검을 받아 들자 그 뒤에 서서 강진의 목소리를 들었다. 목소리는 청량하면서도 힘이 있어 듣기만 해도 맥이 탁 하고 풀렸다. 얼른 이 자리를 떠나고 싶었는데 몸이 움직이지 않았다. 조금이라도 더 강진의 목소리를 듣고 싶었다.

첫눈에 반한다는 말이 이런 것일까? 수우는 생각했다. 그녀는 강진이 자신에게 말을 걸어주기를 원했다. 또 한편으론 말을 걸지 않기를 원했다. 제대로 대답을 할 자신이 없었기에.

이윽고 강진은 검을 받아 들고 떠났다. 검에는 수우의 마음도 같이 담겨 있었다.

노부인은 강진이 총관과 함께 밖으로 나가자 한숨을 쉬며 말했다.

"거들떠보지도 않는군. 협을 행하고 대가를 바라지도 않고, 미인을 보고도 눈을 돌리지 않으니 진정한 협사로구나."

노부인은 수우의 등을 두어 번 두드리더니 그만 들어가 보라고 말했다.

수우는 자신의 방으로 돌아와서도 한참 동안 아무것도 하지 못하고 멍하니 있었다. 과연 저 강진이란 협사는 나에게 전혀 관심이 없는 걸까? 나는 그 사람에게 있어 길거리에 난 풀이나 돌조각 같은 존재일까?

참을 수 없는 감정이 속에서 올라와 어느새 두 줄기 눈물로 변했다.

'확인을 해봐야 해. 그분에게 직접 물어보기 전에는 알 수 없어.'

수우는 결심했다.

그날 밤, 수우는 아무도 몰래 수가장을 빠져나갔다. 손에는 패물가지를 적당히 챙기고 머리 위에는 큰 장포를 둘러 남이 자신의 얼굴을 보지 못하게 했다.

하인들은 새벽에 죽은 사람들의 원한이 나올까 봐 해가 진 후 모두 방에 틀어박혀 밖으로 나오지도 못했지만, 지금 이 순간 수우는 귀신도 두렵지 않았다.

태어나서 한 번도 집 밖으로 나간 적이 없는 그녀다. 동서남북으로 길이 나 있어도 어디로 가야 할지 알지 못했다.

잠시 머뭇거리던 수우는 이대로 있다가 하인들의 눈에 띄기라도 하면 다시 수가장으로 잡혀 들어가야 한다는 것을 깨닫고 무작정 걷기 시작했다.

일단 방향은 서쪽으로 잡았다. 그 길은 시내로 가는 길과 정반대 방향으로 옆 마을로 가는 길이었다.

한참을 가다 보니 뒤쪽에서 마차가 하나 달려왔다. 수우는 길 옆쪽에 서서 마차가 지나가기를 기다렸다. 그런데 마차는 수우를 지나치자마자 곧 멈춰 서더니 안에서 한 중년 남자가 내렸다.

"허허허, 젊은 소저가 혼자서 어디를 가시나?"

사람 좋은 웃음을 지으며 중년 남자가 물어왔다. 습관적으로 손가락으로 염소수염을 쓰다듬어 올리는 모습이 상당히 느끼했다.

수우는 대답하지 않았다. 지금껏 다른 남자와 대화를 해본
적이 없었다.

중년 남자는 잠시 뜸을 들이며 주변을 둘러보았다. 아직 해
가 뜨기 전이라 사방이 캄캄했고, 오직 달빛만이 은은하게 비
추는 상황이다. 귀뚜라미가 주변에 아무도 없는 것을 확인이
라도 해주듯 열심히 울고 있었다.

"아무래도 혼자 집을 나온 것 같은데, 혹시 몰래 나온 것인
가?"

"아, 아니에요."

다급하게 부정하는 수우의 대답은 곧 강한 긍정과도 같았
다. 염소수염의 중년 남자는 씨익 하고 웃으며 그의 뒤쪽에
서 있던 마부에게 말했다.

"데려다가 마차에 태워라. 이거 참, 밤에 길을 가다 보니
이런 횡재도 있군."

"옙!"

마부가 씩씩하게 대답하며 성큼성큼 걸어가 수우의 팔목
을 잡았다. 수우는 비명을 지르며 손을 뿌리치려 했지만 마부
의 완력이 너무 강해서 뿌리칠 수가 없었다.

오히려 그 바람에 마부가 힘을 주자 팔목이 너무 아파서 눈
물이 찔끔 났다.

"소리 지르지 마라. 조금 있으면 주인나리께서 귀여워해

주실 테니까.”

“아!”

수우는 거의 정신을 잃을 정도로 놀랐다.

마부의 음흉한 웃음과 목소리에 수우는 절망감에 몸을 떨었다. 세상 무서운 줄 모르고 순간적인 감정에 휘말려 집을 나왔다가 신세를 망치게 되었다.

그런데 그때, 숲속에서 돌멩이 하나가 날아와 마부의 머리를 정통으로 때렸다.

딱!

“어억!”

마부는 머리에서 피를 뿜으며 뒤로 넘어갔다. 일어나지 못하는 것이 보통 세게 부딪친 게 아닌 듯하다. 뇌진탕을 일으킨 것이다.

“아니, 누구냐?”

염소수염의 중년 장한은 기겁해서 외쳤다. 그러자 숲 안쪽에서 한 사람이 걸어나오며 말했다.

“악적, 색마. 대명천지에 국법을 무시하고 사람을 납치하려 하다니.”

여자였다. 머리에는 녹색의 챙이 넓은 죽립을 썼고, 양손에 파란빛이 도는 검을 각각 들고 있었다. 쌍검을 쓰는 여무사인 듯했다.

염소수염의 중년 장한은 상대가 이미 검을 뽑아 들어 기세가 흉흉하자 주춤주춤 뒤로 물러나며 말했다.

"오, 오해요! 난 그저 젊은 소저가 밤에 혼자 길을 가니 태워주려고……."

"변명은 필요없다!"

휘익, 파팍!

빛이 번쩍이자 중년 장한의 염소수염이 흔적도 없이 사라졌다. 그다음에 다시 빛이 번쩍이자 짜작 하는 소리와 함께 사내의 두 뺨에 시퍼렇게 멍든 자국이 생겼다. 검의 면으로 사정없이 때린 듯했다.

"네놈같이 음흉한 놈은 궁형에 처해야 해!"

여무사는 성격이 무척 괄괄한 듯 손에 전혀 사정을 두지 않았다. 쇠몽둥이와 다름없는 검의 면으로 두 볼을 계속해서 때리자 곧 피가 터져 나오고 입속에서 이빨이 두두둑 하고 떨어졌다.

사내는 연신 비명을 지르다 마침내 두 눈을 까뒤집고 기절해 버렸다. 그제야 손을 멈춘 여무사는 옆에서 벌벌 떨고 있는 수우를 보았다.

"괜찮아요? 혹시 상처를 입거나 그런 건 아니죠?"

"예? 예, 예."

수우는 너무나도 무서워서 정신을 차리지 못하다가 겨우

이 여무사가 자신을 구해주었다는 사실을 깨달았다. 그녀는
얼른 인사를 했다.

"구해주서서 감사합니다."

"무공을 익힌 것 같지도 않는데 밤에 혼자 길을 다니는 것
은 위험해요. 사연이 있나 보죠?"

"……."

남자를 만나러 나왔다고는 차마 말할 수 없다. 수우는 얼굴
만 붉혔다.

여무사는 잠시 수우를 보다가 한숨을 내쉬며 말했다.

"어디까지 가요? 데려다 드릴게요."

"저, 그게, 사실은 저도 어디로 가야 할지 모르겠어요."

여무사의 호의 섞인 말에 수우는 주춤거리면서도 솔직하
게 대답했다. 그녀의 대답을 들은 여무사의 얼굴에 잠시 난감
하다는 표정이 스쳐 지나가더니 무언가 떠오른 듯 다시 질문
을 해왔다.

"저기요. 음, 누굴 찾고 있나요?"

"그러니까 성이 강씨인 협사님을 찾고 있는데……."

수우는 상대가 어떻게 자신의 용건을 짐작했는지는 미처
생각지도 않고 자신도 모르게 순순히 대답해 버렸다. 그 말에
짐작이 맞았다는 듯 여무사는 침착하게 다시 물어왔다.

"이름과 명호는 모르나요?"

“몰라요.”

대답을 하면서 수우의 얼굴이 붉어졌다. 생각해 보니 자신이 벌인 일이지만 대책이 없어도 너무 없다. 그저 아는 것이라고는 성과 얼굴뿐. 무엇을 믿고 집을 나왔는지 한심해 보일 것이 분명했기 때문이다.

“후우.”

여무사는 다시 한숨을 내쉬었다. 강호에 성이 강씨인 무사를 찾으면 강의 모래알보다 많을 것이다.

그녀는 이 세상물정 모르는 규중처녀가 어쩌다가 알게 된 무림의 남자를 잊지 못해 가출을 했다는 것을 알 수 있었다. 참으로 황당한 일이고, 그 강씨 성을 지닌 죽일 놈의 사내가 이 수우 아가씨를 어떻게 대했는지는 몰라도 이미 떠난 이상 다시 만나려 할지도 알 수 없다.

그러나 그녀 역시 실연의 상처를 안고 돌아다니는 몸, 수우를 이대로 두고 볼 수는 없었다.

‘그래, 이 철없는 아가씨와 잠시 강호 구경을 하면 기분이 좋아지겠지. 그사이 다른 남자를 만날지도 모르고.’

“좋아요. 집에 돌아갈 마음은 없죠?”

“……”

수우는 차마 대답을 하지 못했다.

좀 전에 당한 일을 생각하면 당장이라도 집으로 돌아가고 싶은 마음이 들지 않는 것도 아니었다. 하지만 지금 돌아갔다 간 다시는 마음의 정인을 만날 수 없으리라 생각하니 차라리 죽는 게 나을 것 같다는 절실한 마음에 입술을 굳게 깨물었다.

금지옥엽으로 자란 듯 곱고 단정한 처녀의 얼굴에 드러난 표정은 말보다 더 뚜렷했다. 더군다나 실상 말을 안 했을 뿐이지 여무사의 입장에서 수우는 동병상련의 처지라 할 수 있다.

무모한 일을 저지를 수밖에 없었던 그녀의 심정이 절절히 느껴지니 도저히 두고 갈 마음이 들지 않았다.

'억지로 집으로 돌려보내면 평생 한으로 남겠지. 나 또한 그럴 것 같아 길을 나선 것이니까. 그렇다고 혼자 버려두었다 간 얼마 못 가 험한 일을 당할 것이 뻔하니 마음에 두고두고 걸릴 것이야.'

여기까지 생각하니 결론은 하나다. 여무사는 속으로 결정을 내리고 단호하게 말했다.

"그럼 당분간 같이 다녀요. 사실은 저도 강씨 성을 가진 무사를 찾고 있으니 비슷한 처지네요."

"아, 강 협사님을 알고 계세요?"

수우의 순진한 말에 여무사는 반쯤은 기가 막혀서 자신도 모르게 웃음을 지으며 다시 입을 열었다.

"이 강이 그 강인지는 장담할 수 없어요. 아마 아닐 가능성 이 크겠지요? 그래도 같이 다니다 보면 심심하지는 않을 테니까, 어때요?”

수우의 표정이 갑자기 환해졌다. 초면에 구해준 것도 감사할 일인데 자신을 데리고 다녀준다니, 언감생심 부탁도 못한 말을 저쪽에서 대신해 주고 있다. 그녀는 검고 큰 눈동자에 감사의 뜻을 한껏 담아 여무사를 보며 진심으로 사의를 표했다.

“정말 고마워요, 언니. 아, 저, 언니라고 불러도 되죠?”

“좋아. 그럼 그렇게 결정하고 이제부터 동생이라 부를게. 내 이름은 진소군이야.”

“저는 수우예요. 언니, 잘 부탁드려요.”

“응, 동생. 나도 잘 부탁해.”

둘은 서로를 언니와 동생으로 부르며 서로의 손을 잡고 인사를 했다. 그 뒤로 두 사람은 같이 다니기 시작했다.

진소군은 한번 구해준 사람을 끝까지 책임지려는 마음으로 동행을 시작했지만, 성격이 강한 진소군과 내성적이면서도 의외로 대담한 수우는 상당히 죽이 잘 맞았다.

무엇보다 세상물정이라고는 백지인 수우에게 하나하나 가르치는 재미가 있었다.

곧 두 사람은 서로 친해지게 되었다.

*　　　　*　　　　*

나용문은 무지하게 화가 난 기색을 조금도 숨기지 않았다.

그는 언제나 자신의 감정에 솔직했다. 특히 수하들 앞에서는 전혀 감추려 하지 않았다.

보통 윗사람은 아랫사람 앞에서 본심을 숨겨야 하는 법인데, 그는 정반대로 행동했다. 그런데 신기하게도 그런 그의 행동이 수하들의 충성심을 더욱 자극시켰다.

"그러니까 지금, 그 홍의검협이라는 놈 하나 때문에 총단 회의가 두 번이나 열리게 된 것이지. 그렇지 않나?"

"……."

각 당주들은 고개를 숙인 채 감히 대답을 하지 못했다. 나용문은 크게 한숨을 내쉬고는 순찰당주 조박에게 물었다.

"그놈 지금 어딨나?"

"심양에서 절강 쪽으로 내려오는 중입니다. 아무래도 다음 목적지가 강남 지역인 듯하다는 수하의 보고가 있었습니다."

"오호, 그놈이 그래도 양심이 있어서 자진납세를 하러 오는군. 혹시 딴 데로 새진 않겠지?"

"그것은 전적으로 그놈의 발에 달린 문제라서 제가 뭐라고 말씀드리긴 어렵습니다."

"흥, 그렇겠지. 그럼 일단 놈이 다른 곳으로 새는 것을 전제로 일을 처리해야겠군?"

"그게 확실할 듯합니다."

조박이 동의하자 나룡문은 결심이 선 듯 고개를 돌려 가장 구석에 있는 자를 불렀다.

"이봐, 살무당주."

"천살부(天殺斧) 규목, 대령했습니다."

성대가 갈라져 거의 들리지 않을 정도로 쉰 목소리였다. 천살부 규목은 얼굴에도 수십 개의 흉터가 나 있어 사람이라기보다는 괴물처럼 보였는데, 두 눈동자 역시 퍼런 인광이 배어 나와 보기만 해도 섬뜩했다.

지난 십 년간 그의 손에 죽은 사람이 얼마나 많은지는 아무도 모른다. 흑룡방에서 가장 강한 고수는 당연히 방주인 나룡문이지만, 가장 살인을 많이 한 자가 바로 살무당 당주인 규목인 것이다.

나룡문은 규목의 눈에 떠오른 살기가 마음에 든 듯 미소를 지었다. 홍의검협을 찢어 죽이고 싶은 것은 자신만이 아니란 생각을 했다.

"직접 갈 건가, 아니면 수하들을 보낼 건가?"

"제가 직접 가겠습니다."

그때 가장 앞쪽에 있는 노인이 나와 말했다.

"사업당 도주박이 한 말씀 올리겠습니다."

"말해봐."

"다음 달 초에 있을 카고시마의 회합 때, 왜구들 쪽에서는 수구류(水鷗類)의 달인인 하치모토[八本]가 직접 나온다는 정보가 있습니다. 만약 하치모토가 나온다면 그의 수제자인 자토마루도 같이 나올 터, 제가 생각하기에 이번 회합에서 저들의 기세를 꺾으려면 아무래도 살무당주가 방주님을 보좌할 필요가 있을 것 같습니다.”

“호오, 자토마루라……. 그 백 년에 한 번 나올까 말까 하다는 쾌검사 말이군.”

나용문은 도주박의 말에 고개를 끄덕였다. 저쪽에서 쓸 만한 자가 둘이 나오면 이쪽에서도 최소한 둘이 나가야 한다.

그렇지 않고 나용문이 혼자 나섰다가 자토마루와 하치모토 둘과 붙으면 이쪽에 사람이 없음을 보여주는 것이 아니겠는가? 승부와는 또 다른 인재 과시의 문제다.

“하기야, 내가 하치모토라면 몰라도 자토마루 같은 한 배분 떨어지는 놈하고 손을 섞을 수는 없지.”

“그렇습니다. 살무당주가 자토마루를 처리해 주어야 일이 쉬울 것입니다.”

흑룡방에 자토마루를 상대할 사람이 꼭 살무당주만 있는 것은 아니다. 흑룡방에는 방주를 빼고도 사대고수가 있는데, 살무당주는 그중 한 명일 뿐이다. 하지만 살무당주가 남들보다 탁월하게 뛰어난 점이 있는데, 그것은 바로 살기다.

사람을 죽일 때에 가장 무서운 것이 바로 천살부 규목이니

만큼 그가 애병인 천살부로 자토마루의 검과 몸, 그리고 머리를 한꺼번에 조각내면 왜구들은 꼼짝도 하지 못할 것이다.

"그렇다는데? 어쩔 텐가, 살무당주?"

나용문이 묻자 규목은 씨익 하고 누런 이빨을 드러내며 웃었다.

"홍의검협이라는 놈의 피 색깔을 보고 싶긴 하지만, 왜구의 피도 나쁘진 않지요. 카고시마의 회합은 방의 중요한 행사이니만큼 그쪽으로 가겠습니다."

"그럼 홍의검협은?"

"형가팔수를 보내죠."

"흠, 형가팔수라면 틀림없겠군."

형가팔수의 합공이라면 천살부 규목과 그다지 차이가 없는 전력이다.

모두 살행의 전문가들로 개개인의 무공만 해도 강호의 일류에 속하는데, 그런 무공으로 협공에 의한 살수업을 주로 해왔기에 이제는 여덟 명이 한 몸처럼 움직이는 경지에 도달했다.

나용문은 나쁘지 않다는 듯 고개를 끄덕이고는 다시 사업당주인 도주박에게 말했다.

"혹시 홍의검협이 형가팔수의 손에서 벗어나면 사사붕에게 연락을 취해라. 내가 카고시마에서 돌아올 때까지 홍의검협이 살아서 숨을 쉬고 있으면 안 되는 거다. 알겠지?"

"복명."

"그래, 그러면 이걸로 일단락 짓자."

총단의 회의가 끝났다.

나용문이 중원을 떠난 사이에는 사업당 당주인 도주박이 부방주의 역할을 수행하기로 하고, 현재 그들의 신경을 제일 크게 거슬리고 있는 홍의검협이라는 자는 형가팔수가 처리를 한다.

만약 형가팔수로도 감당이 안 될 때에는 전사당(戰事堂)의 천변도 사사붕이 전적으로 나서서 끝을 내는 것으로 결정이 되었다.

곧 회의의 결과는 여러 가지 비밀스러운 연락 수단에 따라 강남의 각지로 퍼져 나갔다.

❋읽거나 말거나❋

이제 제대로 붙는 건가.
서로 필사적으로 싸워봐라.

第五章

형가팔수(荊軻八手)

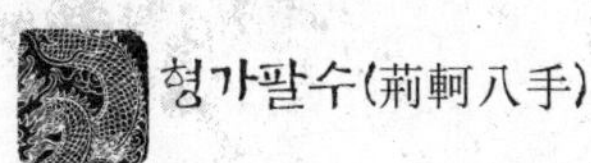

형가팔수(荊軻八手)

      강진은 강남으로 향하면서 자신의 거취를 숨기려 하지 않았다. 천하에 두려울 것이 없는 듯 대로를 택해 걸었고, 마을에서도 제법 화려한 객잔에만 묵었다. 몸놀림이나 표정 등을 보아도 전혀 긴장한 기색이 없었다.

    하늘을 우러러 한 점 부끄러움이 없으니 그야말로 대장부라 할 수 있을까?

    하지만 그런 겉모습과는 달리 강진의 내면은 바짝 긴장하여 한시도 주변 경계를 소홀히 하지 않았다.

    이것은 무척 피곤한 일로, 가능하면 심신을 편안하게 유지하는 것이 일이 터졌을 때 좋다.

그러나 막상 이렇게 적이 언제 올지 모르는 상황에 처하니 마음먹은 대로 의식이 조절되지 않았다. 계속 신경이 쓰였다.

'아직 난 멀었구나.'

강진은 씁쓸한 웃음을 지었다. 실전 경험에 있어 모자람을 느꼈다. 어떤 경우에도 흔들리지 않는 정신력이 필요한데, 그게 쉽지 않았다.

그래도 강진은 어렸을 때부터 끊임없는 정신 수련을 해왔다. 그 덕분에 긴장을 유지하면서도 신경이 약해지지 않아 최상의 상태는 아니나 싸우기엔 충분할 정도였다.

동시에 자신이 이처럼 위험 속에 몸을 던져 싸우는 것이 옳은 선택이었음을 깨달았다.

만약 그때 몸을 뺐다면 강진과 흑룡방은 서로가 서로를 찾는 싸움을 벌이게 되는 셈인데, 이 경우 강진이 절대적으로 불리하다. 흑룡방의 모든 사람이 강진이 언제 올까 두려워하지는 않겠지만, 강진은 흑룡방의 방문을 항상 경계해야 한다.

개인과 조직이 싸우면 이게 문제다.

그렇게 보름 가까이를 지냈다. 그동안 강진을 찾아온 사람은 없었다. 단지 감시의 눈길이 항상 그를 따라다님을 느꼈다. 그래도 강진은 태연한 척했다.

어느 순간, 강진은 주변의 분위기가 바뀌었다는 것을 알았

다. 그것은 그가 식당에서 요리를 시켜 밥을 먹던 중의 변화
였다.

지금까지 감시자들은 조심스러움과 공포, 그리고 경계의
감정이 담긴 눈으로 강진을 보았다. 그런데 이제는 아니다.

먹이! 맹수가 먹이를 잡기 위해 때와 장소를 고르는 분위기
다. 공기 중에 미약하지만 꿉꿉한 살기가 느껴진다.

'나를 상대할 놈들이 온 모양이군.'

강진은 드디어 왔다고 속으로 중얼거리고는 요리를 두어
개 더 시켰다. 그리고는 배를 두둑하게 채웠다. 많이 먹고 많
이 싸운다. 지극히 장대근적인 생각이지만 이게 진리라는 것
을 강진도 알고 있었다.

밥을 다 먹고, 건량과 말린 고깃가루를 한 짐 싸서 챙긴 강
진은 마을을 벗어났다.

원래 백주대낮에 강도가 나오기 어렵고, 습격을 하려는 자
들은 한적한 곳을 원한다. 마을 안에서 싸웠다가는 엄한 사람
이 피해를 입을 수도 있다.

혹은 적이 불리해지면 아무런 연관도 없는 사람을 인질로
잡는 사태가 벌어질지도 모른다. 그러면 손을 쓰기도 그렇고
그냥 가기도 뭐한 참으로 엿 같은 상황이 되는 것이다.

이판사판! 죽든 살든 흑룡방과 내가 오붓하게 해결을 보
자.

　강진은 그렇게 결심하고 적의 살수들을 유인했다. 지리적으로 그에게 유리한 곳은 아니지만 시간은 그의 편이다. 왜냐하면 그는 방금 몸을 쉬었고, 밥도 먹었지만 저들은 도착한 지 얼마 안 되었을 터이다. 이런 이점을 생각하면 지리의 문제는 크게 중요하지 않다.

　'싸우기 전에 이긴다. 저들이 지금 나를 공격하면 명년의 오늘이 바로 제삿날이 될 것이다.'

　강진은 속으로 확신하듯 중얼거렸다. 그것은 바로 자기 자신에게 거는 필승의 최면과도 같은 주문이었다.

　그때, 강진의 마음속 말을 듣기라도 한 듯 숲 옆쪽에서 화살이 날아왔다. 한두 발도 아니고 수십 발이나 되었다.

　슈슈슈슉―

　"화살!"

　강진은 급히 몸을 날려 그 자리를 벗어났다. 동시에 검을 뽑아 피하기 힘든 몇 개의 화살을 쳐내었다. 큰 나무라도 있으면 그 뒤로 피할 터인데, 근처엔 자잘한 나무밖에 없었다.

　"이런, 실수군. 화살까지 쓸 줄이야."

　그냥 앞에 진을 치고 나타나거나 매복했다가 암기를 날리는 게 아니었다니.

　"누구냐!"

　강진이 큰 소리로 외치자 대답 대신 다시 화살이 하늘을 덮

으며 날아들었다. 일단의 무리들이 숲속의 언덕 위쪽에서 곡
사를 하는 게 얼핏 보였다. 덤불이 우거진 곳이라 잘 보이지
는 않았지만 대충 가슴 위로는 다 보였다. 생각보다 적은 사
람 수였다.

'일곱, 아니, 여덟 명인가?'

사람이 여덟인데 한 번에 날아드는 화살은 이삼십 발이나
된다. 안력을 돋우어 자세히 보니 한 명이 한 번에 화살 서너
대를 한꺼번에 걸어서 쏘고 있었다. 그렇게 쏜 화살인데도 표
적인 자신을 중심으로 하나의 망을 형성하듯 정확도가 떨어
지지 않았다. 저 정도면 전문적으로 훈련을 받은 궁수들 중에
서도 상급이다.

"지독하군."

강진은 경공을 써서 쉬지 않고 뛰었다. 그러나 별로 좋은
방법이 아니었다. 사수들은 강진이 움직일 방향을 예측하고
그 앞쪽으로 사격을 해댔다. 강진이 아무리 빠르게 움직여도
화살의 조준 속도보다 빠를 수는 없었다.

"이건 그림자 쏘기?"

들은 바가 있다. 상대가 움직일 방향에 예측 사격을 하여
움직임을 봉쇄하는 수법이다. 사실 이는 결코 무림의 수법이
라 할 수 없다.

'흑룡방이 군대에 뒤지지 않는다더니, 과연 지나친 말이

아니구나!'

무림 문파와 관군의 수법을 모두 갖춘 것이 흑룡방의 최대 장점이다. 무공을 쓰는 고수도 많고, 진을 형성하여 싸우는 데도 뛰어나다고 한다. 여기에 전쟁을 할 때나 사용하는 방법까지 동원되니 일반 무림 문파가 상대하기 어렵다고 했다.

여덟 명의 명궁수가 강진을 상대하니 한 걸음 움직이기도 쉽지 않았다. 당연히 화살의 화망을 벗어날 수 없어 피하지 않고 직접 쳐내야 하는 화살 수가 늘어났다.

슈슈슈슈숙ㅡ

파파팍!

검을 휘둘러 화살을 쳐내며 움직여야 한다. 쉽지 않았다. 당연히 이동속도도 느려졌다.

사수들은 강진이 멀어지려 하면 그만큼 뛰어오며 화살을 쐈다. 달리면서 화살을 쏴도 쏘는 속도가 전혀 줄지를 않는다. 반대로 가까이 다가가려 하면 물러났다. 꼭 강진을 화살로 죽여 버리겠다는 의지를 불태우는 듯했다.

"이대로라면 당한다."

강진은 이를 악물고 전신의 내공을 끌어올렸다. 기가 충만해지자 그가 입고 있는 적포가 돌개바람을 만난 듯 부풀어 오르며 펄럭거렸다.

"하압!"

큰 기합 소리와 함께 강진은 검을 멈추고 적포장삼을 반쯤 벗어 머리 위로 치켜들었다. 그리고는 전력으로 사수들을 향해 달려나갔다. 적포를 쥔 양 손바닥으로는 끊임없이 기를 내뿜었다.

파파파팍!

내력이 실려 펄럭대는 적포는 화살을 통과시키지 않았다. 강진의 바람과도 같은 경공 속도가 한몫을 했다. 머리 위에 방탄차양을 친 것과 같은 모습이다.

이에 사수 중 한 명이 외쳤다.

"삼사, 직사!"

곧 정면의 두 명이 활을 낮추어 강진을 향해 정면으로 쏘았다. 화살이 팽팽하게 늘인 실처럼 일직선으로 날아들었다.

양손을 치켜든 강진으로서는 막기 어려운 상황!

"합!"

강진은 낮게 뛰며 양다리를 머리 위쪽까지 들어 올려 화살을 뛰어넘었다. 다리 바로 아래로 지나가는 화살이 바람을 가르며 내는 소리가 범상치 않게 들렸다.

슈슝—

다시 두 발이 날아왔다. 강진의 두 발이 막 땅에 닿았을 때였다. 놀라운 연사 속도다. 강진은 속으로 감탄하며 다시 뛰었다.

이제 사수들과의 거리는 이십여 장도 안 된다. 화살을 두세 번만 더 피하면 지근거리에 접어들 수 있다.

강진은 호흡을 짧게 끊으며 동작을 더욱 기민하게 했다. 폭발 기합의 응용으로 단기간에 기를 더욱 강하게 활성화시킨다.

그런데 그 거리까지 접근하자 수풀 속에 가려진 적의 모습이 모두 보였다. 놀랍게도 그들은 모두 전포(戰袍)를 입고 말을 타고 있었다. 말을 탄 채로 활을 쏘는 것인데, 멀리서는 말이 거의 보이지 않을 정도로 수풀이 우거진 곳에서 자리를 잡았던 것이다.

"이런!"

말을 못 보다니! 실수다.

강진은 다시 몸을 돌려 숲속으로 들어가려 했다. 그러나 이미 늦었다. 그의 몸은 나무가 거의 없는 구릉지대로 나왔고, 그곳은 저들이 기마돌격을 하기에 가장 적합한 거리였다.

"일제돌격!"

적 조장의 말이 우렁차게 대기를 울리자 사격을 하던 자들이 일제히 활을 내리고 말을 앞으로 몰았다. 동시에 그들은 말 옆에 달려 있던 방천화극과 청룡도 등을 각각 손에 쥐었다.

두두두두두.

전력으로 앞으로 달리던 강진은 미처 방향을 틀지 못하고 그들과 맞닥뜨리게 되었다. 강진의 대비도 만만치 않았지만 저들의 준비는 강진의 예상을 뛰어넘는 것이었다.

"군대냐!"

강진은 이를 악문 채 작게 중얼거렸다. 궁수들을 보고 군대를 떠올렸음에도 말까지 동원할 것을 예측하지 못했으니 자신의 생각이 짧았음을 인정해야 했다.

여덟 기의 기마병이 이 열로 늘어서 돌진하니 땅이 울렸다. 수풀과 흙덩이가 말발굽에 패여 허공으로 치솟으니 흙먼지로 안개가 쳐지는 듯했다.

"끼압!"

순식간에 다가온 가장 앞 열의 두 명이 강진의 좌우로 갈라지며 방천화극으로는 강진의 가슴을 노리고 찔렀고, 청룡도로는 강진의 허리를 두 쪽으로 낼 듯 거세게 휘둘러 왔다.

강진은 그것을 피하려 하지 않고 크게 심호흡을 하고 다리를 땅에 굳건하게 버티고 섰다.

'피하면 연환공격에 당한다.'

마음을 독하게 먹었다. 그는 전신의 내력을 모두 끌어올려 절영검에 기를 실었다. 절영검이 우우웅 하는 소리를 내며 가늘게 떨리는 것과 동시에 파란 서기가 검에 서렸다. 보검에 검기가 서리니 마치 서리와도 같은 차가운 기운이 검날을 감싼 것처럼 변했다.

"합!"

카캉!

한 번 절영검을 휘두르니 강진을 노리던 방천화극과 청룡도가 동시에 잘려 나갔다. 금석을 두부처럼 자르는 신검이라더니 확실히 그랬다.

그러나 부딪치는 순간 무기에 실렸던 힘을 모두 해소할 수는 없었다. 기마돌격의 무게가 태반은 강진의 몸에 전해졌다. 그 바람에 상대를 직접 공격할 힘을 잃었다.

"크윽!"

강진은 비틀거리며 뒤로 물러났다. 바늘로 사정없이 가슴 속을 찌르는 것처럼 아려왔다. 내상이다. 마상 공격의 힘이 이렇게 강할 줄은 몰랐다. 생전 말 탄 상대와는 싸워본 적이 없기에 생긴 계산 착오다.

"끼아아압!"

파도가 끊임없이 몰려오듯 다음 두 명이 동시에 공격을 가해왔다. 놀라운 속도다. 어떤 쾌검수의 검보다 빠르게 느껴졌다.

순간 강진은 바닥에 넙죽 엎드렸다. 그의 머리카락 몇 가닥이 청룡도에 걸려 잘려 나갔다. 동시에 절영검이 양쪽 말의 뒷다리를 하나씩 잘랐다.

히히히힝!

말의 비명 소리와 함께 말들이 앞으로 고꾸라졌다. 그런데 말 위에 탄 사람이 허공으로 뛰어오르며 천공으로부터 떨어지며 무기로 강진을 찍으려 했다.

연이어 들이닥치는 자들은 말로 땅에 엎드린 강진은 짓밟으려 했다.

피할 수 없는 공격인가? 아니다!

강진은 속으로 부인하며 팔과 다리로부터 기를 발출했다. 그러자 땅에 엎드린 자세 그대로 위로 일 장 가까이 떠올랐다.

천뢰신행보의 신기!

"저럴 수가!"

막 강진을 밟으려던 자가 믿을 수 없다는 표정으로 강진을 올려보았다. 위쪽에 떠 있던 두 명은 어느새 목과 가슴에서 피를 흘리고 있었다. 강진이 어떤 수를 써서 그들을 공격했는지 알 수 없었다. 심지어는 검이 움직인 것조차 보이지 않았다.

강진은 허공에서 몸을 옆으로 회전시키며 반선반마검법의 절초 중 하나인 팔면복마(八面伏魔)를 펼쳤다.

촤촤촤촤—

검날이 여덟 개로 늘어난 것처럼 보이며 회전하는 강진의 몸이 새가 하늘을 날 듯 앞으로 삼 장이나 나아갔다.

엎드린 상태에서 수직으로 솟구쳐 오르는 것만도 신기에 가까운데 다시 거기서 수평으로 움직일 수 있다는 것은 인간으로서는 불가능한 움직임에 틀림없다. 그런데 강진은 했다.

그의 신형이 지나간 자리에는 기마돌격을 한 네 사람이 있었다. 그들은 하나같이 경악의 표정을 짓고 있는데 모두 얼굴이 굳어 있었다. 그리고 이마에는 콩알만 한 구멍이 뚫렸다.

회전하는 검초를 쓰면서 찌르는 상처를 내려면 바로 검끝에서 검기를 발출할 수 있어야 한다. 강진의 경지가 무림의 최고 경지에 도달했다는 증거라 할 수 있다.

"으으으!"

가장 앞에서 강진을 공격한 두 명은 재공격을 위해 방향을 바꾸다가 그 광경을 보았다. 한 번 지나치며 공격하고 말 머리를 돌리는 사이 뒤의 여섯 명이 모두 죽은 것이다.

그들은 신음 소리를 흘리다가 퍼뜩 정신이 들어 급히 고삐를 조종하여 말 머리를 돌리던 것을 멈추고 그대로 앞으로 달려갔다. 강진이 달려들면 살아남기 힘들다. 이대로 말을 타고 도망치는 게 상수다!

강진은 냉정한 표정으로 그들의 뒷모습을 보며 품속에서

두 대의 유엽표를 꺼냈다.

슈슉—

"아아아악!"

등이 화끈해지는 고통과 함께 도망가던 자들이 말 위에서 쓰러졌다. 땅에 떨어지기도 전에 그들은 절명했다.

강진은 호흡을 가다듬으며 고개를 돌려 땅에 쓰러진 자들 중 하나를 보았다. 아까 위로 솟아오르며 벤 자들 중 방천화극을 든 자인데 아직 숨이 붙어 있었다. 곧 죽을 테지만 그래도 의식이 있는 것으로 보아 보통 독한 수련을 받은 자가 아닌 듯했다.

"너희들은?"

강진은 그때서야 그들의 정체를 물었다.

쓰러진 자는 거의 무의식적으로 대답했다.

"흐, 흑룡방 형가팔수."

이것이 그자의 마지막 대사였다. 눈도 감지 못한 채 그대로 고개를 땅에 떨궜다.

"이름만 자객답군. 하지만 하는 짓은 완전히 정예기마병이 잖아. 무공을 익히고 전포를 입은 데다가 명궁의 실력을 갖춘 정예기마병이라……."

강진은 남은 말 중에 한 마리를 골라 올라탔다. 그리고는 남쪽으로 향했다. 기마술을 본격적으로 익힌 적은 없지만 그의 무공이 뛰어나고 말도 워낙 훈련이 잘되어 있어서 빠르지 않은 경보로 이동하는 데에는 무리가 없었다.

강진은 움직이는 말 위에서 천천히 운기를 하기 시작했다. 장소와 때를 가리지 않고 가벼운 운기조식이 가능한 것은 낚시를 하면서 한 훈련의 대가다.

동시에 그는 생각했다.

'오늘의 일전은 승리로 끝났다. 약간의 내상을 입었지만 적의 살수 여덟 명을 처치할 수 있었다. 하지만 이 승부는 나의 패배나 다름없다.'

강진은 마음속 깊이 반성했다.

적은 전 무림과 당당하게 십여 년을 싸워온 흑룡방이다. 행사의 은밀함과 지독함은 천하의 일절로 알려져 있고, 인재가 얼마나 많은지도 알 수 없다.

"나는 그들과 싸움에 임하기 전에 그들의 행동을 단순한 무림문파의 그것에 맞추어서 생각했다. 하지만 그들의 힘은 내가 상상한 것을 넘어섰다."

위험하다. 흑룡방은 군대의 힘을 지니고 있다. 그것도 무림인으로 이루어진 군대다.

단순한 검진과는 다른 정진정명 병진(兵陳)이다. 활을 쏘고 기마로 돌격해 온다. 무기 또한 일반 무림인들이 잘 쓰지 않는 전장의 무기들이다.

일 대 일이라면, 혹은 지금처럼 일 대 팔이라면 어떻게 될지도 모른다. 그런데 만약 흑룡방이 궁수 백 명을 동원하여 이처럼 평야에서 포위 공격을 가해온다면? 기마 백 기로 돌격을 해온다면?

감당하기 어렵다. 일반 병사라면 몰라도 무공을 익힌 자들, 방금 전의 형가팔수 정도라면 살아남을 가능성은 거의 전무하다.

그걸 단신으로 감당하려면 스승인 적포천존의 수준이 되어 전신에 호신강기를 두를 수 있어야 한다. 한마디로 사람이되 사람이 아닌 존재, 육지신선과도 같은 경지에 올라야 군대와 단신으로 싸울 수 있다.

"저들의 힘이 이 정도라니. 계획을 수정해야 하는가?"

도망가야 하는가?

강진은 갈등했다. 이성적으로 생각하면 지금 즉시 그의 원래 계획을 포기하고 일단 몸을 빼서 적의 이목을 따돌려야 한다.

스스로 미끼가 되어 포위망 속으로 뛰어들려는 생각은 정말로 멍청한 짓이라는 것이 판명되었으니 이제는 할 수 없다. 목숨을 걸고 싸우는 것과 죽을 줄 알고 싸우는 것은 다른 일이다.

"어떻게 한다?"

강진은 고개를 갸웃하며 주변의 기운을 살폈다. 여전히 그를 감시하는 이목이 있었다. 그들의 기척이 조금 더 거칠게 느껴지는 것이 형가팔수를 단숨에 처리한 것에 놀란 모양이다.

우습다. 원래 생과 사의 갈림길은 찰나로 결정되는 법. 설마 대련을 하듯 한 대 치고 한 대 받으며 지칠 때까지 싸우리라 여긴 걸까?

"나처럼 구경하는 자들도 무림인의 상식적인 싸움만을 상상했었나 보군."

강진은 입가에 미소를 지었다. 번쩍 머릿속에 순간적으로 떠오르는 생각이 있었다.

"역시 강행하자. 흑룡방 방도들 전체가 병진 훈련을 받은 게 아니라면 방법은 있다."

천라지망, 병진, 무림인, 정예군병! 강진은 머릿속으로 그동안 얻은 정보를 차곡차곡 정리하여 결국 몇 가지 계산 결과를 얻었다. 이제는 죽이 되든 밥이 되든 그걸 실행할 뿐이다.

완벽한 작전은 스스로의 환상 속에만 존재한다. 무릇 일을 꾸미는 사람은 자신의 의지와 판단에 하나뿐인 목숨을 건다. 그 결과는 오직 스스로의 무공과 기지에 달렸다.

스스로의 실력을 알고 거기에 의지하여 모든 것을 해결한다. 이는 바로 적포천존이 세상을 종횡할 때의 마음과 같았다. 물론 사부의 타고난 괴팍함은 닮지 않았으나 상황을 헤쳐 나가는 방식은 사부와 점점 닮아가고 있다.

강진은 점점 진정한 무림인의 마음가짐을 얻어가고 있는 것이다. 생을 도외시한 그 너머에 무엇이 있는지는 아직 알 수 없었지만 그는 그 길을 묵묵히 걷기 시작했다.

*　　　*　　　*

"그래? 형가팔수가 당했다고?"

천변도(千變刀) 사사붕은 수하의 보고를 받고도 전혀 감정이 느껴지지 않는 목소리로 되물었다. 수하 역시 나무 인형이 말하듯 감정이 실리지 않은 목소리로 대답했다.

"그렇습니다. 감시자의 말에 의하면 홍의검협은 땅에 엎드린 상태에서 위로 일 장이나 뛰어오르고, 허공에서 방향을 틀어 수평으로 삼 장을 나아갔다 합니다."

"다른 지지대가 전혀 없는 상태에서 말인가? 가령 무기가 부딪치는 힘을 이용했다던가, 나뭇가지를 검으로 쳤다던가 하는 식으로 말이야."

"감시자의 이목으로는 없었답니다."

"그래? 경공과 신법이 최고의 경지를 넘어 무림에서 일절로 손꼽힐 만한 자로군. 검법보다 오히려 신법이 놀라워."

사사붕은 고개를 끄덕이며 평가를 하더니 다시 물었다.

"형가팔수의 시신은?"

"회수해 왔습니다."

"보자."

사사붕이 자리에서 벌떡 일어나 걸어나가자 수하들은 그의 뒤를 따랐다. 그들은 대전을 나와 후원으로 향했다. 그곳에는 검은 가죽 옷을 입은 자들이 십여 명 대기하고 있었고, 그 앞에 형가팔수의 시체가 나란히 놓여져 있었다.

사사붕은 그들의 몸에 난 상처를 하나하나 살폈다. 그리고는 처음으로 목소리에 감정을 실어 중얼거렸다.

"대단하군. 검기상인의 경지라니? 이 상처 중 태반은 검이 닿지도 않은 상태에서 검기를 발출해서 격살한 것이군."

주변에 서 있던 흑의인들은 조용히 사사붕의 말을 들었다. 그러나 그들의 눈빛에도 놀람의 감정이 일었다.

검기만으로 사람을 상하게 하는 경지라면 팔대고수와 견주어도 손색이 없다는 것을 의미한다. 그동안 홍의검협의 무공이 대단하다는 말은 들었지만 설마 그 정도일 줄이야!

사사붕은 다시 중얼거렸다.

"약관을 겨우 넘긴 나이라고 했지? 지 애미 뱃속에서부터 내공을 수련한 건가, 아니면 영약을 밥 대신 먹었나?"

상식을 초월한 경지가 바로 이런 것이다. 이십대에 내공이

화경의 경지에 이르러 검기를 발출하는, 그런 소설책 속에서
나 나올 만한 성취가 지금 그들 앞에 등장한 것이다.

그러나 사사붕은 여전히 흔들리지 않는 눈으로 시체들을
세세히 살폈다. 전포를 뚫고 등 속에 박힌 유엽표도 뽑아서
보았다. 기묘하게 비틀린 모양이면서도 무게가 제법 나가는
유엽표를 보고 강진의 암기투사술 또한 당문의 장로 급이란
평을 했다.

시간이 흘러 모든 조사를 끝낸 사사붕은 조용히 일어나며
최종적인 평을 했다.

"이놈은 괴물이다. 나조차 이긴다고 장담할 수 없는 놈이
다."

이쯤 되니 형가팔수가 순식간에 당한 것도 이해가 되었
다. 단신으로 무장한 기마병 여덟을 감당할 만한 힘이 느껴
졌다.

사사붕은 잠시 고민을 하다 뒤를 돌아보며 수하들에게 말
했다.

"홍의검협을 몰아넣을 수 있는 위치를 찾아라. 당분간 전
사당(戰事堂)의 모든 업무를 중지하고 전원을 이 일에 집중시
킨다."

"옛!"

"바로 일을 시작한다. 최종 목적지에 닿을 때까지 할 일은

홍의검협을 쉬지 못하게 하는 것이다. 가능한 한 잠을 자는 것도, 먹는 것도 못하게 해야 한다. 하지만 가장 좋은 습격 시기는 볼일을 볼 때이다. 그놈이 변비에 걸릴 때까지 몰아붙여라. 항상 긴장하고, 매일같이 살인을 하게 해라.”

“용병을 써야겠군요.”

“철한당, 월하문, 소칠파에 대금을 지급하고 죽을 사람을 모아라. 무공은 그렇게 높을 필요 없다. 그냥 확실하게 죽어 줄 놈이면 된다.”

홍의검협 같은 자와 싸우면 삼류나 일류나 큰 차이를 주지 못한다. 일초에 죽이는 것과 삼초에 죽이는 것의 차이 정도? 하지만 용병의 몸값은 그렇지 못하다.

무엇보다 전사당에는 강한 자들이 많다. 지금 사사붕이 원하는 것은 매일같이 시시때때로 홍의검협에게 덤벼들어 죽어 줄 놈들이다.

그가 말한 세 조직 중 한 군데는 낭인 용역 알선업을 전문으로 하는 곳이고, 다른 두 곳은 제법 큰 살수 조직이다. 그들 중 하급 용병이나 신입 살수들은 돈으로 얼마든지 살 수 있다.

보내는 자들도 이들이 죽을 줄 알고 보내는 것이니 뒤탈도 없다. 무엇보다 그 정도 놈들은 흑룡방에 개길 수도 없다.

사사붕의 눈빛이 차갑게 빛났다.

그는 이 순간 홍의검협의 최후를 머릿속에 그렸다. 한계를 넘어선 긴장의 연속으로 정신과 육체가 모두 피폐해졌을 때, 전사당의 포위 공격을 맛보게 된다. 절망과 고통이 의식을 채우고 하늘을 원망하며 후회 속에 쓰러진다.

싸움에 있어서는 완벽주의자를 자칭하는 사사붕이다. 도저히 이길 수 없는 상대와는 애초에 싸우지 않고, 일단 싸우면 비정함의 극치를 보이며 상대를 철저하게 죽음으로 몰아넣는다.

그는 홍의검협을 본보기로 삼기로 했다. 홍의검협의 나이와 강함을 보고 그렇게 정했다.

앞으로 십 년만 있으면 홍의검협의 힘이 흑룡방에 큰 위협이 될 거라 판단했기에 전사당의 전력을 동원한다. 그렇게 정한 이상 홍의검협의 운명은 결정된 것이나 마찬가지다.

"흥, 어떤 자도 흑룡방을 위협할 수 없다. 홍의검협, 네놈은 가장 처참하게 죽는다."

그의 선언을 이루기 위해 흑의인들은 서둘러 몸을 움직이기 시작했다.

第六章　입방사자(入幫使者)

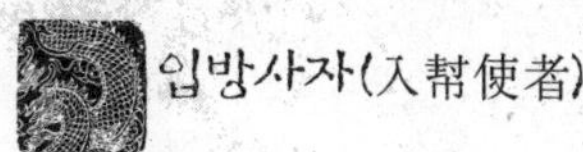

　　　　“저, 사부님. 언제까지 이렇게 수련을 해야
하나요?”

　참고 참던 설옥은 적포천존이 기분이 좋을 때를 노려 조심
스럽게 물었다. 태도와 음성은 그녀답게 조신하기 짝이 없었
지만 말의 내용은 항의성 질문에 가깝다.

　흐뭇한 표정으로 식사를 하던 적포천존은 어린 여제자의
급작스런 질문에 ‘오잉?’ 하고 눈을 크게 뜨더니 곧 웃으면서
말했다.

　“흐흐흐. 그거야 항주에 도착할 때까지가 아니겠느냐? 그

리고 사부라 부르지 말라고 그랬지. 흑풍 나으리라 불러라, 백요 선자야."

설옥이 눈치를 보아하니 질문에 마음이 상하지는 않은 듯했다. 오히려 재미있다는 듯 몹시 즐거운 모습이다. 설옥은 용기를 내어 어리광 섞인 항의를 해보았다.

"아유, 백요 선자! 저 그 명호는 정말 싫어요."

스승에게 결례가 되지 않도록 조심하기는 했지만 설옥의 말에는 진심이 담겨 있었다. 졸지에 전대 마녀의 제자로 오해받은 것도 서러운데 자신이 무슨 요녀나 되는 듯한 호칭이라니! 한 남자의 내자로서 부끄럽기 짝이 없었던 것이다.

행인지 불행인지 이번 설옥의 말도 적포천존을 기분 나쁘게 하지 못했다. 나름대로 벼르고 별러 한 말이건만 적포천존은 뭐 그런 것에 신경 쓰냐는 듯 가볍게 대꾸했다.

"원래 남이 지어준 무림명 중에 자기 마음에 드는 게 어디 있겠느냐? 그래서 이 흑풍 나으리가 과거 스스로 명호를 지은 게 아니겠느냐? 이제 내 마음을 이해하겠지?"

"……."

설옥은 할 말이 없어 조용히 고개를 숙였다. 하얀 목덜미가 애처로워 보일 만도 하건만 적포천존은 음식을 먹기에 여념이 없어 그녀를 쳐다보지도 않았다.

'보통 남자들은 말로는 절대 여자를 못 이긴다고 하던

데…….'

이 사부는 무공으로도 천재지변이라지만 궤변에도 능수능란하다. 사부의 능력이 엄청난 것은 제자로서 행운이라 할 수 있지만 이럴 때는 그것도 아닌 듯했다.

'하아, 상공께서 오해하시지는 않아야 할 텐데…….'

설옥은 작게 한숨을 내쉬며 야채와 고기볶음을 한 그릇 더 담아 적포천존의 앞에 놓았다. 자신에게 붙은 황당한 명호를 강진이 알게 될지도 모른다 생각하니 눈앞이 다 캄캄했다. 물론 이 모든 일을 꾸민 이가 사부님인만큼, 그리고 강진의 성품을 믿고 있긴 했지만 역시 찜찜한 느낌은 사라지지 않는다.

그러거나 말거나 적포천존은 연신 맛있다고 중얼거리며 열심히 점심 식사를 했다.

둘은 이곳까지 오면서 크고 작은 싸움을 열 번도 넘게 했다. 그 대부분을 설옥이 했고, 적포천존은 뒤를 봐주면서 구경만 했다. 그 결과 그들의 명성은 전 중원에 퍼졌다.

설옥은 싸우기 싫었지만 사부와 낭군에게 짐이 된다는 말에 찍소리도 못하고 백요 선자의 역할을 하기로 했다.

적포천존은 그녀의 이름을 부르지 않고 백요 선자라는 명칭으로만 불렀다. 설옥 또한 적포천존을 흑풍 나으리로 불러야 했다.

충분한 실전 경험 덕분에 설옥의 무공은 무섭게 성장해서 이제는 강호의 절정고수들과 어깨를 나란히 하게 되었다.

특히 그녀는 여전히 등에 커다란 봇짐을 메고 있었는데, 싸울 때에는 잠시 벗었다가 싸움이 끝나면 다시 짊어졌다. 강호에서는 백요 선자의 등짐에 과연 무엇이 들었는지도 큰 화젯거리 중 하나였다.

"또 왔다."

적포천존이 밥그릇을 놓으며 말하자 설옥은 체념한 듯한 표정을 지으며 얼른 쇠솥에 밥그릇과 다른 식기들을 넣고 짐을 챙겼다. 설거지를 할 시간이 없으니 일단 들고 다니다가 여유있을 때 해야 했다.

"아흑, 이제 그만 좀 포기하지."

그녀는 슬슬 지겨워진 듯 약간 허무한 표정까지 지으며 쌍검을 뽑았다. 곧 숲 저쪽에서 대여섯 명의 사람들이 나타나 '저기 있다!' 하고 소리치는 소리가 들려왔다.

설옥은 그들에게 자기소개도 하지 않고 바로 손을 썼다. 문답무용으로 출수를 하는 것이 바로 적포문의 가르침인데, 이게 알고 보면 사파의 습성과 조금 비슷한 면이 있다.

적포천존은 설옥이 궁시렁대면서도 빠르게 대처하는 모습을 보며 만족스런 미소를 지었다.

"암, 싸움에 있어서 긴장이 아닌 권태감을 느끼는 것은 새로운 단계로 나아갈 준비가 되었다는 뜻이지. 무엇보다 실전에 몸이 익숙해졌다는 의미도 되고 말이야.”

이제는 정말 감당하기 어려운 강자와 몇 번 싸워보면 또 한 단계 성장할 것이다.

적포천존은 귀여운 여제자에게 모처럼 제대로 수련을 시켰다는 것에 상당한 보람을 느끼고 있었다. 그 때문에 직접 손을 쓰지 못하는 점도 다 참을 수 있었다.

그렇게 한 차례 식후 푸닥거리를 한 후, 적포천존과 설옥은 다시 도망을 치기 시작했다. 아직 쫓는 자들의 주력과는 싸울 마음이 없기에 근처를 막아서는 자들만 처리하고 바로 움직이는 것이다.

적포천존은 귀신같이 추적자들 중 강한 자가 어디어디 있는지를 기감으로 다 알아내고 그 사이를 요리조리 빠져나갔다. 그 앞에선 천라지망이고 뭐고 다 소용이 없다.

추적자들의 입장으로는 이렇게 약삭빠른 도망자가 다 있나 하고 한탄을 할 정도였다.

그러나 축제란, 시작하는 때가 있듯 끝낼 때도 있는 법. 적포천존은 항주가 가까워오자 이제 슬슬 정리를 해야겠다고 결심했다.

일단 추적자들의 우두머리 급 몇 명을 잡아 족치면 저들은 돌아간다. 그 뒤에 더 대대적인 추적자들을 보낼지, 아니면 그냥 꼬리를 말지는 상대의 근성에 따라 다르지만 적어도 항주 부근에서는 당분간 큰 소란 없이 지낼 수 있는 것이다.

강진을 만나러 가는데 괜히 꼬리를 달고 가면 체면이 안 산다고 생각하는 적포천존이었다.

그사이 자신의 신분을 밝히고 소란을 무마시킬 것인지, 아니면 축제의 이부를 시작할 것인지는 그다음에 천천히 결정하면 된다.

"저쪽으로 가자."

적포천존이 산의 능선 중 하나를 가리키자 설옥은 의아한 표정을 지으며 말했다.

"저 사람들이 쫓아오는 방향으로 보아 저쪽에는 당문의 주력이 기다리고 있을 텐데요?"

"오호, 똑똑하구나. 그걸 어떻게 알았니?"

"그거야 사람들이 자꾸 우리를 저쪽으로 몰려고 하니까죠. 아, 사부님께서는 지금 당문의 주력 쪽으로 가자는 거군요?"

"그렇지. 이제 슬슬 판을 끝내고 쉬자꾸나. 네가 너무 힘들어하니 당분간은 좀 쉬며 그동안 얻은 것들을 소화하는 게 좋겠다."

"너무 좋아요! 감사합니다, 사부님."

설옥은 용기백배하여 열심히 달려갔다. 밥도 먹었고, 적당히 몸도 풀은 뒤에 사기까지 오르니 정말 그녀의 움직임에 생기가 돌았다.

곧 적포천존과 설옥은 일단의 무리들이 있는 구릉지에 도
착했다.

당가직계의 차남인 당정표는 적이 보이자 겉옷을 벗어 한
쪽 나뭇가지에 잘 개어 놓았다. 그 안에 입고 있는 것은 녹색
의 가죽옷이었는데 피독력이 강한 사슴 가죽으로 만든 것이
다. 보통 사람들 앞에서는 잘 보이지 않는 당문의 전투복.

또 그는 무기도 없이 맨손으로 있었는데 손가락을 끊임없
이 까닥거리며 풀었다. 지금 다가오는 자들이 고수임을 알고
나름대로 긴장을 하는 것이 틀림없다.

옆에서 보좌하듯 서 있던 당칠노는 뭐 옷까지 벗냐고 클클
웃으며 양손에 각각 채찍을 말아 쥐었다. 단편도 아닌 장편을
양손에 쥐고 쓰는 수법은 무림을 다 뒤져도 당문 이외에는 찾
기 어렵다. 이는 곧 암기와 함께 당문의 이름을 빛낸 단혼편
을 절정에 이르기까지 수련했다는 의미다.

당문이 자랑하는 실전부대인 자청기수들 중 열둘도 그곳
에 있었다. 그들 중 여섯은 왼손에 단창을, 오른손 손가락 마
디마다 암기를 끼웠다. 주로 암기를 쓰고 결정적인 순간이나
긴급한 수비에는 단창을 쓰려는 것이다.

다른 여섯은 오른손에 채찍을 들고 왼손에 암기를 끼웠다.
이들의 역할은 반대로 채찍을 쓰다가 적이 가까이 오면 이판
사판의 치명적인 암기를 쓴다.

이렇듯 서로 균형있게 근공과 원공의 조화를 맞추니 자청기수 두 명이 한 조를 이루면 동급 열 명의 전력이라는 평가가 결코 과장이 아님을 알 수 있다.

이윽고 적포천존과 설옥, 즉 흑풍과 백요가 지근거리에 도달하자 당정표가 외쳤다.

"멈춰라! 순순히 항복하지 않으면 쉽게 죽지도 못할……."

"백요 선자, 저 말 많은 놈을 상대하게. 난 나머지 떨거지들을 맡지."

"예, 흑풍 나으리."

말이 끝나기도 전에 흑풍은 다리에 내력을 주입하여 앞으로 주욱 나오며 자신의 흑색 무복을 벗었다.

"쳐라!"

멋있게 호통을 치다 도중에 말이 끊긴 당정표가 분노의 공격 명령을 내리자 자청기수들이 일제히 공격을 시작했다.

슈슈슈슉, 휘익, 휙—

암기와 채찍의 합공은 정말 무서운 면이 있었다. 둘 다 빠르고, 암기는 가볍지만 채찍의 힘은 무거웠다.

그러나 흑풍은 코웃음을 치며 중얼거렸다.

"하나도 안 변했군. 어째 수십 년이 지나도 발전이 없냐."

적포천존은 벗어서 손에 든 흑색 무복을 휘휘 저었다. 그러자 암기가 천에 휘말려 모두 땅에 떨어졌다. 동시에 채찍 역시 흑색 무복에 말려 얽혔다.

"아, 저놈이!"

당정표는 경악과 분노가 반씩 섞인 탄성을 질렀다. 암기는 그렇다 치고 채찍 같은 경우 끝 부분의 속도가 소리보다 빠를 정도인데 그걸 정확하게 잡아채서 옷으로 말아버리는 흑풍의 무공이 정말 대단해 보였다. 그 자신도 저럴 자신이 없었다.

그사이 흑풍은 그의 명호처럼 빠르게 자청기수들 사이로 뛰어들어 한쪽 발과 두 손으로 동시에 세 명을 쓰러뜨렸다. 빡 하는 소리와 함께 머리에서 피가 튀는 것이 철권임에 틀림없다.

"이놈!"

당칠노가 고함을 지르며 흑풍의 뒤로 돌아 출수했다. 수하들을 막아 보호하기보다는 뒤를 잡아 빨리 제거하는 쪽을 택한 것이다.

"흥, 어딜."

흑풍은 앞쪽에 있는 자청기수 하나를 잡아 뒤로 던졌다. 방패로 삼은 셈. 이로써 당칠노는 섣불리 암기를 쓸 수도 없고 오히려 뒤로 물러나며 던져진 자청기수를 받아내야 했다.

"으윽."

자청기수의 몸에는 만 근의 암경이 실려 있었다. 당칠노는 쉽게 그 힘을 해소하지 못하고 비틀거리며 다시 세 걸음을 물러났다.

흑풍이 여전히 손으로 자청기수들을 때리며 말했다.

"내 무공의 특징이 바로 인체투사(人体投射)에 의한 격산타우신공이다. 이놈들이 바로 이번 싸움에서의 내 무기인 셈이지. 하하하!"

당칠노의 얼굴이 일그러졌다.

완벽한 계산착오다! 이 흑풍이란 자는 많은 사람으로 공격을 하기보다는 한두 명의 절정고수로 공격을 해야 하는 거였다. 이제 자청기수들이 그의 방패이자 무기가 되었으니 당칠노가 쉽게 손을 쓰기 어려워졌다.

사실은 어떻게 공격해도 다 소용없고, 그냥 오체투지하고 비는 게 상책이지만 당칠노가 그런 것을 알 리가 없다.

물론 인체투사에 의한 격산타우신공도 다 지금 만든 흑풍의 즉석 특기다.

그사이 백요인 설옥은 당정표에게로 달려들었다. 어느새 그녀는 등에 메고 있던 봇짐을 풀어 앞쪽으로 들고 있었다.

그동안 이 봇짐은 그야말로 수난에 빠져 수라장을 숱하게 경험한 결과 크나큰 발전을 했다.

설옥은 싸울 때마다 구멍이 뚫리고 심하면 찢어져 안의 내용물이 쏟아지는 봇짐을 틈이 날 때마다 개량했다. 봇짐 안의 짐들은 가는 쇠사슬로 꼭꼭 묶고, 봇짐 자체도 질긴 가죽으로 덧대어 보강했다.

그동안 안에 있는 그릇들이 쉽게 깨져 이제는 쇠밥그릇과 같이 웬만해서는 깨지지 않는 것들로 모두 바뀌었는데, 그만큼 무게가 무거워졌다.

그 결과 이 봇짐은 창으로 찔러도, 철퇴로 내려쳐도 끄떡없는 튼튼함을 얻었다. 봇짐의 발전이 설옥의 무공 발전과 비견될 정도다. 이제 이 봇짐은 그냥 봇짐이 아니라, 설옥의 주요 무기 중 하나이다. 봇짐무학에 대해서라면 설옥은 대종사의 경지에 한발 내딛은 셈이다.

"에잇!"

휘익—

설옥의 기합 소리와 함께 봇짐이 당정표에게 날아갔다. 당정표가 암기를 던지려는 바로 그 순간이었다.

"헙."

호흡을 읽혀 암기투사의 기회를 잃은 당정표는 급히 쌍장을 앞으로 내밀어 봇짐을 쳐내려 했다.

카캉—

"크윽!"

무겁다. 당정표는 가슴에 상당한 충격을 받고 뒤로 밀렸다. 이 봇짐은 그야말로 대단한 중병기라 할 만했다.

그때 설옥이 앞으로 나오며 튕겼던 봇짐을 잡아 다시 던졌다. 봇짐은 더욱 강한 기세로 당정표를 향해 날아갔다.

당정표는 흥 하고 코웃음을 쳤다.

한 번 당하지 두 번 당할까?

그는 즉시 몸을 날려 봇짐을 디딤대 삼아 밟고 올라 허공 높이 날아올랐다. 대붕이 날개를 펴고 날 듯 완전히 설옥의 머리 위 일 장 높이까지 솟아올라 태양을 가렸다.

"아!"

설옥은 역광에 눈도 제대로 뜨지 못하고 아예 눈을 감았다.

"죽어랏, 백요 선자!"

촤아악—

독모래가 허공으로부터 설옥을 중심으로 뿌려졌다. 피할 수 있는 공간은 없었다.

눈은 감았지만 의식은 닫지 않았다. 오히려 감각이 더욱 날카롭게 열렸다.

설옥은 쌍검을 뽑아 머리 위로 올린 채 번개처럼 전후좌우로 휘둘렀다.

파파파파팍—

쌍검의 궤적이 공간을 메우니 모래톨 하나도 그곳을 통과하지 못했다. 거의 신기에 가까운 검놀림, 바로 검막을 형성한 것이다.

"역시 마녀답군."

당정표는 감탄하며 품속에서 하나의 암기를 꺼냈다.

그것은 작은 새와 같은 모양을 한 동편으로, 암기로 치면 중병기에 속하는 것. 바로 필살의 혈리표!

당정표는 내력을 주입하여 그것을 던졌다. 혈리표는 설옥의 정수리를 노리고 날아들었다.

설옥은 여전히 눈을 감고 있었다. 머리 위가 뜨뜻해지는 것이 무엇인가 강력한 힘이 다가오고 있음이 느껴졌다.

저곳이다!

설옥은 혈리표가 독모래를 뚫고 들어오는 순간, 검막을 거두고 쌍검으로 동시에 혈리표를 찍었다.

팍—

혈리표가 깨어지며 그 기파로 독모래가 모두 튕겨 나갔다. 동시에 설옥은 땅으로 떨어지고 있는 당정표를 향해 몸을 날렸다.

"헛!"

당정표는 팔목에 감고 있는 은사편의 끝을 풀어 설옥을 때리려 했다. 당가직계인 문주이자 부친인 당고로부터 받은 비장의 무기다.

그러나 설옥의 몸이 급속도로 가까워지면서 은사편의 적정 사정거리 안쪽으로 들어왔다. 채찍은 힘을 받을 거리가 없으면 별 파괴력을 발휘하지 못한다.

당정표는 급한 김에 설옥의 검을 은사편이 감긴 팔로 막았다. 다행히 검이 팔을 뚫지는 못했지만 그 충격으로 팔이 부러져 버렸다.

파팍―

"크윽!"

당정표가 신음 소리를 내며 떨어졌다. 제대로 착지하지 못하고 땅에 몸을 굴린 것이다.

설옥은 여전히 허공에 몸을 띄우고 있었다. 그녀는 제비가 물을 차고 날 듯 당정표를 공격하며 위로 올라가니 둘의 위치가 역전되었다.

이제 설옥은 눈을 뜨고 땅에 구르고 있는 당정표를 똑바로 보았다.

슈슈슉―

설옥의 손에서 세 대의 유엽표가 발사되었다. 강진과 함께 수련한 삼첩비엽술로, 단지 그녀가 쓰는 유엽표는 강진과는 달리 모양이 솔잎처럼 가늘었다. 무게를 줄이고 날카로움을 더한 모양이었다.

"커억."

당정표는 피하지 못하고 허리의 요혈과 양다리에 유엽표를 맞았다.

암기의 당문이 암기에 당하다니!

그는 몸을 부르르 떨고는 그대로 의식을 잃었다.

"당 공자!"

당칠노가 놀라서 외쳤다. 동시에 그는 흑풍과 싸우는 것을 포기하고 설옥 쪽을 향해 쌍편을 날렸다.

"어, 너 뭐 하냐? 나랑 놀아야지."

흑풍이 버릇없는 놈이라고 혀를 차며 다시 자청기수 중 한 명을 잡아 던졌다. 그 위력은 전과는 비교도 안 될 정도로 강하고도 절묘했다.

퍽―

"어억!"

당칠노의 등에 자청기수가 날아와 정통으로 부딪쳤다. 쌍편은 설옥의 근처에까지 왔다가 그만 힘을 잃고 바닥에 떨어졌다. 당칠노는 피를 흘리며 고꾸라졌다.

설옥은 얼른 당정표에게 다가가 유엽표를 회수했다. 이 유엽표는 시아버지인 강선도가 만들어준 것이라 가능하면 잃어버리고 싶지 않았다. 그다음에는 땅에 떨어진 봇짐을 들어 열심히 흙먼지를 털었다.

그사이 흑풍은 남은 자청기수들을 처리했다. 강호의 일급 실전부대라는 자청기수들이 흑풍에게 걸리자 꼼짝없이 인간 탄환 노릇만 하다가 끝났다.

"으으으, 이들의 무공이 이렇게 뛰어났다니!"

당칠노는 허리와 등에 큰 충격을 받아 일어나지 못하고 땅을 기면서 중얼거렸다. 더 이상 싸워봐야 무의미하다는 것을 깨달은 것이다. 그가 보기에 백요와 흑풍의 무공은 당문의 문주에 필적하는 것 같았다. 알고 보니 백요는 무공을 숨기고 있었던 것이다. 그녀의 비혼설녀공은 왕년의 빙염마녀에 비해 뒤떨어지지 않아 보였다.

"음하하하하하, 당연하지. 천하에 누가 백요 선자와 나, 흑풍을 얕잡아 볼 수 있단 말이냐?"

기세가 오른 흑풍은 계곡이 떠내려갈 듯 웃으며 외쳤다. 당칠노는 감히 반박을 하지 못했다.

이제 당문의 추적자들의 목숨은 흑풍과 백요의 손에 떨어졌다. 당칠노는 아무래도 명년의 오늘이 자신들의 제삿날이 될 것이라 생각하고는 이를 갈았다.

그런데 그때 계곡 바깥쪽에서 승복을 입은 여인 아홉 명이 달려오는 모습이 보였다.

"흑풍, 백요! 사람을 해치지 마라!"

"오호, 아미파의 여승들이군."

적포천존은 단번에 상대의 정체를 알아보았다. 앞쪽에 오고 있는 세 명의 무공은 당정표나 당칠노에 비해 결코 약하지 않은 듯했다. 일대제자임에 틀림없다.

설옥은 새로 나타난 이들과 시비가 붙는 것을 원하지 않았다. 당문을 처리했으니 약속대로 쉴 수 있다. 그녀는 얼른 사부를 향해 말했다.

"흑풍 나으리, 그냥 가요."

"응? 그럴까? 히히, 그러지 뭐."

적포천존은 설옥이 당정표를 훌륭하게 처리하는 모습을 심히 만족스럽게 보았다. 이제 아미파의 여승들과는 싸울 필요가 없다고 판단하고는 설옥과 같이 계곡 반대편으로 뛰었다.

아미파의 여승들은 당문의 사람들이 있는 곳으로 와 서둘러 그들의 구명 작업을 행했다. 흑풍과 백요의 무공이 예상보다 뛰어나다는 것을 눈으로 본 지금, 그녀들은 더 이상 둘을 쫓지 못했다.

한번 달리기 시작한 적포천존과 설옥은 단숨에 산을 두 개나 넘었다. 그동안 도망수련을 하면서 이 정도는 기본이었다. 특히 설옥은 그 봇짐을 등에 메고서도 전혀 뒤처지지 않았다. 자칫 잘못해서 뒤처지면 또 싸워야 한다는 사실이 그녀를 강하게 만든 것이다.

한참을 달려 안전한 곳에 도착한 두 사람은 잠시 바위에 앉아 휴식을 취했다.

적포천존이 웃음 섞인 얼굴로 말했다.

"네 무공 실력이 정말 일취월장했구나. 예상보다 뛰어나다. 덕분에 저자들이 당분간은 우리 뒤쫓지 않을 거야. 암, 천하의 백요 선자를 잡으려면 팔대고수 정도는 와야 할걸?"

"팔대고수라니요. 전 그런 무서운 사람과는 싸우기 싫어요."

설옥은 울상이 되어 고개를 휘휘 저으며 말했다. 짐이 되지 않으려 결심했을 뿐인데, 지금 이 상황은 과해도 너무 과하다고 생각되었다.

"껄껄걸, 염려 마라. 아무리 이 사부가 과격해도 지금 너한테 팔대고수와 싸우라고는 말 안 한다. 사실 팔대고수 정도 수준이면 네 낭군과 비슷한 수준이거든."

강진과 비슷한 수준. 그 말에 설옥은 한숨을 내쉬었다.

"팔대고수는커녕 십육대고수나 삼십이대고수라 해도 전 안 되겠네요. 그래도 이제 뛰는 건 자신이 생겼어요."

"그럼 됐다. 이제 보니 네가 가장 소질이 있는 건 바로 경공이었구나. 내 시간 나면 천뢰신행보를 가르쳐 줄 테니 열심히 수련해 봐라."

"천뢰신행보요? 감사합니다, 사부님."

설옥이 적포천존의 무공 중 가장 배우고 싶은 것이 바로 천뢰신행보다. 태혼살형기는 가르쳐 준다고 해도 싫다. 드디어 적포천존이 비장의 신법의 가르침을 약속하자 설옥은 무척 기뻐했다.

그러다가 문득 설옥은 이상한 기운을 느끼고 고개를 돌려 건너편 봉우리 쪽을 보았다.

"오호, 넌 정말 기감 하나는 끝내주게 좋구나."

적포천존이 감탄하며 말했다. 기감의 예민함만 보자면 설옥은 강진을 넘어설 정도였다. 내공의 차이가 역력한데 이 정도면 천성적으로 타고난 듯했다.

"그럼 역시 저쪽에 또 우리를 노리는 사람이 있는 건가요?"

"아니, 그건 아니고. 신경 쓰지 말고 일단 가보자꾸나."

둘이 가려는 방향이 바로 그 봉우리 쪽이다.

적포천존과 설옥은 그때부터 말을 아끼고 흑풍과 백요의 태도로 걷기 시작했다.

어느 정도 가자 과연 설옥이 느낀 대로 세 사람이 길목에 서서 그들을 기다리고 있는 게 보였다.

가장 앞에 선 사람은 열 살 정도 되어 보이는 작은 소동이었는데, 눈매가 날카로워서 전혀 귀여운 맛이 없었다.

그 뒤로는 사십이 조금 넘어 보이는 장년의 무인과 부인들의 복장인 궁장을 한 여자가 서 있었다. 부인 복장의 여자는 미모가 보통이 아니고 얼굴에 표정이 거의 없는 것이 그야말로 귀부인의 상이었다.

백요다운 무심한 표정을 지으면서도 속으로는 그들을 살펴보는 설옥의 귀에 적포천존의 전음성이 들려왔다.

“조심해라. 앞의 놈은 애가 아니라 지장수 오절이라고 난쟁이지만 무공은 상당한 놈이다. 나이도 환갑은 한참 전에 넘었을 거다. 그리고 뒤에 놈들도 네 수준엔 만만치 않다.”

설옥이 슬쩍 보니 적포천존은 입술을 거의 움직이지도 않았다. 이런 식으로 앞에 서 있는 사람이 눈치 채지 못하게 전음을 쓰는 것은 정말 어렵다.

어쨌거나 적포천존이 조심하라고 할 정도의 마두다. 설옥은 자신이 감당하기 어려운 자일 것이라고 판단했다.

“네가 먼저 인사를 해라. 저놈은 자기를 알아보는 사람을 무지하게 좋아한다.”

역시 무림의 살아 있는 자연재해. 천하를 돌아다니며 안 만난 사람이 없는 듯 지장수 오절의 성격까지 다 기억하고 있었다.

설옥은 그들의 삼 장 앞까지 다가갔을 때 살짝 고개를 숙여 소동에게 인사를 했다.

“제 눈이 틀리지 않았다면 지장수 오절 선배님이 아니신가요?”

무심하면서도 어쩐지 사람의 마음을 떨리게 하는 미성이다. 이제는 백요의 역할을 훌륭하게 연기해 내는 설옥이었다.

“흠흠, 백요 선자께서 이 늙은이를 알아볼 줄이야.”

“삼십 년 전부터 무림에 명성을 떨치신 선배를 몰라보면 오래 살기 힘들죠."

"클클클, 안목이 훌륭하니 무공을 볼 것도 없겠군. 어서 오시오, 백요 선자."

"나는 안 보이나?"

흑풍이 거친 목소리로 말하며 앞으로 쑤욱 걸어나갔다. 그리고는 손을 내밀어 지장수 오절에게 장을 뻗었다. 그러자 허공을 격하고 내력의 힘이 뻗어 지장수 오절의 가슴까지 날아갔다.

지장수 오절은 안색을 굳히며 앞으로 한 걸음 마주 나아가며 손을 뻗었다.

펑—

"벽공장!"

뒤에 서 있던 중년 남녀는 그때서야 흑풍이 허공을 격하고 손을 썼다는 것을 알았다. 놀란 표정이 볼만했다.

장력이 부딪치며 지장수 오절이 다시 뒤로 한 걸음 물러났다. 그리고는 혀를 찼다.

"대단하군. 이 오 모가 손을 겨루어 손해를 본 건 지난 십 년간 없었는데."

"홍, 선배의 무게로는 흑풍의 고개를 숙이게 할 수 없지."

적포천존은 오만한 태도로 가슴을 쑥 내밀고 말했다. 흑풍의 이런 면은 따로 연기가 필요없다. 원래 그가 강호를 다닐 때의 행실은 지금과 별반 다르지 않았기 때문이다.

"흑풍 나으리, 오만한 건 좋지만 너무 심하지 않는 게 좋을 걸?"

지장수 오절이 크게 자존심이 상한 듯 눈을 더욱 가늘게 뜨고 말했다. 음산함이 그의 몸에서 배어 나와 주변까지 서늘하게 만드는 듯했다.

그러자 뒤에 있던 궁장미부가 말했다.

"오 선배, 우리는 좋은 뜻으로 왔으니 너그러운 마음으로 대하시는 게 어떨까요?"

"흐흐흐, 그렇지. 싸우러 온 건 아니지."

오절은 순순히 물러났다.

대신 궁장미부가 앞으로 나와 정중하게 인사를 하며 말했다.

"천하를 진동시킨 흑풍과 백요께서 강남 땅에 오신 것을 환영합니다. 저는 흑룡방의 전사당 부당주인 칠절랑 묘묘입니다."

흑풍이 오호라 하는 표정을 지었다.

"흑룡방! 내 이곳까지 오면서 정말 많이 들었지. 글쎄, 사람들이 우리를 흑룡방의 방도들로 오해하더군."

"그럴 수밖에 없지요. 천하의 무인들 중 재간이 있는 사람은 대부분 우리 흑룡방에 가입을 하셨는데, 두 분의 무공으로 보아 어찌 우리 흑룡방을 빼놓고 논할 수 있겠습니까?"

말 잘한다. 설옥은 묘묘란 여자가 말을 하면서 자신들 두 사람과 흑룡방을 동시에 높이는 것을 보고 내심 감탄했다.

그때 흑풍이 다시 말했다.

"사실 우리가 은거를 깨고 강남까지 가는 이유도 귀방의 소문을 들어서인데, 듣자 하니 해적왕께서 귀방의 방주라는데 사실인가?"

반말을 하는 데에도 묘묘는 전혀 싫은 기색을 보이지 않았다. 흑풍의 말투나 성격이 원래 그렇다는 것을 인정하는 듯했다.

하기야 지장수 오절을 벽공장으로 물러나게 할 정도면 내공이 절정의 경지에 달했다는 뜻이니 흑풍이야말로 무림에서 최고 수준의 고수라 할 만하다.

물론 인간의 범주를 넘어선 몇몇 사람을 빼고서의 이야기다.

묘묘는 흑풍과 백요의 무공 수준을 무림의 팔대고수와 비슷하거나 약간 약한 수준이 아닐까 하고 판단했다. 지장수 오절이 전성기 때 십대고수에 든 적이 있고, 지금도 장력이 크게 약해지진 않았다.

물론 단순히 내공이나 외공 이외에도 싸움 감각이 크게 중요한데, 사천에서 이곳까지 추적을 당하면서도 큰 상처 하나 없이 무사하고 마침내 당문의 주력을 철저하게 때려잡는 것을 보면 실전에도 능한 것이 틀림없다.

팔대고수 급의 무공, 그 정도면 안하무인을 넘어서 자존광대해도 다 용서가 된다.

묘묘는 살짝 웃으며 말했다.

"약간 오해를 하고 계시는군요. 우리 흑룡방의 방주로 계신 분은 흑룡왕 나용문이라는 분으로, 해적왕과는 과거 사제지간이었지만 지금은 독립해서 당당하게 왕의 칭호를 쓰시고 계십니다."

"흠, 나용문이라."

흑풍은 고개를 돌려 설옥을 보았다. 설옥도 흑풍을 보았다. '왜 보세요?' 하는 눈이었다. 흑풍은 왜긴, 연기에 필요한 동작이었지 하고 눈짓으로 대답하고는 다시 묘묘를 보았다.

그 일련의 동작은 상대에게는 흑풍이 설요의 의사를 묻는 듯 보였고, 거기에 설요 또한 눈빛으로 대답한 것으로 생각할 만했다. 의견 교환을 끝낸 듯 흑풍이 입을 열었다.

"솔직히 말하지. 해적왕이라면 몰라도 흑룡왕이 우리를 감당할 수 있을지 믿기 어렵군. 우리는 각자 싸워도 강하지만 이렇게 둘이 같이 있을 경우 천하에 적수가 없다고 자신하고 있거든."

"클클클, 자신이라고? 좋지, 좋아."

지장수 오절이 웃었다. 그러나 묘묘는 전혀 웃지 않고 여전히 정중하게 말했다.

"물론 그 점에 대해서는 믿으셔도 좋습니다. 만약 두 분께서 힘을 합해 흑룡왕님보다 조금이라도 우위에 서실 수 있으시다면, 흑룡왕님께서는 기꺼이 흑룡방을 두 손으로 들어 두 분께 바칠 것입니다. 그리고 그분은 무공을 수련하러 은거를 하시겠지요. 승기를 잡지 못하고 삼십 초만 버티셔도 흑룡방의 일인지하 만인지상이 되실 수 있습니다. 다른 방도들 모두 두말없이 인정할 것입니다."

"오호, 그 정도인가?"

묘묘가 보기에 흑풍이라는 자는 힘의 논리에 충실한 성격이다. 그녀는 이 점을 노리고 말했고, 마침내 마음이 동한 듯한 흑풍의 태도에 속으로 회심의 미소를 지으며 여전히 정중한 태도로 단언했다.

"흑룡왕의 무공은 이미 해적왕에 필적할 정도입니다."

"과연!"

흑풍은 손으로 허벅지를 탁 치며 감탄했다. 그리고는 속으로 생각했다.

'왕진 놈이 그런 제자를 두었단 말이지? 하기야 나용문이란 놈의 이름은 내가 은거를 하기 전부터 들었으니 이제 사십은 넘었겠지. 이제 보니 왕진 놈도 제대로 된 후계자를 길러 냈군.'

그의 머릿속이 계속해서 고속으로 돌아갔다.

'잘되었다. 이 몽둥이로 삼박사일 동안 때려 가루로 만들어도 시원치 않을 왕진 놈이 바다로 나가 나오지 않으니 제자 놈이라도 족쳐야지.'

생각만 해도 속이 후련하다. 기껏 키운 제자를 잃고 분노로 눈이 뒤집힌 왕진의 모습! 그놈은 꼭 한번 그런 맛을 봐야 하는 놈이다.

흑풍은 호탕하게 웃으며 말했다.

"껄껄껄껄, 천하에 그런 영웅호걸이 나타났다면 우리가 몸을 담기엔 충분하지. 그렇지 않나, 백요 선자?"

"흑풍 나으리께서 좋다면 전 상관없어요."

"좋아, 좋아. 칠절랑 묘묘라고 했지? 어서 가자고. 우리는 흑룡왕을 꼭 만나보고 싶다네."

"서두르실 필요는 없어요. 일단은 제 직속상관인 전사당 당주님께 안내해 드리죠. 그분께서 직접 두 분의 실력을 확인하신 뒤에 자격이 있다고 판단되면 방주께 소개하실 거예요."

"알았으니 어서 가자고."

흑풍이 신이 나서 재촉하자 흑룡방의 세 사람은 더 이상 뭐라고 말을 하지 않고 앞에서 걸어가기 시작했다.

설옥은 적포천존의 태도에서 사부가 이미 이들을 따라가기로 했다는 것을 알았다.

‘휴우, 그럼 당분간 항주에는 못 가는 걸까? 세상에, 낭군 한번 만나기가 이렇게 힘들다니…….’

후회해도 소용없다. 설옥은 마음을 비우고 적포천존의 뒤를 따라갔다. 물론 얼굴은 무심하고 순진한 표정 그대로 유지하면서.

第七章　혈로돌파(血路突破)

赤龍王
布王

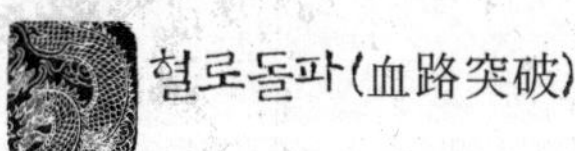

　　　　강진은 바빴다. 그냥 바쁜 게 아니라 위험하기까지 했다.

흑룡방 놈들은 사람을 그냥 놔두지 않고 틈만 나면 습격을 해왔다.

두어 번 습격을 더 받았을 때, 강진은 적의 의도를 눈치 챘다.

"이놈들, 지금은 날 죽일 생각이 없군."

습격해 오는 자들은 한 번에 한두 명씩. 그것도 정말 강하지 않은, 그야말로 삼류 중에서도 하급으로 분류되는 자들이 대부분이었다. 문제는 그런 자들일수록 자존심을 버리고 온

갖 치사한 수를 써서 필사적으로 덤빈다는 데에 있다.

암기 같은 것은 귀여운 장난감이다. 어떤 놈은 가죽 주머니에 똥을 채워서 몸에 단 채 덤볐다. 똥 주머니가 터지면 보통 일류고수는 과하게 몸을 피하는데, 그때 생기는 빈틈을 노리려는 속셈이다. 하지만 그자는 삼 장 안으로 다가오기도 전에 머리에 한 대의 유엽표를 맞고 쓰러졌다.

유엽표, 적들은 이것도 나름대로 대비를 했다. 두꺼운 가죽에 금속 조각을 박아 넣은 전포는 비싸서 못 입는다고 해도 머리에 철냄비를 뒤집어쓴 놈도 있었다. 손에 박힌 굳은살 모양으로 보아 일 년쯤 전까지는 농부였던 자 같았다.

강진은 그자를 베고는 잠시 인상을 찡그리며 생각에 잠겼다.

"흑룡방 놈들, 이런 악랄한 방법을 쓰다니."

정식으로 무공을 수련한 자도 아닌, 얼마 전까지 일반인이었던 자에게 대충 실전 무술을 수련시켜 사람을 죽이게 하는 것은 흑도방파들 사이에서 흔하게 쓰이는 수법 중 하나이다. 하지만 보통 고수에게는 고수가 나가거나 정예의 전투 집단으로 상대를 하는 것이 관례다.

고수를 고수 대접하지 않으면 다른 방파들이 손가락질을 하며 무시하게 되는데, 이것은 체면을 중시하는 중화 사회에서는 가장 참기 어려운 일 중 하나다. 흑도방파에서도 극한까지 몰리지 않는 한 고수에게는 체면을 지킨다.

그런데 흑룡방은 강진이 협사라는 점을 이용해 일부러 이런 자들을 밀어 넣기 시작한 것이다. 이런 자들을 자꾸 베게 되면 보통 사람은 양심의 가책을 받거나 하다못해 지겨움이라도 느끼게 된다.

그렇다고 해서 살려서 보내기 시작하면 그건 더욱 큰 문제다. 적이 나타났을 때, 무조건 살수를 쓰는 것과 살릴지 죽일지 고민하면서 손을 쓰는 것에는 큰 차이가 있다.

'나의 몸을 피곤하게 만듦과 동시에 마음을 흔들어 칼끝을 무디게 하려는 것이다.'

강진은 한숨을 내쉬었다. 치가 떨리지만 효과적인 방법임을 인정하지 않을 수 없다. 하지만 그는 흑룡방이 생각하는 것처럼 협의지사가 아니다. 명문정파의 문하도 아니고, 선인의 생활을 하는 은거기인의 제자도 아니다.

그는 바로 적포천존의 제자! 무림이 얼마나 험한지는 적포천존이 자신의 경험담을 예로 위에서 아래까지 모두 이야기해 준 바가 있다.

"좋아. 너희들이 이렇게 나오는 것이 나에겐 오히려 좋을 수도 있다."

강진은 천천히 대무심공을 끌어올렸다. 살형기를 녹이고 살심 속에서도 이성을 유지할 수 있게 해주는 심공이 그의 마음을 잔잔하게 가라앉혔다.

곧 강진의 마음은 한 덩어리의 얼음처럼 굳었다. 내무심공으로 인해 완벽하게 보호받기 시작한 것이다.

조금 있으니 강진의 칼끝에 담겨 있던 한 조각의 살기가 서서히 줄어들었다. 그것은 살형기의 기운이었는데 겉으로는 줄어드는 것 같아도 사실은 가슴속에 뭉쳐지며 모이는 것이다.

이렇게 되니 강진의 몸에서 강렬하지는 않지만 은은한 살기가 발산되며 전체적으로 차가운 기운이 흘렀다. 마치 원수를 만나러 가는 흑도의 무인과도 같은 분위기였다.

겉으로 보기에 온화했던 그가 갑자기 이렇게 변하니 사람이 바뀐 것 같았다.

그 모습은 곧 이 일을 뒤에서 주관하던 흑룡방의 간부들에게 전해졌다. 그들은 이 보고를 받자 모두 기쁜 표정을 지으며 웃었다.

"크크크, 드디어 귀신살이 끼었단 말이지?"

"정파의 무공을 익힌 자가 살기에 뒤덮이면 힘의 소모가 극심해지지. 가만히 서서 숨만 쉬어도 기력이 소모될걸?"

"당주의 명대로 계속 밀어붙이자구. 일은 다 된 거나 마찬가지야."

그들은 착각했다.

사실 강진이 독하게 마음먹고 대무심공으로 마음을 감싼 채 살기를 발산하기 시작하자 기력 소모가 훨씬 줄었다. 그도 그럴 것이 그가 익힌 무공은 결코 정파의 무공이 아닌 절정마공을 기반으로 한 것이기 때문이다.

마공의 정화에 정파의 심공을 접목했는데, 그 점이 더욱 마기를 강화시키는 역할을 했다. 비율로 보자면 칠마삼정이라고 할 수 있는데, 알고 보면 겉껍질만 정파고 실제로는 골수 마공이 그 안에 담겨 있는 셈이다.

그렇게 강진은 점점 살형기를 키우며 강남으로 향했다. 처절한 추격전이 계속되었다.

적에게 유인당해 주는 것도 쉬운 일은 아니다. 그리고 그 유인의 최종 목적지를 강진이 정한 곳과 일치시키는 것은 더욱 어렵다.

강진이 애초 계획한 것 중 몇 가지는 착오가 있었고, 중간중간 임기응변으로 변수를 처리해야 했다. 하지만 가장 중요한 최종 목적지만큼은 아직까지 바뀌지 않았다.

적을 상대함에 있어 작은 일은 착오가 있어도 큰일은 결코 틀리지 않는 것이 바로 강진이 원하는 것이었다. 아직까지는 작전대로라고 강진은 판단했다.

*　　　*　　　*

강남무림맹.

흉신악살 해적왕 왕진으로 인해 초토화된 강남의 무림을 지키기 위해 결성된 조직이다.

당시 오대세가 중 삼대세가가 멸문에 가까운 타격을 입었는데, 살아남은 자들이 다른 두 세가에 도움을 요청하여 처음 기틀이 마련되었다. 그 후 강북의 여러 대문파를 비롯해 각 지방의 협사들이 척마멸사와 협의라는 기치 아래 모였다.

그런데 막상 그들이 그렇게 모이고 소림의 신승까지 태상맹주로 모셨을 때, 사실상 왕진은 강남에서 손을 떼고 그의 제자인 흑룡왕이라는 자가 흑룡방을 세웠다.

그때 강남무림맹의 요인들은 왕진이 세의 불리함을 알고 물러났다고 생각했다. 그가 형식상 남긴 흑룡방 따위는 얼마 못 가 무너진다고 여겼다.

그러나 지금까지 흑룡방과 싸워온 결과는 결코 승리가 아니다. 싸울 때마다 참패에 가까울 정도로 대부분 패했다. 승리는 얼마 없었다.

무림맹에서 흑룡방의 행사를 거의 알 수가 없는 반면에 흑룡방에서는 무림맹이 약점만 보였다 하면 사정없이 공격을 가해왔다. 또 무림맹이 흑룡방을 치기 위해 계획한 일들은 대부분 실패이거나 뒷북이어서 흑룡방은 이미 일을 끝내고 그림자조차 남기지 않은 뒤였다.

그런데 최근에 무림맹은 흑룡방의 행사가 두 번이나 실패로 돌아간 사실을 알았다.

"어떻게 생각하나?"

맹주인 냉검유정 남궁무준이 앞에 앉은 두 사람에게 물었다. 한 사람은 삼십 세 정도 되어 보이는 남자였고, 다른 한 사람은 십대 후반의 소녀였다.

얼굴이 각진 강한 인상의 장한은 남궁무준의 장남인 맹검철한 남궁도였다. 그는 무림맹의 실전 전투부대인 정혼전위대의 대주이기도 했다. 대대로 능구렁이들의 집단이라 취급받는 남궁세가의 사람답지 않게 말보다 주먹이 먼저 나가는 열혈한이었다.

그 옆에 앉은 얼음처럼 차가운 미모의 소녀는 제갈세가주의 막내딸인 제갈소소로, 믿을 수 없게도 제갈세가주인 제갈모가 자신의 대리인으로 임명하여 무림맹의 부군사 자리를 주었다.

수석군사인 제갈모는 대부분의 시간을 거처에서 보내며 나오지 않으니 실질적인 무림맹의 군사는 제갈소소인 셈이다. 단지 제갈소소는 매일 저녁 한 시진씩 제갈모의 거처에서 제갈모와 무림맹의 대소사를 논하고 지시를 받는다고 한다.

 그녀가 이렇게 사석에 앉아 있는 이유는 남궁무준이 그녀의 외숙이기 때문이다. 즉, 제갈소소의 어머니는 남궁무준의 여동생이다.

 남궁무준이 먼저 시선을 준 것은 바로 아들인 남궁도였다. 그러자 남궁도는 거칠고 굵은 목소리로 자신의 생각을 말했다.

 "믿을 수 없게도 이 두 가지 일에 모두 한 젊은 협사가 관여되어 있다고 들었습니다. 나이는 약관 정도고, 무공은 최고 수준이라고 하더군요."

 남궁도는 말을 하며 부친을 힐끗 바라보았다. 최고 수준이란 팔대고수와 비견할 정도라는 것을 의미하고, 부친인 남궁무준이 그 팔대고수 중 한 명인 검극(劍極)이 아닌가? 검마와 함께 검으로는 당금 천하에서 가장 강한 두 명 중 한 명이 바로 냉검유정 남궁무준인 것이다. 그런데 또다시 한 명의 검사가 혜성처럼 무림에 등장했다.

 "그렇다. 홍의검협이 심양에서 처치한 자들 중 검기의 발출에 당한 자가 몇 명 있다. 그리고 항주의 내 옛 친구도 홍의검협의 경지가 범상치 않다고 평하더군."

 "믿기 어려운 일입니다. 하지만 일단 홍의검협이 행한 일을 볼 때, 그자가 현재까지 알려진 젊은 무인들 중 가장 뛰어나다는 것은 부인하기 어려울 듯합니다. 그가 한 일 역시 협의에 의한 것이니 만인의 추앙을 받을 만합니다."

"그렇지."

남궁무준이 천천히 고개를 끄덕였다. 아들의 말이 옳음을 인정하는 것이다. 그러나 그는 속으로 가볍게 한숨을 내쉬었다.

그의 아들인 남궁도는 무공이 뛰어나고 성격이 강직하여 장래에 가주 직을 맡길 만하다. 그러나 그에겐 치명적인 약점이 있는데, 그건 바로 질투심이 없다는 점이다.

이전까지 젊은 무인들 중 가장 무공이 뛰어나다고 평가되어진 사람은 모두 셋으로, 그중에 남궁도가 있다. 성격과 신분을 따지면 그야말로 무림제일의 후기지수라 할 수 있다. 그런데 그 자리를 아무런 거리낌 없이 남에게 넘기다니?

'이걸 속이 넓다고 해야 하나, 뼈대가 없다고 해야 하나.'

가주가 되려면 약간은 오만해야 한다. 자기가 최고라고 믿고 아랫사람을 강하게 이끄는 것이 필요한데, 남궁도는 그 점이 부족했다.

'그래도 오만이 지나쳐 귀와 머리가 막혀 버린 것보다는 낫지.'

남궁무준은 그렇게 생각하며 시선을 돌려 제갈소소를 보

왔다.

"소소는 어떻게 생각하느냐?"

"예, 외숙께 말씀드리겠습니다. 항주의 사건도 놀랍지만 심양의 경우는 더욱 큰일입니다."

"어째서지?"

"사건 자체는 심양이 항주와 비교할 수 없이 작지만, 그 의미가 놀랍기 때문입니다. 흑룡방은 이미 강북에도 비밀 분타를 세웠다는 사실이 증명되었습니다. 이렇게 되면 강북 사람들의 마음이 흔들릴 것입니다."

제갈소소는 과연 날카롭게 사건의 핵심을 뚫고 있었다. 남궁무준은 미처 생각지 못한 점을 내세운 그녀를 새삼스럽게 생각하며 고개를 끄덕였다.

"그렇지. 비밀 분타를 세웠다는 것은 흑룡방의 행사가 강북에도 미칠 수 있다는 뜻이니……."

낭궁무준의 얼굴이 미미하게 굳어지며 평소의 그답지 않게 말끝을 흐렸다.

강북의 무인들 중 상당수가 이곳에 온 상황이다. 그런데 만약 흑룡방이 강북의 문파를 공격하기라도 한다면 사람들은 자파의 안위를 걱정하게 된다.

지금까지 이런 걱정은 거의 하지 않았다.

한두 명이라면 몰라도 일정 이상의 무인들이 이동을 하면 그 근처의 대문파에서는 그 사실을 바로 알게 된다. 지역을 장악한다는 것은 바로 그런 것이다.

그런데 비밀 분타가 들어섰다는 것은 이러한 문파가 비밀리에 무력의 이동이 가능하다는 것을 의미한다. 이제 천하에 안전한 장소는 없게 된 셈이다.

제갈소소는 다시 말했다.

"지난 십 년간 우리 무림맹은 흑룡방의 총단을 찾기 위해 힘썼고, 찾아내기만 하면 이긴다고 믿었습니다. 그 때문인지는 몰라도 실패를 해도 항상 공격을 하는 셈이고, 반면 흑룡방은 숨어서 피하는 것이라 여겼습니다. 하지만 심양의 비밀 분타를 볼 때 흑룡방은 십 년간 우리의 이목을 강남에 묶고 강북에 침투한 모양입니다. 그들 역시 어둠 속에서 우리를 공격한 셈이지요."

여기까지 말을 한 그녀는 약간 침울한 표정을 지으며 고개를 숙였다. 그리고 자신의 실책을 인정하는 말로 마무리를 했다.

"소녀는 군사의 중책을 맡고도 미처 알아차리지 못하고 일을 처리했습니다."

제갈소소의 이러한 모습에 남궁무준과 남궁도 부자는 거의 동시에 머리를 가로저었다. 어느 쪽으로 보던 이 일을 그녀의 책임으로 돌리는 것은 말이 안 된다고 생각했다.

　남궁무준은 부드러운 어조로 의기소침해 보이는 제갈소소를 달래기 시작했다.

　"네 잘못은 아니다. 네가 부군사를 맡은 것은 이 년 전이니 말이다. 그리고 네 부친의 잘못도 아니다. 저들의 행사가 너무나도 신출귀몰하니 예측을 하기가 어렵구나."

　흑룡방 방주의 명호는 흑룡왕 나용문이라고 했다. 남궁무준은 나용문의 지모와 실력이 정말 무섭다는 것을 지난 십 년 동안 몇 번이나 뼈저리게 느꼈다. 사기가 떨어질까 봐 다른 사람들에게는 말 못할 사건도 있을 정도다.

　싸우면 싸울수록 어려운 적이라는 것을 실감하니 참으로 기운이 나지 않으리라. 적이라고 해서 무조건 깎아내릴 상대가 아니다. 실상 남궁무준 자신도 흑룡방주에 대해서는 열등감마저 느낄 정도였다.

　"드릴 말씀이 없습니다."

　제갈소소는 여전히 고개를 숙인 채였다. 입을 다물고 생각에 잠긴 듯했다. 이와 같은 태도는 군사로서 어울리지 않지만 남궁무준은 그다지 안 좋게 생각하지 않았다.

　아직 어린 나이다. 하지만 군사이자 매제인 제갈모가 어린 딸을 추천한 것에는 그만한 이유가 있다.

　바로 제갈소소가 가진 천재성! 흑룡방의 행사를 예측할 만한 재능이 그녀에게 있다고 제갈모는 말했다. 아직까지는 흑룡방에 일침을 먹이지 못했지만 점점 그녀의 반응이 빨라지고 있다. 그러니 작은 일은 신경 쓰지 않는다.

그때 제갈소소가 고개를 들며 말했다.

"우리가 가장 시급히 해야 할 일은 바로 홍의검협을 찾아 그를 비밀리에 감시하는 일입니다."

"뭐라고?"

"소 매, 그건 그다지 좋은 표현이 아니야. 보호한다고 해야 지 않을까?"

남궁도가 끼어들자 소소는 살짝 고개를 저었다.

"남궁가가, 저는 제 마음을 속이지 않고 스스럼없이 말하게 훈련받았어요. 보호는 정확한 표현이 아니에요. 우리는 홍의검협을 찾아도 그와 직접 접촉하지 않고 비밀리에 감시를 해야 해요."

"어째서?"

남궁도가 이해할 수 없다는 표정으로 반문했다. 반면 이미 남궁무준은 어느 정도 예상하는 것이 있다는 얼굴이었다. 그래도 확실한 이야기를 들을 필요가 있었기에 잠자코 둘의 대화를 주시했다.

제갈소소는 남궁무준이 계속하라는 듯한 태도를 보이는 것을 확인하고 남궁도의 질문에 대해 답했다.

"제가 흑룡방의 방주라면 최대한 빠른 시일 내에 홍의검협을 제거하려 할 것입니다. 그러니 홍의검협을 감시하다 보면 흑룡방과 싸울 수 있지요."

"그렇군!"

"홍의검협을 보호하는 것은 그 뒤부터가 될 거예요. 가능하면 그분과 힘을 합쳐 흑룡방을 치는 게 좋겠지요. 그러면 우리는 틀림없이 홍의검협이 세 번째 승리를 얻게 할 수 있을 거예요."

"확실히 그렇게만 된다면 흑룡방에 쓴맛을 보여줄 수 있을 거야."

"그래요. 하지만 가장 중요한 것은 한 번의 승리보다는 흑룡방의 천적과도 같은 젊은 소협의 탄생에 있어요. 영웅은 사람을 모이게 하고 흔들리지 않게 하며, 사기를 높게 해주죠."

제갈소소가 확신하듯 말하자 남궁무준도 고개를 끄덕였다.

"그래, 소소의 생각이 옳다. 지금 우리는 젊은 영웅이 필요하지."

남궁도가 가슴을 탁 치며 말했다.

"그렇다면 제가 직접 가겠습니다. 홍의검협을 두 눈으로 확인하고 이야기를 나눠보고 싶군요."

"정혼전위대를 모두 이끌고 나갈 생각이냐?"

"아닙니다. 팔위만 대동하겠습니다. 사람이 많으면 흑룡방의 이목을 피하기가 쉽지 않을 것입니다.”

“아홉 명, 홍의검협까지 합해 열 명이면 흑룡방의 공격을 감당하기 어려울지도 모른다. 위험하다.”

“이길 생각은 없습니다. 버티기만 하면 됩니다. 수비에 치중하면 어떤 공격을 해와도 일주일은 버틸 수 있습니다.”

“그사이 인근에서 지원을 하라고?”

“그렇습니다.”

“소소는 어떻게 생각하지?”

“가능은 한데, 안전하지는 않아요. 희생자가 나올 거예요.”

남궁도가 옆에 세워놓은 검을 들어 보이며 말했다.

“한 명도 희생시키지 않겠습니다.”

남궁무준은 미소를 지으며 고개를 끄덕였다.

“그래, 가라.”

“그럼 바로 준비를 하겠습니다.”

남궁도가 자리에서 일어났다. 그런데 그때 문밖에 사람이 와서 말했다.

“맹주님, 홍의검협에 대한 급보입니다. 조사대가 그의 행적을 발견했다고 합니다.”

“허, 말을 꺼내기가 무섭군. 네가 찾는 시간이 줄어들겠구나.”

남궁무준은 웃으며 문을 열고 수하로부터 쪽지를 받아 들었다. 급보를 적은 쪽지를 그대로 가져온 모양이다.

“……”

남궁무준은 아무런 말 없이 쪽지를 읽어나갔다. 단지 그의 안색이 별로 좋지 못하다는 것을 남궁소소는 느낄 수 있었다. 혹시? 남궁소소는 불길한 생각이 들어 조심스럽게 물었다.

“외숙, 좋지 않은 일인가요?”

“그래, 홍의검협은 이미 흑룡방에 쫓기고 있다고 하는구나.”

“아! 어디인가요? 그들의 행사가 우리의 이목에 잡힐 정도라면 상황이 아주 급박할 거예요.”

항상 그렇다. 마지막 순간에 이르러서야 흑룡방은 은밀함을 푼다. 그리고 정보를 받은 무림맹의 실전부대가 그곳에 도착할 무렵에는 귀신이 땅속으로 꺼지듯 사라진다. 그림자도 남기지 않는 것이다. 마치 일부러 사람을 놀리는 듯하다.

남궁무준도 그런 사실을 알고 있기에 안색이 굳은 채였다.

“처음 행적이 발견된 곳은 양주의 경계 부근인데, 급속도로 남하하고 있어 지금쯤이면 남창 부근까지 내려갔을 가능성이 크다고 한다. 흑룡방 놈들이 수단과 방법을 가리지 않고 홍의검협을 공격하고 있는데, 그런 상황이 된 지 한참 된 듯 홍의검협은 적지 않은 상처를 입고 있다고 하는구나.”

"그럴 수가! 우리는 눈뜬장님이었군요!"

제갈소소는 안타까운 듯 탄식을 했다. 중원을 태반이나 가로지르며 추격전을 펼치는 동안 몰랐다니! 믿어지지 않는다.

사실 강진이 일부러 쫓기는 것을 외부에 알리지 않으려 했기에 그렇게 된 것이지만 제갈소소가 그것까지 알 리 없었다.

"늦지 않을지도 모릅니다. 지금 바로 떠나겠습니다."

남궁도가 뛰어나갔다. 팔위와 함께 밤낮으로 말을 달릴 생각인 듯했다. 그러나 남궁무준과 제갈소소는 생각했다.

'여기서 남창까지는 말로 달려도 보름은 가야 한다. 우리가 너무 늦어 젊은 협사가 흑룡방의 손에 걸려 희생되는구나.'

*　　　*　　　*

"빡세군."

강진은 마지막 습격자를 베고는 이를 가는 목소리로 중얼거렸다. 슬슬 한계에 도달한 듯하다. 입에서 나는 피비린내는 내상의 증거다.

머리도 멍해지는 것이 단순한 생각을 하기도 힘들 정도다. 하지만 끊임없이 기민한 상황 판단을 하지 않으면 언제 실수할지 모른다.

슈슈슉—

옆쪽에서 암기가 날아왔다. 강진은 또 다른 자가 왔다는 것을 알고 몸을 숙였다. 머리 바로 위로 암기가 바람을 가르며 지나갔다.

강진은 앞으로 달렸다.

세 명의 무사들이 수풀 쪽에서 달려나와 뒤를 쫓으려 할 때 강진은 수전 세 대를 던져 그들을 격살했다.

독문암기인 유엽표는 이미 모두 써버린 뒤였다. 지금 쓰는 암기는 적에게 빼앗은 것으로 손으로 던지는 화살인 수전과 각진 쇳덩어리 못인 투골정이다.

"아아악—"

쓰러진 자들의 비명 소리에 앞쪽에서 사람들이 외치는 소리가 났다.

"저쪽이다!"

삐익—

그 순간 울리는 호각 소리.

"그런가? 이제부터 진짜가 시작되는 거군."

단순한 감시망이 아닌 포위망이 쳐지고 있다. 적은 강진을 원하는 장소까지 몰아넣는 데 성공한 것이다.

"예상보다 빠르다."

강진은 즉시 방향을 바꿔 달렸다. 천라지망이 완전히 쳐지

기 전에 빠져나가야 한다. 그가 원하는 장소는 이곳이 아니
다. 사부인 적포천존에게 들은 석마령까지는 아직 하루 이틀
정도는 더 가야 한다.

"홍의검협! 항복해라!"

언덕 위에서 누군가가 외쳤다. 그야말로 헛소리다. 강진은
무시하고 계속 달렸다.

"홍의검협! 빠져나갈 길은 없다!"

이제는 사방에서 수십 명이 외쳤다. 어느새 이렇게까지 모
여들었지? 강진은 자신이 피로로 인해 감각이 많이 둔해졌음
을 알았다.

"하압!"

크게 기합을 지르니 정신이 버쩍 든다. 눈앞에 나타난 자들
에게 사정없이 살초를 썼다.

카캉—

막았다. 지금 가로막은 자들은 삼류가 아니다.

강진은 검이 부딪치는 순간 검날을 비틀어 옆면으로 받았
다. 그러자 탄성으로 인해 검이 튀어 순간적으로 몇 배나 빠
른 속도를 보였다.

바로 반선반마검법의 절초인 평석탄수(平石彈水)!

슈각—

끄아악 하는 비명 소리가 등 뒤로 울려 퍼졌다. 벤 상처가

벌어져 피가 튈 때에는 이미 그들을 지나쳐 나아간 뒤다. 바람보다 빠른 쾌검과 경공!

"쳐라!"

일제 공격 명령이 떨어지자 사방에서 각진 돌이 날아왔다.

비황석이다. 살상력은 떨어지지만 맞으면 살이 찢어지며 뼈에 충격이 간다. 이게 좋은 점은 아군이 맞아도 죽을 염려가 거의 없다는 점이다.

반면 강진은 몇 대만 맞아도 움직임과 힘이 현격하게 줄어든다. 그럼 결과적으로 죽는다.

"내가 무림에 나온 이유가 돌에 맞아 죽기 위함은 아니지."

강진은 전신에 기를 끌어올려 발산했다. 그러자 그가 입고 있는 적포가 공처럼 부풀어 오르더니 파파팍 하는 소리와 함께 비황석이 옷에 맞아 팅겨 나갔다.

"쏴라!"

슈슈슝—

이건 비황석이 아니다! 강진은 반사적으로 달리던 것을 멈추고 바닥에 딱 붙듯 엎드렸다.

그의 판단은 옳았다. 기공으로 막으려 했으면 그는 정말 죽었을 것이다. 작은 철전이 지나가는데 그 힘이 무서웠다.

"강노!"

그냥 활도 아닌 강노라면 감당할 방법이 없다.

앞을 막는 자는 적고, 날아오는 것은 많았다. 아무리 빨리 달려도 화살보다 빠를 수는 없으니 적의 공격으로부터 벗어날 수도 없다. 그래도 경공을 사용하여 빠르게 달리면 적의 힘이 집중되는 것을 막을 수 있다.

천라지망이 완전히 쳐지면 죽을 수밖에 없으니 일단은 무조건 달려야 했다.

"홍의검협, 네놈이 빠져나갈 길은 없다!"

다시 누군가가 외쳤다.

강진은 순간 방향을 틀어 그곳을 향해 나아갔다. 곧 눈앞에 몇 명의 사람이 나타났다. 그중 양손에 깃발을 들고 있는 자는 강진이 갑자기 방향을 바꾸자 당황한 표정이었다.

강진은 발로 그자를 냅다 찼다.

퍽—

일초에 가슴이 움푹 들어간 채로 뒤로 쓰러졌다. 주변의 무사들이 기합을 지르며 달려들었다. 곧 한차례 난투극이 벌어졌지만 이렇게 되면 강진을 감당할 수 없다.

곧 상황이 정리되니 더 이상 공격이 없었다. 암기도 강노도 날아오지 않았다.

"역시 소리를 질러 나를 몰아붙이려는 계획이었군."

강진은 눈을 날카롭게 뜨고 주변 분위기를 냉정하게 살폈다.

　처음에는 몰랐는데, 적은 항복하라는 소리를 질러 강진이 그곳으로부터 멀어지기를 원한 것이다. 소리를 지르지 않는 쪽에는 더 무서운 자들이 치명적인 무기를 들고 매복하고 있을 터.

　"이것들이 내가 멧돼진 줄 아나?"

　몰이에 당할 뻔한 강진은 클클클, 메마른 웃음을 터뜨렸다. 그가 멧돼지와 다른 점은 쫓기는 와중에서도 냉정하게 생각을 할 줄 안다는 거다. 그리고 언제든지 반격할 준비가 되어 있다는 것.

　적의 작전과 신호체계를 알았다. 이제는 너희들이 당할 차례다!

　강진은 달렸다. 그러다가 누군가가 소리를 지르면 바로 그쪽으로 뛰었다.

　"강진! 항복해라… 컥."

　검광이 번뜩일 때마다 어김없이 한 명씩 쓰러졌다. 그렇게 서너 군데를 초토화시키니 더 이상 소리를 지르는 사람이 없다. 동시에 적의 공격도 더 이상 연속해서 이루어지지 않았다. 체계적인 공격이 그치고 산발적인 기습만 발생했다.

　"훨 낫군."

　이 정도라면 살 만하다. 강진은 적의 신호체계가 다시 재구성되기 전에 서둘러 그가 원하는 곳으로 향했다. 확실히 아직 천라지망이 완성되지는 않은 듯했다.

그런데 얼마 못 가 강진의 앞을 막아서는 자가 있었다.

강진은 멈췄다. 만만히 볼 자가 아니다. 그 뒤로 서 있는 네 명도 일류에 속하는 자들.

앞에 선 자는 양손에 각각 작은 도끼와 박도를 들고 있었다. 하나는 무겁게 찍는 병기고, 다른 쪽은 날렵하게 베는 무기다. 둘 다 방어에는 취약하니 어지간히 공격적인 기문무공을 익힌 자라는 생각이 들었다.

"진삼이라 하네. 혈도냉부로 통하지."

혈도냉부 진삼, 들어보지 못한 자다. 하기야 적포천존에게 들은 사람은 모두 최소 십 년 전에 명성을 떨친 자이니 이런 삼십대 중반의 장한에 대한 정보는 거의 없다.

강진은 호흡을 가다듬으며 답했다.

"강진이오."

순간 그는 검끝을 수평으로 세워 상대의 명치를 노리고 찔러 나갔다.

선수필승, 무언출수! 말을 하는 것은 이긴 후에!

진삼은 즉시 얼굴을 구기며 욕을 했다.

"이런 시팔, 안 통하잖아."

카캉─

절영검이 진삼의 도끼에 튕겼다. 내력을 쓰면 상대의 도끼를 밀어낼 수 있지만 오히려 힘을 거두고 변화에 치중했다. 위험한 것은 진삼이 아니다. 주변의 네 명이다.

"쳐라!"

촤촤착—

쇄혼삭, 가시 달린 쇠사슬이 바닥을 쓸 듯이 다가왔다. 끝에 달린 작은 철추는 능히 바위를 부술 만한 힘이 담겨 있었다.

동시에 사람 몸만 한 둥근 방패를 양손에 든 자가 몸통 박치기를 하듯 달려들었다. 그자 뒤에 숨은 자는 어떤 병기를 지녔는지 확인하지 못했다.

마지막 네 번째는 그냥 서 있었다. 그런데 머리 위로 치켜든 손이 수상하다.

"독가룬가."

어떻게 된 게 제대로 된 병기나 무공을 쓰는 놈이 한 놈도 없다. 한 자루 검으로 이자들을 상대해야 하는 게 왠지 모르게 억울한 느낌도 들었다.

강진은 방패를 피하지 않고 그대로 어깨로 받았다. 동시에 절영검을 번개처럼 휘둘러 쇄혼삭을 잘랐다. 보검이 좋긴 좋다. 쇄혼삭을 자를 수 없었다면 싸움이 힘들었을 것이다.

쿵! 하는 소리와 함께 방패가 뒤로 팅겨 나갔다. 어깨로 치는 수법을 고라 하는데, 강진의 고는 만근거석을 부술 수도 있고 뒤로 밀 수도 있다.

"크하하하! 홍의검협, 대단하구나!"

혈도냉부 진삼은 크게 웃으며 왼손의 혈도를 미친 듯이 휘둘렀다. 그의 진산절기인 광풍혈마도 상대를 갈갈이 찢어 죽인다고 알려져 있는 흉포한 무공이다.

강진은 그 기세를 거스르지 않고 뒤로 한 걸음 물러났다. 그때 내상을 입었을 방패무인이 다시 달려들었다. 눈에 핏발이 서서 시뻘건 것이 제정신이 아닌 듯했다. 꼭 미친 소와 같았다.

"타핫!"

어쩔 수 없이 검에 기를 주입하여 방패와 사람을 동시에 둘로 가르려 했다.

순간 상대가 방패를 좌우로 젖히며 가슴을 열었다. 그러자 뒤에서 또 한 사람의 모습이 나타나며 양손으로 강진의 검을 잡으려 했다. 손에 낀 두꺼운 철장갑을 믿는 듯 전혀 두려움이 없어 보였다.

슈각—

철장갑을 낀 손과 사람이 동시에 둘로 갈렸다.

동시에 좌우로 벌어졌던 방패가 다시 모아지며 급속히 앞으로 쏘아졌다. 상대도 혼신의 내공을 다해 돌진하는 모양.

강진은 몸을 낮추며 천뢰신행보의 묘리를 극한까지 펼쳤다. 그의 몸이 미끄러지듯 방패병의 몸 주변을 돌며 이동했다. 그사이 절영검으로는 진삼의 몸을 찔렀다.

팍—

피가 튀었다. 진삼의 어깨가 절영검에 관통된 것이다. 그러나 진삼은 어깨가 뚫리기 바로 직전 손에 든 박도를 던졌다. 그게 강진의 등을 스치고 날아가니 강진의 등에서도 같이 피가 튀었다.

"크크크, 받은 만큼은 갚았다."

진삼은 상처가 아프지도 않은 듯 웃으며 뒤로 물러났다. 더 이상 강진과 싸우지 않으려는 듯했다.

방패병도 방패를 몸 좌우에 붙여 거북이처럼 웅크린 채 앞으로 몸을 굴렸다.

강진은 좋지 않다고 느끼며 한쪽에 손들고 서 있는 자를 보았다. 그자가 눈에 보이지 않는 가루를 뿌리고 있다는 것은 이미 알고 있었다.

순간, 손든 자가 입에서 불을 뿜었다.

화르르르—

청염, 쇠를 녹이는 불은 붉지 않다. 손든 자의 입에서 나온 불꽃은 공기 중에 퍼진 가루를 태우며 파랗게 변했다. 독가루인 줄 알았는데 인화물질이었다.

강진은 급했다. 화공을 피할 수 있는 여유가 없는 상황.

"차앗!"

기합을 지르며 소매를 풍차처럼 휘둘렀다. 공기를 타고 오는 불꽃이니 공기의 압력으로 막아야 했다.

그러자 진삼을 비롯한 다른 자들도 소매에 내력을 집중해서 강진 쪽으로 불꽃을 밀어내기 시작했다.

"크하하하! 우리 진삼조의 비기인 청염지옥의 맛이 어떠냐?"

진삼의 웃음 소리가 불꽃 너머로 들려왔다. 생각 같아서는 암기라도 한 대 던져주고 싶지만 지금은 양손이 바쁘다. 불꽃은 막아도 열기는 그대로 전해졌다. 믿을 수 없을 정도로 뜨거웠다.

슈슈슉—

엎친 데 덮친 격으로 불꽃 속에서 암기가 날아왔다. 비황석인데 불이 붙어 있었다. 인화물질을 비황석에도 바른 모양이다.

그것을 피한 강진은 그대로 뒤로 뛰었다.

"나중에 보자!"

생각해 보니 싸울 필요가 없다. 그냥 도망가면 되는 것이다. 강진의 사전에 임전무퇴는 없다. 그런 가르침을 받은 적도 없다.

"어? 이놈, 서라!"

한참 신나게 강진을 몰아붙이던 진삼은 화가 나서 외쳤다. 무적의 청염지옥에 이런 허점이 있었다니? 그들은 다급히 뒤를 쫓으려 했지만 앞을 가로막은 청염의 열기가 아직 완전히 가시지 않았다. 그저 애타가 강진에게 외칠 뿐이다.

"싫다."

강진은 무정하게 대답하며 천뢰신행보를 더욱 끌어올렸다. 뒤에서 날아오는 암기는 감으로 피했다. 진삼의 무공이 뛰어나다고 해도 먼저 출발한 강진을 쫓을 수는 없다.

사방에 매복한 자들이 간간이 공격을 해 와도 가능한 한 무시하며 빠르게 지나쳤다. 진삼조에 의해 소모된 시간이 아까웠다.

더 이상 포위망이 강화되기 전에 뛰어야 했다.

*   *   *

"사망자 칠, 부상자 십이. 홍의검협은 호문령을 벗어나 석마령 쪽으로 향하고 있습니다."

"허, 일곱이나 죽었다고? 포위망도 뚫리고?"

사사붕은 기막힌 표정을 지었다. 용병이야 죽든 말든 상관없지만 흑룡방 정방도의 전사자가 일곱이라니? 이건 정말 예상을 훨씬 웃도는 피해다.

"홍의검협의 무공과 기지가 상상 이상입니다."

보고자의 말에 사사붕은 고개를 끄덕였다.

"그래그래, 그럴 수도 있지. 그런데 석마령 쪽은 준비됐겠지?”

“옛! 홍의검협이 석마령에 들어서는 순간 천라지망이 완벽
하게 발동됩니다.”

“그래, 호문령처럼 어설프게 구멍이 뚫리면 곤란하지.”

원래 가장 최적의 장소는 호문령이다. 그러나 시간이 충분
치 않아 천라지망이 절반 정도밖에 쳐지지 않았다.

홍의검협이 일단 포위망 안으로 들어와 헤매기 시작하면
그사이 완벽하게 보강하게 되어 있었는데, 놀랍게도 홍의검협
은 조금도 머뭇거리지 않고 전력으로 포위망을 빠져나갔다.

이건 사사붕의 완벽주의에 크게 거슬리는 일이었다.

석마령은 호문령보다는 못해도 천라지망을 치기에 적합한
지형이다. 무엇보다 지금 홍의검협이 들어선 길로 보아 딴 데
로 샐 가능성이 없다. 준비를 철저하게 하고 먹이가 입 속으
로 뛰어들 때까지 기다리면 되는 것이다.

“잘근잘근 씹어주지.”

사사붕은 그때가 기대되는 듯 눈을 가느다랗게 뜨고 중얼
거렸다.

그때, 밖에 누군가가 왔다.

“당주, 칠절랑입니다.”

“부당주인가? 들어오게.”

문을 열고 들어오는 중년 미부를 보며 사사붕은 자신이 칠

절랑에게 명한 일을 기억해 냈다.

"갔던 일은 잘되었는가?"

"예, 흑풍과 백요는 지금 상급객원에 머물러 있습니다. 지장수 선배가 같이 있는 중이죠."

"호, 실력이 쓸 만한가 보군?"

상급객원은 간부급으로 영입할 자만 들어갈 수 있는 곳이다. 칠절랑이 사사붕에게 보고하기 전에 이미 그곳으로 안내했다면 대단한 수준의 실력을 지니고 있다고 봐야 한다.

칠절랑 묘묘는 공손히 대답했다.

"아무래도 당주께서 직접 대하셔야 할 것 같습니다."

사사붕은 눈살을 살짝 찡그렸다.

"그 정돈가?"

"흑풍이 벽공장을 구사하는데 지장수 선배가 밀리더군요."

"허, 내공과 무공이 모두 극에 달했겠군. 백요 역시 마찬가지인가?"

"몸에서 은은히 느껴지는 한기가 범상치 않습니다. 제가 보기엔 비혼설녀공을 극성까지 익힌 것 같습니다."

"저런저런, 비혼설녀공을 완성했다면 나도 함부로 대할 수 없지. 그 둘의 무공이 그렇다면 정말 흑룡방으로서는 큰 횡재를 한 셈이군."

"단지 그들의 성격이 오만하여 아무래도 눈물을 흘리기 전에는 굴복하지 않을 듯합니다.”

“크크크, 그거야 당연하지. 알았다. 내가 곧 가지. 먼저 가 있게. 아무래도 지장수 오절은 남을 접대할 성격이 아니니 앞으로는 내가 직접 그들을 상대하는 게 좋겠군. 자네와 오절은 석마령의 전위대를 지휘하게.”

“그리하겠습니다.”

탁—

칠절랑 묘묘가 나가자 사사붕은 미소를 지으며 천천히 고개를 끄덕였다.

“홍의검협으로 인해 죽은 정방도들이 적지 않았는데, 새로운 인재가 들어오는군. 나쁘지 않아.”

사사붕은 곧 수하들에게 석마령의 천라지망에 대한 세세한 지시를 하기 시작했다. 이미 대부분은 결정되어져 있고, 이런 일을 한 경험도 많아 대충해도 알아서 잘하겠지만 그래도 사사붕은 일일이 점검을 해야 속이 풀리는 성격이다.

그는 정말 홍의검협 강진을 확실하게 죽이고 싶었다.

❋읽거나 말거나❋

확실하게? 사사붕, 도망가~!

第八章　석마전투(石馬戰鬪)

赤布
龍王

석마전투(石馬戰鬪)

"정말 나쁜 놈들이 모이네."

장대근은 언제부턴가 하나둘씩 근처에 모여드는 자들을 보며 신기해했다.

처음 강진이 그에게 남창 부근의 석마령이란 곳으로 가라고 했을 때 그는 생각없이 따랐다.

그런데 막상 길을 가면서 곰곰이 생각을 해보니 이게 말이 안 돼도 한참 안 된다.

심양에서 이곳까지는 수천 리나 떨어진 거리. 강진이 이곳을 어떻게 아는지도 궁금하다. 하지만 정말 궁금한 것은 어떻게 이곳에서 적이 모이기로 했는지를 안 거다.

"서로 약속을 한 건가?"

그럴 리가 없잖아! 장대근은 곧 그 생각을 부인했다. 상식적인 상황 판단을 할 만큼 그의 생각하는 능력은 뛰어나졌다.

"하기야 강진 형은 하늘이 무너지는 것도 예측할 수 있는 사람이니까."

내가 궁리해 봤자 알 리가 없지. 그냥 나중에 물어보자. 장대근은 그렇게 생각하며 모여든 자들이 어디 어디에 머무는가를 세심하게 살폈다.

석마령은 이름에 어울리게 지형이 큰 말의 모양과 닮아 있었다. 그리고 일대에 돌과 바위가 많다. 장대근은 그중 커다란 바위 위로 기어올라 가 중간에 구멍을 파고 숨은 상태다.

아래쪽에서는 보이지 않게 되어 있는데, 높이가 십 장이나 되는 둥근 거암의 위쪽까지 확인할 정도로 적이 할 일이 없지는 않다.

위치가 높으니 사방이 훤하게 보인다. 장대근은 안력이 뛰어나 보통 사람보다 훨씬 멀리, 자세하게 볼 수 있었다.

장대근이 보기에 흑룡방의 주구들은 요소요소에 매복을 깔고 함정까지 설치했다. 아주 흉험해서 정말 누군가가 이곳에 들어오면 꼼짝없이 당할 듯싶었다.

"후후훗, 하지만 내가 있단 말이야."

장대근은 적의 뒤를 쳐서 강진 형을 도울 수 있다는 생각에 웃음을 지었다.

그러나 며칠이 지나자 장대근의 안색은 심각하게 변했다.

"이거 너무 많잖아."

그가 보기에 적의 수는 삼백이 넘었다. 그것도 상당수가 무시할 수 없는 놈들이다.

이걸 둘이서 다 처리해야 한단 말이야? 장대근은 속으로 비명을 질렀다.

더 무서운 것은 흑룡방 놈들이 전차나 기마, 혹은 연노가 설치된 수레 같은 군용 중병기들을 배치하기 시작했다는 점이다. 연노는 본 적도 없으니 얼마나 무서운 무기인 줄 모르고 있다가 시험 사격을 하는 것을 보고는 기가 질렸다. 단창만 한 철시가 한 번에 삼십 발이나 나가는데, 통나무가 철시에 맞자 두 동강이 나버렸다. 사람의 힘이 아닌 기관의 힘으로 쏘는 것이라 파괴력이 상상을 초월했다. 적들은 이걸 피할 수 없는 요소요소마다 설치했다.

"강진 형, 우리 그냥 딴 데서 싸우자."

장대근은 자신도 모르게 중얼거렸다. 그러나 이 말이 강진에게 들릴 리가 없다.

그는 어쩔 수 없이 연노의 위치를 하나하나 기억하기 시작했다. 다른 건 몰라도 연노가 설치된 곳은 피해야 한다고 결심했다. 하지만 머리가 잘 따라주지 않았다.

"아으윽, 이놈의 돌머리가!"

장대근은 울고 싶은 심정이 되었다. 너무나도 답답했다.
그는 무공을 처음 배울 때 이후 처음으로 자신의 둔함을 탓하
며 소림백근도로 머리를 때렸다.

통, 통, 통—

신기하게도 백 근이나 되는 쇳덩어리로 머리를 때리니 점
점 머릿속이 시원해지는 듯했다. 마치 잠들어 있던 뇌가 깨어
나는 것 같은 느낌이었다.

한 백여 대를 때렸을 때, 장대근은 겨우 연노들의 위치를
모두 외울 수 있었다.

＊　　　＊　　　＊

강진이 석마령의 입구 쪽에 도착했을 때, 그는 비틀거리고
있었다.

"으으. 진삼, 지독한 독을 묻혀놓았었군."

등에 감각이 거의 없었다. 혈도냉부 진삼과 서로 일 초씩을
교환하여 상처를 입었을 때 청염지옥의 수법을 빠져나오느라
상처의 처리가 늦은 것이 큰 실수였다.

칼에 독이 묻었을 거라는 건 각오했던 바이지만 이렇게 독

한 것일 줄은 미처 몰랐다. 내공으로 독기를 몰아내는 것이 늦어 잔독이 몸에 남았다.

거기에 지금 강진은 가슴속이 터질 것 같은 압박감에 시달리고 있었다. 그 바람에 내상의 아픔이 느껴지지 않는 것은 좋다. 하지만 살형기가 거의 한계까지 쌓여 있어서 이걸 대무심공으로 녹이거나 강기로 발출을 해서라도 해소를 해야 한다.

문제는 강진이 아직 강기를 제대로 다루지 못해 한 번 발출하면 살형기가 모두 빠져나간다는 점이다.

"참자."

강진은 속으로 적의 수괴가 조금이라도 빨리 나오기를 기원했다. 꼭 싸우려고 나오지 않아도 좋다. 그저 제대로 된 싸움이 시작되기 전에 나를 놀리려고 나와도 된다.

눈에 보이기만 하면!

"좋아. 시작하자."

강진은 걸음을 약간 늦추었다. 마치 석마령으로 들어가는 것을 꺼리는 것처럼. 하지만 그는 그사이를 이용해 운기조식을 했다. 몸 안에 남은 기운을 박박 긁어서라도 싸울 수 있는 힘을 모아야 한다.

과연, 적도 이제는 강진을 완전히 가두었다고 생각했는지 더 이상 서두르지 않았다. 조금 더 나아가니 십여 명이 바위 언덕 뒤쪽에서 강진을 마중하듯 걸어나왔다.

그들은 이미 승리한 자의 표정을 짓고 있었다.

가장 앞에 선 눈매가 날카롭고 키가 무척 작은 노인이 한 걸음 앞으로 나와 말했다.

"홍의검협, 네놈의 무공이 확실히 놀랍구나."

"노인은?"

"흐흐흐, 지장수 오절이라고 하지. 나를 아느냐?"

"자기를 알아보는 사람을 무지하게 좋아한다는 오절 선배시구려."

"오호, 내 무림에서 활동하지 않은 지 이십 년이나 지났는데 어린놈이 내 명성을 아니 어찌 기쁘지 않을 수 있겠느냐."

옆에 서 있던 중년미부가 사악한 미소를 지으며 말했다.

"확실히 오절 선배의 명성은 강북과 강남을 가리지 않고 퍼져 있지요. 홍의검협에게 무공을 가르친 자도 오절 선배의 명성을 제자에게 가르쳤을 겁니다."

"훌륭한 사부야. 암, 아둔한 제자보다 백배는 훌륭한 사부야."

강진은 피식 웃으며 말했다.

"사부님이 훌륭하신 것과 본인이 아둔한 것은 확실히 맞는 소리요. 하지만 사부님께서 지장수의 이름을 말씀하신 건 조금 다른 경우였소."

"응? 다른 경우?"

"사부님께서는 전대의 무인들 중 무공이 뛰어난 사람과 인맥이 좋은 사람, 그리고 심계가 무서운 사람을 일일이 가르쳐 주시며 조심하라고 하셨소."

"호호호, 그럼 난 무공이 뛰어난 쪽이겠군?"

"사람 말을 제대로 안 들으셨군. 다른 경우라 하지 않았소? 그 외에도 사부님께서는 농담조로 웃긴 사람들에 대해 말씀하셨는데, 그중에 지장수의 이름이 있었소이다."

"뭐? 웃긴 사람?!"

"평생 키 작은 것이 한이 되어 사람을 때릴 때 주로 머리 위 백회혈만 노려 내려치고, 무공도 개구리처럼 뛰는 것이 주이니 그야말로 꼭 한 번은 볼만하다고 하시더구려."

"이놈!"

지장수 오절은 강진의 말이 끝나기도 전에 펄쩍 뛰어 앞으로 쏘아져 나왔다. 과연 그 모습이 개구리와 꼭 닮았다.

하지만 한 번 뛰어 삼 장 가까이 허공에 머물 수 있는 것으로 보아 경공의 달인임은 부인할 수 없다. 또한 손이 우두둑하며 세 배쯤 부풀어 오르는 것이 서역의 절기인 대수인을 극성까지 수련한 모양이다.

강진은 상대를 도발하며 호흡을 더욱 안정시켰고, 적이 혼자 뛰어오게 만들었다. 그는 두 다리에 힘을 모으고 바닥에 버티고 서서 허리를 앞으로 살짝 굽혔다.

지장수의 장이 강진의 머리 위에까지 도달했다. 순간 강진은 검을 세차게 앞으로 뻗었다.

거의 동귀어진의 수법과도 같아 보이는 수비 무시의 공격! 지장수는 기겁해서 허공중에 몸을 틀었다.

"이런 미친놈! 같이 죽자는 거냐?"

"싸우기 싫다는 거요."

강진은 순간 천뢰신행보를 펼쳐 지장수의 발 아래쪽을 스쳐 나아갔다.

지장수가 땅에 착지하며 외쳤다.

"칠절랑, 막아!"

"염려 마세요. 호호호."

중년미부가 웃으며 품속에서 구절연편과도 같은 병기를 꺼냈다. 그런데 마디가 일곱 마디밖에 없었고, 양끝에는 갈고리와 비수의 날이 달려 있었다.

"칠절랑 묘묘였군."

강진은 중년미부의 정체를 알고는 마음을 독하게 먹었다.

석마령에 들어서자마자 적포천존의 입에서 이름이 흘러나올 정도의 고수 두 명이 자신을 맞이했으니 오늘의 일전은 흉흉함이 전과는 비할 수 없으리라.

카캉—

"힘이 세군요."

칠절랑은 강진의 검을 두어 번 막으며 뒤로 물러났다. 절묘하게 양옆에 있는 자들이 도울 수 있는 위치였다.

강진은 추격을 하지 않고 다른 자를 쳤다. 둘이 동시에 강진을 상대하려 했는데 한 명의 병기가 바로 잘려 나갔다.

"사람도 무섭고 보검도 무섭다. 조심해라!"

뒤에서 지장수 오절이 소리치며 장을 뻗었다. 아직 땅에 내려서지도 않았는데 허공에서 몸을 공처럼 굴리며 벽공장을 펼친 것이다.

우우웅—

기의 울림이 등을 따갑게 자극하자, 강진은 뒤를 돌아보지도 않고 검을 돌렸다.

순간 팍 하는 소리와 함께 벽공장의 기운이 허공중에 흩어졌다.

"하압!"

크게 기합을 외치며 더욱 앞으로 나아가니 칠절랑의 당황한 표정이 눈에 들어왔다.

그녀의 독문병기인 갈미칠절편은 절영검의 예기에 의해 반쯤 잘린 상태. 여전히 미소는 짓고 있지만 더 이상 강진과 싸우기는 싫은 모양이었다.

"비켜!"

강진이 거칠게 외치자 칠절랑은 정말로 옆으로 비켜섰다. 안 그랬으면 그녀는 죽었고 강진은 부상을 입었을 것이다.

강진이 석마령 안으로 뛰어들자 뒤에서 오절이 죽여라 살려라 외치는 소리가 들려왔다.

일단 석마령 안으로 들어서자 나무와 풀보다는 바위가 많았다. 이곳은 그런 곳이다. 군데군데 기암절벽이 자리 잡고 있어 싸우는 중이 아니면 경치가 볼만했다.

강진은 그 바위 중 하나를 골라 위로 올라갔다.

"몰아붙였다!"

환성에 가까운 소리가 들렸다.

이때 강진은 바위 틈새에 자리를 잡고 뒤돌아섰다. 그야말로 배수의 진에 가까운 태세다.

곧 바위 아래쪽으로 사람들이 모여들었다. 그물에 먹이가 걸려 그물의 입구를 조인 것이다. 지장수 오절과 칠절랑 묘묘가 수하들을 대동하고 천천히 올라왔다.

"크하하하, 이놈! 도망간다는 게 겨우 거기냐?"

지장수 오절은 강진을 보자마자 비웃었다.

"이곳이라면 합공당할 염려도 없고, 뒤를 잡히지도 않지. 지장수, 자신있으면 덤벼봐라."

강진의 차가운 대답에 오절은 뜨끔한 표정을 지었다. 과연 바위 틈새에 자리를 잡은 강진에게는 한 사람밖에 덤벼들 수 없었다.

칠절랑이 말했다.

"그냥 입구를 봉쇄하고 굶겨 죽이는 방법도 있어요."

"들었냐?"

지장수가 보란 듯이 말하자 강진은 피식 웃었다.

"그러던가."

"으음, 이놈이 아직도 기가 죽지 않다니……."

기가 질린 지장수였다.

강진은 다시 말했다.

"난쟁이, 네놈이 감히 내 앞에 혼자 나오지 못한다는 것은 알고 있다. 이기는 싸움에 혼자 죽기 싫으면 그냥 그대로 있어라."

"크으으, 이노오오옴!"

지장수가 평생 제일 듣기 싫어하는 말이 바로 난쟁이다.

지금까지 그에게 난쟁이라 말하고 살아 있는 사람이 없다. 그가 어렸을 때 마을 사람들이 그를 그렇게 불렀는데, 무공을 익힌 후 가장 처음 한 일이 바로 마을 사람들을 학살하는 일이었다. 그것도 모두 머리 위 천령개를 부숴서 죽였다.

그런데 구멍 속에 갇힌 쥐새끼 한 마리가 도발을 하다니? 지장수는 앞으로 뛰어나갔다.

빠르게 강진의 일 장 앞까지 나아가 양손을 동시에 앞으로 뻗으니 강진의 몸 전체가 지장수의 장에 가려지는 듯했다.

　강진은 오히려 한 걸음 앞으로 나오며 검으로 지장수의 왼팔 장심을 노렸다.

　정면승부! 지장수는 강진의 검이 보검임을 알기에 감히 맞서지 못하고 왼팔을 거두었다. 동시에 그 탄력을 역이용해 오른쪽 장력을 배가시켰다.

　우우웅—

　벽공장도 아닌데 대기가 울렸다. 극도의 분노로 인해 혼신의 힘이 주입된 대수인이다. 천하에 이름이 알려진 장법이니만큼 결코 경시할 수 없다.

　강진은 왼손으로 허리에 차고 있는 검집을 뽑았다. 역수검의 자세로 뽑은 검집을 머리 위로 치켜들며 대수인과 맞섰다.

　콰쾅—

　검집 끝과 대수인이 부딪치자 큰 소리와 함께 검집이 부서졌다. 강진은 그 기세를 이기지 못하고 뒤로 두 걸음 물러섰다.

　반면 지장수는 오히려 반걸음 앞으로 나오며 재차 왼손을 앞으로 뻗었다.

　"죽어랏!"

　강진은 지지 않겠다는 듯 외쳤다.

　"머리는 안 노리는 거요?"

　반선반마검법의 정검초인 천붕압정이 펼쳐지자 검이 위에

서부터 느릿느릿하게 내려쳐졌다. 만 근의 압력이 지장수의 머리꼭대기를 눌렀다.

그것은 지장수에게는 굴욕이나 다름없는 현상이어서 그는 결코 참을 수 없었다.

지장수는 장력을 거두어 머리 위의 압력을 해소하며 외쳤다.

"이 헛바닥을 뽑아버릴 후레자식아, 네놈을 곱게 죽이면 내가 성을 간다!"

"흥, 죽는 것이 두렵다면 강호노마를 조롱할 수는 없지."

강진은 순간적으로 품속에 손을 넣어 투골정 하나를 꺼내 던졌다. 동시에 검으로 투골정의 끝 부분을 찔러 튕겼다.

투골정과 검이 지장수의 명치를 노리고 날아갔다.

지장수는 위로 뛰어올라 그 공격을 피했다. 한 번 뛰면 꼭 한 명을 죽인다는 그의 공격이 제대로 발휘된 것이다.

"죽어랏!"

쌍장으로는 대수인을 펼치며 두 발을 탁 하고 부딪치니 발끝에 반 자 정도 길이의 비수가 튀어나왔다. 이것이 지장수의 독문무기인 족중비였다.

카카카캉—

연환퇴의 기법으로 연속해서 네 번을 차니 강진은 검으로 막았다. 다리의 힘은 팔의 세 배라 지장수의 공격에는 힘이 넘쳤다. 결코 경시할 수 없었다. 그때 지장수의 대수인이 강진의 머리를 노렸다.

"차앗!"

강진은 크게 기합을 지르며 위로 뛰어올랐다. 지장수보다 더 높게, 그리고 더 빠르게.

빠바바박―

대수인을 발로 차서 막았다. 천뢰신행보의 기운이 실린 퇴법은 무겁기로는 강진의 수법 중 수위를 다툰다. 동시에 강진은 검으로 지장수의 백회혈을 찍었다.

다리로 상대의 손을 상대하고 손으로는 머리를 치는 지장수의 수법을 그대로 사용한 것이다.

"커헉!"

지장수는 머리끝에 화끈한 느낌을 받으며 그대로 땅에 떨어졌다.

"이런 느낌이었나?"

지장수는 마지막으로 그렇게 중얼거리며 절명했다.

강진은 위로 이 장 가까이 치솟아올라 허공에서 한 바퀴 재주를 넘으며 품속에 있던 암기를 여섯 대나 꺼내 던졌다.

표적은 지장수의 죽음에 눈길이 간 칠절랑 묘묘와 주변의 무사들이었다.

파파파팍―

"크악!"

칠절랑은 피했지만 다른 자들 중 셋은 그대로 맞았다. 머리에 투골정이 박혔으니 살아남기 힘들 듯했다.

가볍게 땅에 착지한 강진은 대경한 칠절랑을 노려보며 말했다. 그의 전신에서는 살기가 줄기줄기 뻗어 나오고 있었다.

"누가 누구를 죽일 수 있다고? 자신있으면 덤벼라."

"으으으, 그대는……."

칠절랑은 감히 강진의 눈을 마주치지 못했다. 그녀는 속으로 생각했다.

'저놈은 결코 정파의 협사가 아니다. 어느 쪽이냐 하면, 우리와 같은 색이다. 사람 잡는 것을 업으로 삼는 도살자! 몸에서 저런 살기를 뿜어낼 수 있다는 것은 단순히 악에 받쳐 귀신상이 씌인 게 아니라 진짜로 마공을 수련했다는 증거다.'

칠절랑의 무공은 아무래도 지장수보다 반수 정도 뒤진다. 비록 도발에 넘어가 흥분했다고 해도 지장수가 몇 초 만에 죽는 것을 보니 싸울 마음이 전혀 들지 않았다.

강진은 바위 틈새에서 인왕처럼 서 있다. 이제는 도망가지 않겠다는 의지를 보이고 있었다.

잠시 후, 칠절랑은 한숨을 쉬며 말했다.

"잠시 후 다시 오지요. 하지만 다시 올 때에는 그대를 절구통에 든 개미처럼 빻아 죽일 거예요."

잔인한 예고를 남기고 그들은 물러났다.

강진은 주변을 보며 고개를 끄덕였다. 칠절랑의 표현이 마음에 들었다.

"절구라, 과연 여기 지형이 그렇군."

이번에 올 절구공이는 과연 무엇일까? 강진은 나름대로 상상을 하며 바위 위쪽으로 올라갔다. 그리고는 태연스럽게 가부좌를 틀고 운기조식을 시작했다.

아래쪽에서는 바위에 가려 암기를 쏠 수 없다. 화살로 곡사를 할 수는 있겠지만 그 정도로는 강진이 당하리라 생각지 않았는지 별 대응이 없었다.

짧지만 요긴한 휴식이었다.

그런데 그때 강진의 귓가에 누군가의 목소리가 작게 울렸다.

"형, 나야!"

장대근의 전음이다. 강진은 자리에서 일어나 사방을 둘러보았다. 삼백여 장 떨어진 곳의 바위에서 장대근이 손을 흔들고 있는 것이 보였다. 아래쪽에 있는 흑룡방 일당들은 장대근을 발견하지 못한 듯했다.

강진은 전음으로 대답했다.

"기다려라. 여기서 최대한 시간을 끌다가 그쪽으로 갈 테니."

“알았어.”

강진은 하늘을 보았다.

‘대근이가 잘 와주었구나. 이것으로 승산이 생겼다.’

새로운 투지가 생겼다. 강진은 다시 자리에 앉아 호흡을 가다듬었다.

어느 정도 몸이 안정되자 강진은 다시 바위 틈새가 있는 곳으로 내려가 아래에서 잘 보이지 않는 지점에 자리를 잡고 섰다.

“대충 이곳이 좋겠군.”

강진은 내력을 끌어올려 검을 바위 속으로 찔러 넣었다.

푹, 쩌저적—

검이 바위 속으로 파고들자 옆쪽으로 가는 금이 생겼다. 강진은 자신의 생각대로 바위를 균열시킬 수 있자 미소를 지었다. 그는 다시 옆쪽으로 검을 찔러 넣었다.

한 시진쯤 있으니 아래쪽에 십여 명의 사람들이 모여 올라왔다. 놀랍게도 그들은 하나같이 전포를 입고 커다란 방패를 착용하고 있었다. 전포도 그냥 전포가 아니라 가슴 쪽에는 쇠판을 통째로 댄 것이다.

그리고 오른손에는 방패 너머로 사람을 공격할 수 있는 도리깨를 들었다. 긴 봉에 작은 철추를 매달아 휘두르는 도리깨인데 철추에 못이 박혀 있어 머리를 찍히면 죽기 십상이다.

그들은 열을 지어 방패로 몸을 가린 채 앞으로 다가왔다.

강진은 고개를 끄덕이며 중얼거렸다.

"확실히 좁은 장소에서는 저런 무장이 가장 무섭겠군."

흑룡방의 전술과 무장에는 배울 것이 많았다. 강진은 기존 무림인의 방식과는 다른 흑룡방의 수법에 새삼 감탄했다.

그 감탄한 무장을 한 자들이 그를 죽이려 다가오는 중이 아니면 훨씬 좋았을 것이다.

강진은 내력을 집중하여 검으로 상대의 방패 한가운데를 찔렀다.

팍—

검이 방패를 뚫고, 상대의 가슴에 댄 쇠판도 뚫었다. 끄윽 하는 소리와 함께 상대가 쓰러졌다. 그런데 문제는 검을 뽑을 수가 없다는 것. 당한 자가 몸을 웅크려 전포와 방패 사이에 검이 끼어버린 것이다.

동시에 옆에 서 있던 자들이 도리깨를 휘둘렀다.

강진은 검을 놓으며 일순 뒤로 물러섰다가 다시 앞으로 나오며 양손으로 각각 좌우의 방패를 때렸다.

퍼펑—

방패는 멀쩡한데 사람의 팔이 부러졌다. 그사이 다시 절영검을 잡아 내력을 써서 뽑았다.

"계속 밀어붙여라!"

뒤에서 칠절랑이 외치는 소리가 들렸다. 방패병들이 그 명에 충실히 따라 발걸음을 맞추어 척척 밀고 들어온다.

강진은 흥, 하고 코웃음을 치며 서너 걸음 뒤로 물러났다. 그리고는 크게 호흡을 가다듬고 땅을 세차게 박찼다.

휘익, 슈각ㅡ

번개처럼 앞으로 날아들며 체중과 내공을 실은 검을 내려치니 방패와 사람이 동시에 둘로 갈라졌다. 순간 강진은 다시 뒤로 물러났다. 그리고 다시 같은 수법으로 방패병 중 한 명을 둘로 갈랐다.

남은 방패병들은 더 이상 앞으로 나아가지 못했다.

"으으으."

그들은 신음 소리만 내며 머뭇거렸다. 한 걸음이라도 앞으로 나가면 죽을 것 같은 기분이 되었다.

강진은 칠절랑에게 외쳤다.

"칠절랑, 본인은 사람만 한 돌덩이도 둘로 가를 수 있다. 끝까지 해볼 텐가?"

"호호호, 과연 홍의검협! 방패병으로 밀어붙이는 것도 소용이 없다니."

칠절랑은 크게 웃었다. 정말 즐거운 듯했다.

"좋아요. 괜히 수하들의 피를 볼 필요는 없으니 오늘은 이만 하죠. 하지만 내일은 틀림없이 그대의 비명 소리를 들을 수 있을 겁니다."

자신감 어린 목소리, 강진은 그 대답에 고개를 갸웃거렸다.

"오늘은 못하고, 내일은 된다? 무슨 수법이지?"

알 수 없다. 군부의 새로운 병기일지도 모른다. 혹은 내일 정말 무서운 고수가 이곳에 도착할지도.

"고수 쪽이 좋은데 말이야."

병기를 상대로 무공을 쓰는 것은 왠지 모르게 서글프다. 나는 목숨을 걸고 싸우는데 상대는 장난을 거는 것과 같은 기분이 든다.

"어쨌거나 하루 벌었다."

강진은 다시 검으로 바위에 흠을 내기 시작했다. 심지어는 땅에도 검을 꽂아 넣었다. 이 일은 결코 쉬운 일이 아니어서 상당한 내력의 손실이 있었지만 그래도 쉬어가며 하니 할 만했다.

다음날 아침, 강진은 아래쪽에 도착한 자들을 보며 인상을 찡그렸다.

"그렇군. 저놈들이 있었지."

마침 아래쪽에서도 강진을 보다가 눈이 마주쳤다. 그자는 웃으며 손을 흔들어 보였다.

"여어! 홍의검협, 아직 살아 있다니 놀랍군."

진삼과 그 일당들이다. 강진의 등이 욱신거렸다.

진삼이 다시 외쳤다.

"기다리라고, 곧 올라가 확실하게 구워줄 테니까."

청염지옥! 진삼조의 특기는 강진처럼 막다른 구멍 속에 갇힌 자에게는 절대적인 위력을 보인다. 흑룡방 사람들은 그걸 알고 진삼조가 도착하기를 기다린 것이다.

"화공이라, 어쩔 수 없는가?"

강진은 더 이상 버틸 수 없음을 알았다.

잠시 후, 진삼조를 앞세운 흑룡방 일당들이 올라오기 시작했다. 훌륭하게도 바람의 방향은 강진 쪽을 향하고 있었다.

진삼이 신호를 하자 가루를 뿌리는 자가 양손을 들어 올렸다. 평생 가루만 뿌려온 듯 아주 섬세하게 강진 쪽으로 흐르도록 했다. 그리고 마침내 입에서 뿜어진 불꽃.

화르르륵—

파란 불꽃이 강진을 향해 밀려왔다.

강진은 전과 같이 두 팔을 풍차처럼 휘둘러 불꽃을 밀어냈다. 그러나 역시 상대도 기를 발산하여 불꽃을 밀어내니 점점 강진 쪽이 밀렸다. 또한 열기가 계속 퍼져 머리카락이 눌어붙기 시작했다.

"크으윽."

강진은 힘이 부치는 듯 신음 소리를 흘리며 뒤로 한 걸음씩 물러났다.

얼마 안 있어 그는 좁은 바위 틈새에서 완전히 물러나 바위 위쪽까지 밀렸다.

아래쪽에서는 혹시라도 강진이 뛰어내릴까 창과 갈고리를 들고 준비를 했다. 심지어는 쇠심줄에 금속편을 끼워 넣어 만든 그물도 깔았다.

일단 넓은 곳까지 왔으니 바람을 맞받을 필요는 없다. 강진은 몸을 이동시켜 바람을 등졌다. 그러자 진삼조도 더 이상 청염지옥을 펼치지 않고 손을 거두었다.

바위 위에는 이십여 명에 달하는 무인들이 들어섰다. 그다지 넓지 않는 장소에 그만큼의 사람이 들어섰으면서도 서로의 움직임에 방해되지 않고 오와 열을 맞추어 진형을 이룬 상태다.

진삼이 웃으며 말했다.

"항복하지?"

"싫다."

칠절랑이 다시 고혹적인 미소를 지으며 권했다.

"꼭 죽이자는 것은 아니에요. 사문을 밝히고, 앞으로 우리 흑룡방의 일에 관여하지 않겠다는 맹세를 한다면 방주께서 자비를 베푸실지도 몰라요."

그러면서 그녀는 살짝 덧붙였다.

"팔이나 다리를 자르거나, 무공을 폐지시킬 가능성은 있지만요."

“싫다.”

“꼭 그렇게 죽고 싶나요?”

“아니. 하지만 항복하면 틀림없이 죽을 것 같거든.”

“어머, 내가 그렇게 속을 보였나요?”

“궁지에 몰린 쥐를 가지고 노는 고양이의 눈빛이군.”

“호호호호, 제가 원래 고양이를 닮긴 닮았죠.”

칠절랑은 웃음을 터뜨리며 손을 들어 올려 신호를 취했다. 그러자 무인들이 일제히 병기를 들어 올리며 강진을 향해 한 걸음씩 다가왔다. 살기로 번뜩이는 눈빛은 꼭 강진을 고깃덩 어리로 만들겠다는 의지로 불타고 있었다.

강진은 오히려 담담한 얼굴로 하늘을 보았다.

“가능하면 적의 수괴가 나타날 때까지 버티고 싶었는 데……”

이제는 비장의 한 수를 써야 할 때가 되었다. 강진은 속으 로 그렇게 중얼거리며 바닥에 털썩 주저앉았다. 그리고는 허 리를 앞으로 굽히고 두 손을 땅에 대었다.

거의 오체투지를 하기 전의 동작과도 같다. 사람들은 의외 라는 듯 걸음을 멈췄다.

칠절랑이 코웃음을 쳤다.

“뭐 하는 거지? 이제 와서……”

드드드드―

갑자기 바위 언덕이 거세게 흔들리기 시작했다. 강진은 그동안 쌓아두었던 가슴속의 살형기를 양손을 통해 바위 언덕 안으로 흘려 넣고 있었다.

나무뿌리처럼 바위를 뚫고 퍼져 나가는 태혼살형기! 강기의 힘은 바위 안의 균열 사이로 날카롭게 파고들었다.

사람을 죽이기 위해 사용하면 사람을 죽이고, 물건을 부수려 하면 무엇이든 부순다. 그것이 바로 의지로 만들어낸 강기의 힘이다.

칠절랑은 뭔가 잘못되었다는 것을 알고 급히 외쳤다.

"빨리 저놈을 죽여!"

무사들이 일제히 강진을 향해 달려들었다.

"늦었다."

강진은 차갑게 말하며 주저앉았던 몸 전체의 탄력을 이용해 위로 뛰어올랐다. 그리고는 양팔을 벌려 적포에 내기를 실었다.

슈아아악—

마치 날다람쥐가 하늘을 날 듯, 강진은 옷으로 바람을 타고 날았다.

천뢰신행보의 최후절초인 천익봉황비의 수법은 한 번에 삼십 장을 이동할 수 있다. 인간은 새처럼 하늘을 날 수 있는 것이다.

"저럴 수가!"

진삼이 기가 막힌 표정을 지으며 탄성을 터뜨렸다. 이 순간 그는 싸움을 잊고 순수한 무인으로서 강진의 경공에 감복했다.

그리고 다음 순간,

드드드드—

바위가 급격히 갈라지기 시작했다. 아차 하고 놀랄 사이도 없이 바위 언덕 하나가 무너지니, 위에 서 있던 자들은 말할 것도 없고 아래쪽에 대기하고 있던 자들도 크게 대경실색했다.

"아아아아악!"

"피해!"

절규와 비명이 사방에서 일어났지만 그것은 바위 언덕이 무너지는 소리에 묻혀 버렸다. 무공이 뛰어나도 바위에 깔리면 죽기 쉽다. 무너지는 산 위에 있어도 역시 살기 어렵다.

"홍의검협! 네놈이!"

칠절랑은 두 눈에서 핏발을 세우며 필사적으로 아래로 뛰어내렸다. 그때 막 건너편 바위 위에 착지한 강진이 세 대의 투골정을 던졌다.

휘익, 파파팍—

칠절랑은 강진의 암기를 막지 못했다. 평소였다면 어떻게든 막아냈을지도 모른다. 그러나 그녀는 난생처음으로 발아래가 무너지는 경험을 한 뒤라 정신이 하나도 없었다. 승리가 순식간에 패배로 바뀐 충격에 이성을 잃었다.

"끄으윽."

가슴과 배에 화끈한 고통이 느껴지며 그녀는 균형을 잃고 아래로 추락했다. 순식간에 무너지는 바위 사이에 묻혀 흔적도 남지 않았다.

감탄하느라 반응이 늦었던 진삼을 비롯해 언덕 위에 서 있던 자들 대부분도 바위 속에 묻혀 사라졌다. 바위 속에서도 살아날 수 있다면 그가 바로 적포천존이라 하겠다.

강진은 안전한 거석 위에서 그 광경을 지켜보았다.

검으로 바위 속에 금을 가게 해놓고, 결정적인 순간에 강기를 흘려내어 바위 언덕을 무너뜨리는 수법은 바로 사부인 적포천존에게서 배운 것이다.

원래 이곳 석마령은 적포천존이 천뢰신행보를 수련하던 장소라 했다. 워낙에 바위만 많아서 평소에는 사람이 거의 오지 않는 곳인데, 적포천존은 여기서 바위와 바위 사이를 날아다니며 천익봉황비를 완벽하게 익혔다.

그때에는 아직 절문비곡을 발견하기 전이었는데, 석마령만 한 경공 수련 장소가 없다고 그는 회상했다.

"그러다가 가끔씩 속이 답답할 때면 적당한 거석 하나를 통째로 부수며 기분을 풀었거든. 그게 의외로 속이 확 뚫어주더라 이거다. 무너지는 모습도 멋있고 말이야."

강기를 이용해 크기가 수십 장이나 되는 거석을 부수는 재미가 그야말로 쏠쏠하다는 적포천존의 말에 강진은 역시 우리 사부님이 자연재해라 불리는 분답게 옛날부터 자연하고 놀았구나 하고 속으로 감탄한 바 있다.

그런데 이번에 대적을 맞이하여 사부가 재미로 하던 짓을 대규모 살상을 위해 써보니 효과가 탁월했다. 이번 한 번에 백 명이 넘는 사상자를 낸 것이다.

"후우, 이제 그럼 좀 쉬어볼까."

강진은 바위 위에 누워 팔로 머리를 베었다. 최대한 편한 자세를 취하고 마음을 안정시켰다.

앙금처럼 남은 소량의 살형기는 대무심공을 이용해 갈무리했다. 가슴속이 터질 듯한 상태에서 갑자기 허해지니 몸이 가벼워진 듯한 기분이 들었다.

"평화롭다."

강진은 하늘 위에 떠가는 구름을 보며 중얼거렸다. 아직 적은 많고 앞으로도 한 걸음마다 죽음이 입을 벌리고 있는 상황 속에서 싸워야 한다. 그러나 지금 그는 평온함을 느꼈다.

이제는 싸움에, 사투에 익숙해진 것 같아서 약간은 씁쓸한 기분도 들었다.

第九章　친인재회(親人再會)

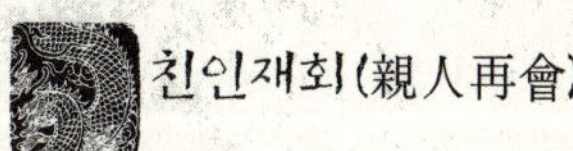

  기다리던 밤이 되었다. 강진은 일어나며 아래쪽을 보았다. 적들은 바위 위로 올라올 엄두를 못 내고 있었다. 가까이 접근하지도 않았다. 하기야 그렇게 무너지는 걸 봤는데 또 올라오지는 못하리라.

  "역시 인상적인 한 방이 중요해."

  어쨌든 밤이 되었으니 이제는 반격을 나설 차례다.

  휘익—

  강진이 야조처럼 별빛을 가리며 아래로 뛰어내리니 몇몇이 그걸 발견하고 크게 소리를 질렀다.

"움직인다!"

강진이 던진 암기가 그들의 입 속에 틀어박혔다.

"조용히 해라."

강진은 경고하듯 외치며 땅에 착지했다. 그리고는 절영검으로 가까이에 있는 자들을 사정없이 공격했다.

"막아랏! 병진을 짜서 밀어!"

흑룡방의 방도들은 지시에 따라 빠르게 움직였다. 강진이 봐도 이들은 훈련이 잘되어 있었다.

하지만 강진은 잽싸게 몇 명을 처치하고는 다시 천뢰신행보를 써서 거석 위로 뛰어 올라갔다. 발로 벽을 차며 날아오르니 그야말로 새가 아니면 따르지 못할 정도다.

"후후후, 이곳 석마령은 나를 위한 장소다. 너희들은 나를 가둔 것이 아니라 나에게 유인된 것이다."

강진은 차갑게 웃었다. 웬만큼 경공이 뛰어나지 못한 무림인은 이 높이까지 뛰어오르지 못한다. 그런데 강진은 여길 단숨에 오르고, 또 거석에서 거석으로 뛰어 옮겨 다닐 수 있다. 힘으로 몰아붙여도 소용이 없는 것이다.

석마령에는 이런 거석이 수도 없이 많으니 강진은 언제든지 몸을 피할 수 있는 안전한 성이 있는 셈이다.

천뢰신행보!

강호의 일절이라 인정받은 신법이 흑룡방을 상대로 극한

까지 위력을 보이고 있었다.

강진이 노리는 것은 병진을 구성하는 자들이 아니었다. 소리를 지르고 사람들에게 지휘를 내리는 자들, 소위 말하는 조장 급의 인물들 위로 뛰어내려 그 근처의 사람들만 확실하게 처리했다.

그자들은 원래 무림 흑도방파의 고수들로 대부분 병진 속에 있는 것이 아니라 따로 떨어져 있었다. 역시 뼛속까지 무림인이라 그런지 병진 훈련에 동참하지 않는 게 틀림없다. 그건 바로 강진이 예상했던대로였다.

낙뢰와도 같은 강진의 공격에 적들은 정신을 차리지 못했다. 밤이라서 더욱 신출귀몰했다.

한참을 그렇게 적의 지휘부를 요격하다 보니 장대근의 전음이 날아왔다.

"형, 연노. 연노를 부숴야 해요."

연노(連弩)! 공성용 군용병기가 아닌가!

"미친놈들, 연노까지 동원해서 배치했단 말이지?"

강진은 기가 막혀 욕설을 내뱉었다. 해적이 연노까지 가지고 있는 세상이니 참으로 우습다.

강진은 다시 거석 위로 뛰어올라 장대근이 숨어 있는 쪽을 보았다.

"어디냐?"

“이쪽으로 백 장쯤 오면 있어요. 전부 열 댄데, 요소요소에 숨겨져 있거든요.”

“그쪽으로 갈 테니 정확한 위치를 말해라.”

강진은 몸을 허공에 띄워 천익봉황비를 펼쳤다. 휘익 하고 바람을 타고 이동하니 아래쪽에서는 소리만 지를 뿐이다.

거석을 대여섯 개 건너뛰니 장대근이 다시 말했다.

“왼쪽 아래에 한 기 있어요.”

강진은 아래를 보았다. 과연 차양이 쳐져 있는 곳 아래쪽에 연노처럼 생긴 수레가 놓여 있었다. 강진도 연노라는 물건을 말로만 들었지 처음 봤는데, 사람 다리만 한 길이의 철전 삼십여 대가 가지런히 놓여 있는 것이 보기만 해도 무시무시했다.

“하압!”

강진은 크게 기합을 지르며 뛰어내렸다. 착지지점은 바로 연노의 위였다. 내려서는 순간 검을 아래로 뻗으며 검기를 발산했다.

쾅─

화살을 쏘는 장치만 빼면 연노는 그냥 수레다. 강진에게 있어 수레 하나 부수는 것은 손가락으로도 가능한 일.

단숨에 연노를 부수고 주변에 서 있던 자들을 가차없이 베었다. 무공은 그다지 뛰어나지 않은 자들인 것으로 보아 아마도 연노를 다루는 기술병인 듯했다.

일이 끝나자 강진은 조금도 지체하지 않고 거석 위로 올라
갔다.

"다음은 어디냐?"

"왼쪽 십오 장!"

장대근은 신이 나서 전음을 보냈다. 그는 강진 형이 하늘을
날 수 있다는 것을 오늘 처음 알았다.

거기에 일단 그가 위치만 말하면 강진은 바로 날아가 위에
서부터 연노를 부쉈다. 연노는 방향만 틀면 어떤 방향으로든
지 발사를 할 수 있게 되어 있지만 하늘로 쏘는 것만큼은 불
가능하다. 그야말로 일방적으로 확실하게 뽀개고 있었다.

보통 무림방파는 돈을 주고도 살 수 없는 연노가 얼마 안
돼서 모두 파괴되었다.

그사이 처음 강진을 포위했던 자들이 몰려왔다. 그들은 오
면서 준비를 단단히 한 듯 하나같이 활과 강노를 들었고, 활
이 없는 자들은 암기나 돌멩이라도 들었다.

강진이 날아오르기만 하면 집중사격으로 떨어뜨리겠다는
의지인 듯했다.

"홍, 새를 잡듯 나를 잡겠다고?"

강진은 그런 그들을 보고 코웃음을 쳤다.

"잡아봐라."

적에게 포위당하지만 않으면 얼마든지 거석 반대편으로 뛰어 도망갈 수 있다. 단지 이제는 함부로 뛰어내려 공격을 가하지 못할 뿐이다.

강진이 다시 거석 사이를 펄쩍 뛰어 이동하자 흑룡방 방도들은 하나같이 욕설을 퍼부었다. 강진은 날지만 그들은 개처럼 땅의 흙먼지를 마시며 뛰어야 했다.

"퍼져서 사방을 포위해! 어차피 저놈은 이곳 석마령에서 못 나간다. 서두르지 말고 살살 몰아붙여!"

제법 똑똑한 자가 있는 듯 크게 외쳤다.

옳은 소리다. 석마령 밖으로 나가면 타고 올라갈 거석이 없으니 강노에 당할 수밖에 없겠지.

강진은 속으로 그렇게 중얼거렸다. 그러면서도 다시 몇 번 위치를 바꿨다. 그리고는 때가 되었다 느끼곤 장대근에게 전음을 보냈다.

"대근아, 이제 네 차례다."

"옙!"

장대근은 기뻐 대답하며 바위 위에서 뛰어내렸다.

"가능하면 조용히 싸워라. 저들이 눈치 채는 게 조금이라도 늦도록."

"헤헤헤, 그러죠."

사람들의 이목은 강진에게 집중되어 있고, 그들은 강진에게 유인되어 장대근이 가장 치기 좋게 퍼져 있었다. 그리고 밤이었다.

퍼퍼퍽—

한 번 도를 휘두르니 세 명이 쓰러졌다. 마지막 한 명은 베인 게 아니라 돌아오는 도의 뒷면에 맞아 뼈가 부러졌다.

"커헉!"

"앗! 매복이다."

"조용히 좀 하라구!"

장대근은 적이 경고성을 발하자 안타깝게 외치며 미친 듯이 소림백근도를 휘둘렀다.

"홍의검협의 한패가 있다!"

"그놈부터 잡아!"

거석 위에 버티고 서 있는 홍의검협보다는 칼과 창의 날이 닿는 위치의 장대근이 그들에게는 쉬운 표적이었다. 하지만 그건 장대근도 마찬가지. 상대의 대부분이 장거리 무기를 들고 있는 상황에서 기습을 한 것이다.

"적의 기세가 무섭다. 암기를 던져!"

휘휘휘휙—

장대근을 향해 암기가 소나기처럼 쏟아졌다. 암기뿐만 아니라 강노의 철시도 상당수 섞여 있었다.

그러나 장대근은 그걸 무시하며 두 손으로 소림백근도를

잡고 근왕무적도법을 펼쳤다. 오늘을 위해 십 년간 뼈를 깎는 수련을 했다. 이제는 도의 산과 검의 숲을 지나도 두렵지 않다!

파파파팍—

암기와 철시는 장대근의 몸에 사정없이 적중되었다. 어두워서 정확한 사격을 할 수는 없었지만 장대근이 워낙 거구이고, 또 암기의 수도 많았다.

그런데 장대근의 몸에 적중된 암기들이 그의 살 속으로 파고들지 못하고 투두두둑 소리를 내며 그대로 땅에 떨어졌다. 심지어는 바위에도 박힌다는 강노의 철시 역시 마찬가지로 튕겨 버렸다.

어안이 벙벙한 흑룡방 방도들을 향해 장대근이 화난 목소리로 외쳤다.

"이놈들아! 따갑잖아!"

위이잉, 파파팍—

도광이 번뜩이니 사람이 두 동강이 난다. 피가 하늘로 솟아 안개처럼 퍼지니 달빛도 붉게 변한 듯했다.

"도검불침!"

그때서야 사람들은 장대근의 몸이 병기로는 상하게 할 수 없이 단단하다는 것을 깨달았다.

이때가 기회다! 강진 역시 적의 한가운데로 뛰어들며 반선반마검법을 시전하여 적을 가차없이 베기 시작했다.

"홍의검협도 내려왔다!"

"당황하지 말고 대처해라!"

"중병기를 써라! 저 거한은 내상을 입혀야 쓰러뜨릴 수 있다."

"장법에 능한 자는 과감히 나가 내가중수법을 사용해라!"

그 외침에 반응하듯 몇 명이 장대근의 앞으로 나섰다. 모두 범상치 않은 무위를 지닌 듯 운신이 날렵하고 몸에서 날카로운 기를 뿜어내고 있었다.

"쳐라!"

네 명이나 되는 고수 급이 일제히 장대근을 향해 달려들었다. 장대근은 그들에게서 느껴지는 압력에 짧게 기합을 지르며 근력에 힘을 더해 그중 한 명을 노렸다.

"합!"

퍽, 퍼퍼펑—

당한 자는 억울했다. 장대근이 다른 세 명의 공격을 그대로 몸으로 받으며 자신만 집중적으로 공격할 줄은 몰랐다. 그래서 그는 일 초 만에 목이 날아갔다.

당하지 않은 자는 황당했다. 분명히 내가중수법으로 장대근을 쳤는데, 오히려 그의 몸에서 더욱 강한 기운이 일어나 침투경을 되튕겼다.

발경만으로 몸에 적중된 세 명의 장력을 튕겨낼 수 있다
니? 거꾸로 그들이 장대근의 발경에 밀려 내상을 입고 뒤로
비틀비틀 물러났다.

"으으으, 이런 내공이 있다니!"

"으하하하, 이 도적놈들아. 내가 바로 소림의 장대근이다!
내공하면 소림인 거 몰랐냐?"

장대근은 크게 호통을 치며 백근도를 크게 횡으로 휘둘렀
다. 곧 남은 자들도 모두 정리되었다.

강진은 장대근처럼 무식하게 싸울 수는 없었지만 수법의
정묘함과 날카로움, 그리고 빠름으로 적을 착실하게 줄여 나
갔다. 일단 기세를 타고, 또 더 이상 힘과 절초를 아끼지 않으
니 그 위력이 무서웠다.

단 두 사람이 손을 쓰는데 백 명이 넘는 자들이 앞과 뒤로
공격을 당하는 것처럼 몰렸다.

*　　　*　　　*

"저쪽인 것 같군요."

진소군이 손가락으로 석마령 쪽을 가리켰다.

남궁도도 진소군의 말에 동의하며 뒤를 따르던 자들에게
말했다.

"형제들, 서두르자. 이미 싸움이 시작된 지 꽤 되었으니 더 이상 늦으면 홍의검협이 위험하다."

"옛."

남궁도는 고개를 돌려 진소군에게 말했다.

"진 소저의 도움으로 홍의검협을 빠르게 따라잡을 수 있었소. 하지만 이제는 우리만 갈 테니 진 소저는 따라오지 마시오."

진소군은 허리에 찬 두 자루의 검을 손으로 탁탁 치며 대답했다.

"저도 가겠어요."

"진 소저의 무공이 뛰어남은 보지 않아도 알 수 있지만 뒤에 타고 있는 수우 소저와 함께 싸움을 벌이기엔 무리가 있소."

"아!"

남궁도의 말대로다. 진소군과 함께 말을 타고 있는 수우는 무공이라고는 일초반식도 모르는 양가집 규수이니 싸움터 속으로 데려갈 수는 없다. 지금까지 오면서 발견한 혈흔만으로도 그녀는 겁에 질려 있는 것이다.

그들이 쫓아온 사람이 바로 홍의검협이 아니었다면 수우는 이미 이곳에 오는 것을 포기했을 것이다. 그러나 그녀는 벌벌 떨면서도 끝까지 따라오겠다고 고집을 부렸다.

“좋아요. 남궁 소협은 먼저 가세요. 저희는 조금 떨어져서 따라가겠어요.”

“좋은 의견이오. 그럼 먼저 가겠소.”

곧 남궁도 일행은 말을 달려 석마령의 입구 쪽으로 달려가기 시작했다.

진소군은 수우에게 말했다.

“각오는 되어 있지? 우리는 가능하면 그들이 싸우는 지역 안으로는 안 들어가겠지만 여차하면 말려들 수도 있어. 그리고 정말 위험에 빠지게 되면 난 너를 보호하기 힘들지도 몰라.”

수우는 잠시 망설이다 고개를 끄덕였다.

진소군은 한숨을 내쉬며 다시 말했다.

“왜 꼭 저곳으로 가려고 하지? 강 소협을 만나려면 싸움이 끝난 다음에라도 되잖아.”

“그럼 언니는요?”

“응? 나?”

진소군은 할 말이 없었다. 둘이 찾아다니던 강 소협이 같은 사람이라는 것과 그가 쫓기고 있다는 것을 알았을 때 둘은 열심히 강진의 행적을 찾았다.

그때만 해도 진소군보다는 수우가 열심이었고, 진소군은 수우의 재촉에 못 이기는 척 뒤를 추적했다. 그러나 막상 무림맹 사람들을 만나고 강진이 정말로 위험에 빠졌다는 소리를 들으니 진소군은 밤잠을 아끼며 말을 달렸다. 뒤에 매달린 수우가 힘이 들어 정신을 잃을 정도가 되어도 멈추지 않았다.

솔직히 말해서 진소군은 자신의 심정을 스스로도 알 수 없었다.

수우의 경우는 정말로 강진을 보고 싶어서 가출한 것이니 목표가 뚜렷한 셈이다. 하지만 진소군의 경우는 강진이 결혼을 했다는 말에 그를 잊으려 나선 길이건만 어느 순간부터 강진을 찾아다니고 있었다.

만났을 때 무슨 말을 해야 할지, 어떤 표정을 지어야 할지 고심하면서도 찾는 것을 멈추지 않았다.

"그래, 일단 가보자. 얼굴을 보면 답이 나오겠지."

고집을 부리는 수우의 심정을 알 것도 같았다. 진소군은 될 대로 되라는 심정으로 말을 몰기 시작했다.

*　　　*　　　*

단둘이 백 명의 무사들을 상대하는 것이 가능할까? 그것도 상대는 하나같이 만만치 않은 무공을 익히고, 군용무기를 들고 병진까지 익힌 자들이다.

처음에는 적의 앞뒤를 동시에 쳐서 순식간에 각각 십여 명이 넘는 적을 처치할 수 있었다. 그러나 곧 흑룡방 방도들은 진형을 짜고 강진과 장대근을 상대했다. 역시 병진의 위력은 대단했다.

거기에 엎친 데 덮친 격으로 외곽 쪽에서 수십여 명의 병력이 다시 유입해 들어왔다. 석마령의 경계선 쪽에 대기 병력이 있었던 것이다.

그 바람에 강진과 장대근은 포위되어 버렸다. 정확하게 말하면 지금까지 상대하고 있던 자들과 새로 온 자들 사이에 끼인 것이다.

"개미 떼 같은 놈들. 정말 많구나."

강진은 이를 갈며 중얼거렸다. 다시 그의 가슴속에 살형기가 형성되어 묵직하게 자리를 잡았다. 이제는 외곽에 있는 자들이 화살을 겨누고 있어 쉽게 위로 뛰어오를 수도 없다.

강진은 앞을 가로막는 자들을 가차없이 해치우며 맞은편에 있는 장대근에게 다가갔다. 장대근 역시 지금은 뭉쳐야 산다는 것을 아는지 소림백근도를 풍차처럼 휘두르며 강진 쪽으로 왔다.

곧 둘은 백 명이 넘는 적들의 한가운데에서 만났다.

"형, 적이 너무 많아요!"

"그래도 이미 절반은 해치웠다. 남은 것은 절반뿐이지."

"어, 그런가요? 헤헤헤."

장대근은 이 와중에도 웃었다. 그리고는 다시 기합을 지르며 적을 향해 도를 휘둘렀다. 무기가 다가오면 몸으로 막았다.

강진은 그런 장대근의 뒤에 섰다. 장대근이란 방패가 있으니 강진은 공격에만 전념할 수 있었다. 그와 같은 고수가 방어를 생각하지 않고 오직 검의 날카로움만 따지는 초식을 사용하니, 사방에 검광이 난무하고 검기가 충천하여 보는 사람의 간담을 서늘하게 만들었다.

방패와 창!

소림사를 나와 심양으로 가면서 둘이 매일같이 연습하던 합격진이 펼쳐졌다. 둘이 모이니 셋 이상의 위력이 발휘되었다.

"아아아악!"

흑룡방 방도들은 비명을 지르며 하나둘씩 차례로 쓰러져 갔다. 곧 그들은 두 사람에게 접근할 엄두도 내지 못하고 멀찌감치 물러서서 암기나 화살을 쏘았다. 혹은 긴 육간대창으로 그들의 접근을 막으려 할 뿐이었다.

"으으, 이대로 가다간 다 죽는다."

조장 중 한 명이 기가 질린 표정으로 중얼거렸다. 이미 그들의 마음속에 공포심이 스며들고 있었다.

그때 멀리서 북소리가 울려 퍼졌다.

둥, 둥, 둥, 둥—

흑룡방 방도들은 용기백배하여 크게 함성을 질렀다.

"당주께서 직접 나오신다!"

"거리를 두고 저놈들이 도망가지 못하게 막아라!"

강진은 검을 멈추고 북소리가 들리는 쪽을 보았다.

"흠, 이제야 우두머리가 등장하나 보군."

"어, 형, 그럼 흑룡방 방주가 나오는 건가요?"

"그건 아닌 것 같다. 당주라고 했으니 그 아래겠지."

"칫, 방주도 아닌 놈이 왜 북까지 울리며 나온대요?"

장대근은 꽤나 실망한 표정으로 투덜거렸다. 체력 소모가 큰 상태에서 강적을 맞이하는 상황인데도 긴장감이라고는 찾아볼 수 없는 모습이다.

"온다."

강진은 장대근의 말에 자신도 모르게 미소를 짓다가 어둠을 헤치고 다가오는 사람들을 발견했다.

전부 여덟 명이었는데, 그중 세 명이 앞에 서고 다섯 명은 그들을 호위하는 위치였다.

"으음."

강진은 상대가 만만치 않음을 느꼈다.

처음 그가 눈여겨본 사람은 전신에서 폭풍과도 같은 기세를 뿜어대는 인물이었다. 이처럼 강력한 기세는 강진이 그동안 싸워왔던 인물들 중에는 없었다. 무림에 나온 이후 만난

자 중 가장 강하다!

그런데 그들이 조금 더 다가오자 강진의 이목은 그 옆에 있는 자에게 쏠렸다. 검은 옷을 입은 장비 수염의 중년장한! 기세는 강하지 않았지만 그자에게는 말로 표현 못할 위험한 냄새가 풍겼다.

'고수다!'

강진은 흘러나오려는 신음성을 속으로 삼켰다. 저런 자가 당주라고? 도대체 흑룡방에는 얼마나 더 강한 고수가 있다는 거지?

강진은 장대근에게 살짝 전음을 보냈다.

"내가 신호하면 저 검은 옷을 입은 자를 합공하자. 단숨에 승부를 내지 못하면 우리에게 승산이 적다."

장대근도 마침 그 흑의인을 보고 있었는지 천천히 고개를 끄덕였다.

강진은 몸 안으로 기운을 갈무리한 채 상대가 눈치 채지 못하도록 살형기를 끌어올렸다. 단전에 남아 있는 대무심공이 모두 명문혈 근처까지 올라와 부글부글 끓어올랐다.

강진의 의식이 점점 살기로 인해 흐려졌다. 그는 지금 스스로 감당하기 어려울 정도까지 살형기를 끌어올리고 있었다. 이럴 경우 강기를 발출해도 살기가 사라지지 않고 강진의 이성을 먹어버릴 가능성이 큰데, 그걸 각오했다.

그래도 이럴 때 적을 단숨에 처치할 수법을 지니고 있다는 것이 어디인가? 비록 그 이후 어떤 처지에 빠지더라도, 끝내 살기를 이기지 못하고 광인이 되더라도 그냥 당하는 것보다는 낫다.

드드드드—

몸이 가늘게 떨렸다. 억지로 갈무리했던 살기가 몸에서 스멀스멀 기어나왔다. 아직은 강렬하지 않았지만 그만큼 진했다.

옆에 있는 장대근은 강진의 상태가 심상치 않음을 느꼈지만 대적이 앞에 있는 상태라 딱히 다른 말을 하지는 않았다.

그들이 점점 가까이 다가올수록 강진은 뭔가 이상하다는 생각이 들었다. 엄청난 존재감을 가지고 다가드는 흑의인에게 위압적인 느낌을 받는 것은 당연하다. 그런데 막상 몸에서 전달하는 경고는 위협적이질 않다.

'적대감이 느껴지지 않는다?

살형기를 모아놓은 상태라면 당연히 상대를 향해 뻗어나가야 할 살기가 마치 주눅이 든 것처럼 미적거리고 있다. 더군다나 저 정도의 적이라면 마땅히 자연스레 온몸에서 전해져야 할 느낌이 없다.

"형?"

장대근의 음성에서 불안함이 느껴졌다. 흑의인의 기운은

장대근으로서는 난생처음 막연히 느끼는 절대적인 그 무엇이
었다. 마치 오를 수 없는 까마득한 절벽을 올려다보는 느낌.
강진과 함께라면 세상에 무서울 것이 없다고 믿고 따랐던 장
대근으로서는 이러한 감정 자체가 생소했기에 더욱 불안할
수밖에 없었다.

강진은 안력을 끌어올려 다시 상대방 쪽을 자세히 보기 시
작했다. 흑의인으로부터 다른 단서를 찾지 못했기에 다른 두
사람에게 시선을 돌려 유심히 살펴보았다. 곧 그의 시선은 흑
의인 옆에서 걸어오는 흰옷의 여인에게 고정되어 한동안 움
직이지 않았다.

"아!"

강진은 자신도 모르게 탄성인지 탄식인지 알 수 없는 말을
내뱉었다. 강진이 내지른 소리에 장대근은 어리둥절한 표정
이 되었다. 장대근은 강진의 얼굴을 보고는 그의 시선을 따라
열심히 상대를 살피기 시작했다.

한동안 여인에게서 시선을 떼지 못하던 강진의 시선이 다
시 흑의인을 향했다. 다음 순간 장대근은 강진에게서 흘러나
오던 불길하고 음습한 기운이 한순간에 사그라드는 것을 느
낄 수 있었다.

천변도 사사붕은 이제 홍의검협의 얼굴을 분명히 볼 수 있
었다. 그리고 속으로 쾌재를 불렀다. 적의 눈동자가 끊임없이

흔들리는 것이 전의라고는 찾아볼 수 없지 않은가?

삼 장 거리를 두고 멈춰 서서 보니 어느새 홍의검협은 자세를 바로하고 이쪽을 똑바로 보고 있었다. 흔들리던 눈동자는 고요히 가라앉아 있었지만 천변도 사사붕은 그것이 억지로 꾸며낸 것이라 생각했다.

'제법이군. 이 상황에서 침착함을 되찾다니! 그러나 이미 나는 너의 약한 면을 보았단 말이다. 흐흐흐.'

여기까지 생각한 천변도 사사붕은 한껏 위엄있는 표정을 지으며 목소리에 힘을 더해 말했다.

"네놈들 때문에 우리 흑룡방 전사당은 큰 피해를 입었다. 함정을 파고도 태반이나 가까운 인원이 죽다니, 이겨도 진 것이나 다름없다. 내 네놈들의 머리를 소금에 절여 흑룡왕께 사죄를 하러 가겠다."

그의 말이 끝나기도 전에 강진은 허리를 굽혀 앞을 향해 정중히 인사를 올렸다. 그 모습에 더욱 기분이 좋아진 천변도 사사붕이 의기양양하게 외쳤다.

"목숨을 구걸해도 이미 늦었……."

그의 말이 끝나기도 전에 허리를 편 강진의 입이 열렸다.

"사부님, 나오셨습니까."

"잉? 사부… 님?"

강진의 시선을 따라가던 사사붕은 고개를 돌려 옆에 있는 흑풍을 보았다.

순간 흑풍의 손이 묘한 곡선을 그리며 위로 올라갔다. 사사붕이 고개를 돌리는 것과 거의 동시였고, 시선은 여전히 강진을 보고 있었다.

빡—

서당에서 훈장이 조는 아이를 때려 깨우듯, 흑풍의 손바닥이 사사붕의 뒤통수를 때렸다.

그러자 사사붕의 두 눈이 툭 하고 튀어나오며 그의 몸이 붕 떠서 바닥에 처박혔다.

사지를 큰대 자로 뻗은 채 머리부터 땅에 박힌 사사붕은 곧 몸을 부르르 한차례 떨고는 움직임을 멈췄다.

땅에 떨어지며 코를 부딪친 듯 코에서 피가 흘러나와 땅을 흥건하게 적셨다.

사사붕이 어디 가서도 암습에 당할 정도의 수준은 아니나 상대가 나빴다. 적포천존의 바로 옆에 서 있었다는 것 자체가 이미 그의 목숨에 대한 권한이 그에게서 떠났다는 것을 의미했다.

"앗! 저런!"

흑룡방 방도들은 너무 놀라 어떻게 대응을 해야 할지 알지 못했다. 그저 놀람의 탄성을 지를 뿐이다.

적포천존은 오만한 시선으로 그들을 한번 스윽 둘러보았

다. 개구리를 보는 뱀의 시선이 이럴까? 밤인데도 적포천존
의 빛나는 안광은 사람들의 몸을 굳게 만들었다.

적포천존은 킁, 하고 코웃음을 한 번 치고는 천천히 품속에
서 하나의 물건을 꺼냈다. 그것은 너비가 한 자 정도 되는 두
루마리였다.

좌악―

적포천존은 두루마리를 펴서 강진이 볼 수 있도록 내밀었
다.

"봤냐?"

강진은 대답했다.

"봤습니다."

"어떻게 생각하냐?"

강진은 무릎을 꿇고 적포천존에게 절을 했다.

"최고이십니다. 제자는 감복했습니다."

이것은 제자로서 하는 절이 아니다. 강진은 두루마리에 찍
혀 있는 탁본을 보고 적포천존이 드디어 계곡의 빙어를 낚는
데 성공했다는 것을 알았다. 그렇다면 이제 적포천존의 낚시
실력은 청출어람하여 강진을 넘어섰다고 봐야 한다. 강진은
절을 함으로써 그걸 인정했다.

적포천존은 그런 강진의 모습을 보고 껄껄 웃으며 말했다.

"너도 노력하면 나처럼 될 수 있다."

　노력하면 나처럼 될 수 있다.

　강진은 그 말을 입 속에 되뇌었다. 그리고는 다시 적포천존에게 말했다.

　"제자는 아직 멀었습니다."

　"껄껄껄, 힘들더라도 포기하지 말아야 한다. 희망이라도 가져야 발전이 있는 법이다."

　적포천존은 다시 품속에서 하나의 물건을 꺼내 강진에게 툭 하고 던졌다.

　"빙어의 내단이다. 그거라도 먹고 힘내라."

　자랑할 것은 다 했고, 선물도 주었다. 적포천존은 자기 볼일은 끝났다는 듯 몸을 돌리며 말했다.

　"빨리 정리해라. 저쪽에 숨어서 보고 있는 놈들도 도와줄 것 같으니 싱겁게 끝나겠구나."

　강진이 고개를 돌려 외곽 쪽을 보니 과연 말을 탄 무인 십여 명이 이쪽 상황을 살피고 있는 것이 보였다. 몸에서 느껴지는 정기로 보건대 정파의 무인들인 것 같았다.

　강진은 몸을 일으켜 장대근에게 말했다.

　"정리하자."

　"그러죠. 근데 저분이 정말 적……."

　장대근은 강진이 손짓으로 만류하는 것을 보고 얼른 입을 다물었다. 강진은 미소를 지으며 낮은 목소리로 말했다.

"사부님 함자는 함부로 말하지 않는 거다."

장대근은 얼른 고개를 끄덕였다. 적으로 생각하고 적포천존을 보았을 때 느꼈던 위압감이 그의 말을 저절로 줄여주었다. 그나마 강진이 전음으로 알려주지 않았다면 벌써 실수를 했을지도 모른다. 거기에 안 그래도 좋아했던 설옥의 아름다워진 모습을 확인한 후라 벌어진 입이 다물어지지 않을 정도였다.

강진의 시선은 언제부터인가 설옥을 떠나지 않고 있었다. 설옥 또한 함부로 나설 수 없는지라 눈빛에만 마음을 실어 보냈다. 둥그렇게 뜬 눈으로 둘의 모습을 살피던 장대근이 씨익 웃으며 강진의 등을 툭툭 쳤다.

"형, 어서 정리하고 설옥 누이와 이야기나 나누죠."

아직 장내에는 백여 명의 적이 있다. 그러나 지금 이 순간 강진과 장대근은 그들을 정리하다 남은 휴지 조각처럼 이야기했다. 허세가 아니라 왠지 모르게 그런 기분이 들었다.

곧 싸움이 다시 시작되었다. 강진과 장대근이 힘을 합쳐 싸우고, 외곽 쪽에서 남궁도가 이끄는 무인들 십여 명이 가세하자 흑룡방도들은 속수무책으로 무너졌다. 당주와 부당주가 모두 죽고, 조장들도 대부분 죽은 상황인지라 이 사태를 수습할 인재가 없었다.

적포천존은 머뭇거리는 설옥을 데리고 아예 싸움터에서 벗어나 석마령 외곽까지 물러났다.

　수많은 적들 사이에 강진과 장대근을 남겨놓고 억지로 적포천존을 따라가야 했던 설옥은 걱정이 가득한 표정으로 물었다.

　"사부님, 우리는 안 돕나요?"

　설옥의 생각에 적포천존만 나서면 바로 싸움이 끝날 것은 당연한 일이다. 이 천하무적의 사부는 안 싸워도 될 것 같은 상황에서는 싸우더니 이렇게 제자가, 자신의 남편이 목숨을 걸고 싸울 때에는 뒤로 빠진다.

　적포천존은 말했다.

　"제일 센 놈 하나 처리해 줬으면 됐지, 뭘 또 손을 쓰나? 원래 제자가 나섰을 때에 사부는 뒷짐 지고 구경이나 하는 거다."

　"예……."

　원래 그런 법이 어딨어요? 라는 말은 머릿속에서만 맴돌았다. 적포천존의 '원래'는 다른 이들의 '원래'와는 다르다. 그래도 크게 반박할 수 없는 것은 설옥 자신도 훨씬 덜하기는 하지만 이와 비슷한 상황에 많이 처해보았기 때문이다. 만약 정말 위험하다면 팔짱만 끼고 있을 분은 아니라는 믿음이 있었다.

　죽지는 않는다 해도 죽을 고생을 할 수는 있다. 설옥은 안력을 최대한 동원하여 상황을 보려고 애를 썼다.

　철면피 신공 또한 천하제일인 적포천존도 설옥의 애타하는 모습이 조금 안되어 보였는지 결국 입을 열었다.

　"염려 마라. 내가 보기에 저 두 녀석이 같이 있는 한 절대 쉽게 당하지 않을 테니. 신승영감이 애 하나는 제대로 단단하게 만들어놨구나."

설옥은 적포천존이 오랜만에 만난 동생을 칭찬하니 상당히 기분이 좋았다.

"대근이가 그렇게 강한가요?"

"아주 소림사답게 강하다. 클클클."

둘이 그렇게 담화를 나누는 사이에도 강진과 장대근은 흑룡방 방도들과 사력을 다해 싸우고 있었다.

『적포용왕』 4권에 계속…

✤읽거나 말거나✤

적포천존, 넘을 수 없는 벽인가. ㅜㅜ
원래 이 소설이 적포깽판 땜에 쓰기 시작한 거지만, 포～스가 너무 강하네요. 덕분에 강진이 바닥을 박박 긴다는… 그래도 뭐, 갈 데까지 가보는 겁니다. 다음 권에서도 역시 깽판천하겠지요.

외전

문철

“도(道)를 아는가?”

황제는 도(道)에 심취하여 신선이 되고 싶었다.

쾌락은 순간일 뿐, 사람은 언젠가는 늙어 흙으로 돌아간다.

영생은 없는 것인가?

끼니 때마다 올라오는 산해진미와 미주는 더 이상 황제에게 기쁨을 주지 못했다. 아리따운 비빈들의 애교도 그의 욕망을 불러일으키질 못했다.

황제는 거의 밤마다 자신이 늙어서 제대로 걷지도 못한 채 중풍에 걸려 괴로워하는 꿈을 꾸었다.

이 정도면 심하게 중증이라 할 만하다.

어느 날, 태사 엄숭이 황제에게 한 명의 도인을 천거했다. 호풍환우를 가능케 하고, 이미 불노불사를 이루어 신선이 되었다고 했다.

그 도인이 정말로 신통력을 지녔는지는 모르나, 그 재간이 작지 않은 것만큼은 확실하다.

황제를 혹하게 만들 수 있었으니까. 황제의 스승이 될 수 있었으니까.

도인은 황제에게 말했다.

"나무를 깎아 만든 목편으로 수련실을 짓되, 벽이 세 겹으로 되어 있어야 합니다. 수련실은 창문이 없고, 단지 문 하나와 천장 한가운데에 달의 기운을 받을 수 있는 한 자 너비의 구멍이 뚫려 있으면 됩니다. 흙을 발라서는 안 되고, 쇠로 된 못을 쓰는 것도 좋지 않습니다. 바닥 역시 목편을 깔아 땅의 기운이 올라오지 못하게 해야 합니다. 금(金)기와 토(土)기, 그리고 화(火)기는 멀리해야 할 기운입니다. 여기 제가 지닌 건축도가 있으니 이대로 지으십시오."

목(木)은 곧 생명을 의미한다. 수(水)는 목을 크게 보하는 성질이 있다. 도인은 황제에게 나무가 되라고 했다.

"수련실이 완성되면 그 안에 들어가서서 정식으로 선도를 수련해야 합니다. 힘든 수련입니다. 잠을 잘 때 이불을 덮을 수 없고 불에 익히지 않은 음식만을 먹는 것입니다."

"짐은 그렇게 하겠다. 육체의 고통은 선도를 이루기 위해서라면 능히 참을 수 있다."

"참으로 훌륭하십니다. 원래 황실의 피를 이은 사람이 선도에 귀의하는 것은 다른 사람보다 백배나 되는 결심이 필요하지만, 반면에 그 도도 백배나 빠르게 쌓이는 법입니다. 황상께서는 틀림없이 대각(大覺)하여 등선의 길을 여실 것입니다."

"짐은 꼭 이룰 것이다!"

황제는 그 말 그대로 행했다. 나무벽이 세 겹으로 쳐진 집 안에 들어가 하루 두 번 도인이 직접 가져다주는 선식(仙食)만으로 생활을 했다.

하루 종일 목실에 틀어박혀 있어야 하니 자연 조정에 나갈 수 없다. 그러자 대신들이 찾아와 국사를 물었다.

황제는 그게 귀찮았다. 도인도 좋지 않은 표정을 지으며 황제에게 충고했다.

"선도를 쌓으려는 사람은 속기를 지닌 범인과 접촉하면 안 됩니다. 일 년을 애써 수련해도 사람과 한 번 접촉하면 태반은 헛된 공부가 되는 법입니다. 하물며 세속의 복잡한 일에 관여를 하면 절대로 선도를 이룰 수 없습니다."

"그럼 어떻게 하면 되는가?"

"역시 황상께서는 선도를 이루시기 어렵겠습니다. 저는 이만 봉래산으로 돌아가도록 하겠습니다."

"아니다! 나는 꼭 이루고 말겠다!"

범인과 접촉을 하면 선기가 손상된다는 말에 황제의 측근으로 시중을 드는 내시들이나 황후, 심지어는 태자조차 만나지 않았다. 또한 칙명을 내려 자기에게 국사를 묻는 사람은 반역죄로 다스리겠다고 선포했다.

도인은 황제의 각오가 대단함을 알고 봉래산으로 돌아가지 않았다.

그리하여 황제는 모든 것을 포기하고 오로지 나무바닥에서 이불 없이 잠을 자며 익히지 않은 음식을 먹는 고행의 길을 얻었다.

이거야말로 '사서 고생' 의 진수라 할 만하지 않은가? 그래도 정작 황제 자신은 행복한 모양인지 점점 열과 성을 다해 수련에 몰입했다.

황제가 신선이 되든 말든 나랏일은 쉬지 않고 돌아간다.

황제를 대신해서 국사를 돌보게 된 것은 바로 도인을 추천한 태사 엄숭이었다.

엄숭은 매일같이 조정에 나가 대신들과 여러 가지 정책을 세워 도인에게 건넸다. 그러면 도인은 그것을 황제에게 전했다.

황제는 그 서류를 읽었다가는 선기가 손상될까 두려워 절대 읽지 않고, 그냥 옥쇄로 도장만 찍고는 수결을 써 넣을 뿐이다.

이렇듯 엄숭은 크고 작은 국사를 비롯해 심지어 황족의 혼인 문제까지 모두 황제를 대신해서 결정할 수 있게 되었다. 명의 천하가 열린 이래 항상 권력의 중심에 서 있었던 내시들도 이번에는 꼼짝없이 엄숭에게 굴복했다.

엄씨천하!

이제 세상은 주씨가 아닌 엄씨의 것이나 마찬가지였다.

＊　　　＊　　　＊

서생이 조정에 나가 벼슬을 하는 가장 확실한 길은 바로 과거에 급제하는 것이다.

기본적으로 일반 과거는 지방마다 따로 치르는 데 거의 매년 열린다. 그리고 고급문관을 뽑는 대과는 북경에서 삼 년에 한 번 열리게 되어 있는데, 이때 지방 과거에 급제한 사람은 예선 시험을 면제받을 수 있다.

문제는 세상이 어수선하니 줄 없고 뒷배경 없으면 돈이라도 있어야 겨우 지방 과거의 급제자 발표란에 이름을 새길 가능성이 조금이라도 생긴다는 점이다. 하물며 대과는 그야말로 용호상쟁, 별들의 전쟁 등의 표현이 어울리는 힘과 힘의 결전장이다.

그러나 어느 시대에도 강직한 사람이 있는 법. 몇 대를 이어가며 계속해서 한림원 학사를 배출한 가문의 가주쯤 되면 자신의 자존심과 양심에 많은 무게를 두게 된다.

한림원 원주인 고징이 바로 그러한 사람이었다. 그는 이번 대과의 장원을 생전 듣도 보도 못한 한 서생으로 결정했다.

"시문은 이백의 환생이요, 필체는 왕희지라. 그러나 그중 최고를 고르라면 바로 정견란의 답에 적은 식견이오. 사람의 눈을 번쩍 뜨이게 하고 조목조목이 모두 급소를 찌르니, 본인은 그의 의견에 단 한 마디의 결점도 찾지 못하겠소이다. 모든 것이 완벽하니 천재 중의 천재라, 대명을 빛내고 역사에 이름이 남을 대학사의 재질이오."

고징은 조정의 실권을 쥐고 있는 엄숭에게 가 그렇게 말했다.

엄숭은 결코 상대를 가리지 않고 권력을 남용하는 바보가 아니다. 대우를 해줄 사람에게는 해준다.

그에게 척을 지지만 않으면 극단적인 방법까지는 쓰지 않는 것이다. 반면 일단 찍으면 수단과 방법을 가리지 않고 끝을 보는데, 방법이 기기묘묘해서 도저히 막을 수 없고, 또 도중에 어중간하게 멈추는 법도 없었다.

한림원주 고징의 경우 엄숭에게 비굴하게 허리를 굽히고

꼬리를 흔들지는 않았지만 딱히 그의 권력에 도전하지도 않았다. 그리고 엄숭이 청탁하는 사람들을 급제시키는 것도 마다하지 않았다.

"허허허, 한림원주가 그렇게 극찬을 한다면 본인도 황상께 적극 추천하겠소."

어차피 올해는 꼭 장원급제를 시켜야 할 사람이 있는 것도 아니다. 그리고 이건 일석이조다. 어찌 됐든 한림원주의 부탁을 들어주는 셈이 되고, 또 젊은 인재를 추천받았으니 잘 끌어들여 자기 사람으로 만들면 된다.

엄숭은 웃는 얼굴로 한림원주 고징과 헤어졌다.

그렇게 올해의 대과는 무명의 학사를 장원으로 발표하여 일대파란을 일으켰다.

장원급제자의 이름은 바로 문철, 자는 해원(解願)이라 했다.

장원급제자는 삼 일 동안 북경의 거리를 행진하게 되어 있다. 그 기간 동안 북경에는 축제가 벌어지게 되는 것이다. 그리고 다시 삼 일 동안 장원급제자에게 조정의 의복과 규범에 대한 책자를 주고 벼슬을 할 준비를 시킨다.

그사이 한림원주를 비롯해 조정의 중신들이 급제자의 벼슬과 배속을 결정한다.

그런데 축제의 마지막 날, 문철은 아무도 몰래 한림원주 고징의 집에 찾아왔다.

그것도 정문이 아니라 후문의 비밀 자물쇠를 열고 집 안에 있는 가산에 올랐다. 북경에서도 첫째 둘째가는 명문가의 가산답게 상당히 크면서도 나무 한 그루, 돌 조각 하나가 모두 운치있게 배치되어 있었다.

문철은 그중 한곳으로 가 바위와 소나무가 같이 붙어 있는 사이를 뒤졌다. 그곳에는 청동으로 된 하나의 피리가 숨겨져 있었다.

부웅, 부웅―

마치 부엉이가 우는 듯한 소리다. 이건 강호의 비밀 방파들이 신호를 보내는 방법인데 어찌 한림학사의 집에 이런 피리가 있단 말인가?

잠시 후, 후원의 한 건물에서 누군가가 걸어나왔다. 한 사람이 아니라 두 사람인데, 그중 한 명은 등불을 든 거한으로 상당한 무공 수련을 쌓은 자 같았다. 그리고 다른 한 사람은 바로 한림원 주고징이었다.

문철은 고징을 보자 무릎을 꿇고 절을 하며 말했다.

"뒤늦게 사조님께 인사드립니다. 제가 바로 문병도의 아들 문철입니다."

"허어, 누가 자정에 피리를 부나 했더니 제자의 아들이라니! 어디서 본 듯한 느낌이 든다 했더니 너였구나. 소식이 끊겨 죽은 줄 알았는데 이렇게 살아 있으니 틀림없이 네 부모의 음덕이 너를 구한 것이다.”

“사조님께서 저를 구하신 것은 노복에게서 들었습니다. 목숨을 구해주신 은덕, 정말 망극합니다.”

“일어나거라.”

고징은 두 손으로 문철의 몸을 잡아 일으켰다. 문철은 이에 거스르지 않고 일어나 다시 한 번 허리를 굽혀 인사를 했다.

곧 두 사람은 소나무 그루터기에 앉아 그동안 쌓인 이야기를 나누었다. 고징의 하인이자 호위무사인 거한은 혹시라도 누가 그들을 발견할까 봐 주변을 살폈다.

“그런데 너는 왜 대과 전에 나를 찾지 않았느냐? 난 너를 장원으로 지목하면서도 네가 병도의 아들인지 꿈에도 몰랐다.”

“사람보다 글을 먼저 보이고 싶었습니다.”

“허, 너는 아직 너무 젊구나. 그리고 조정의 일에 대해 알지 못한다. 네가 어떤 학당에도 속하지 않고 대과에 응시를 했는데, 그런 경우 예시를 통과하는 것도 극히 드문 일이다. 답의 우열을 떠나 시험관이 아예 보지도 않고 구겨 버리는 경우가 대부분이다.”

“사람은 나아갈 때와 물러날 때를 알아야 비로소 우둔하지 않고, 인연이 없으면 욕심을 버려야 편하다 했습니다. 만약 사조님의 말씀처럼 시험관이 아예 답을 보지 않는다면, 삼 년 뒤에 다시 응시하면 그뿐입니다. 사실 전 이번에 세 번째 응시입니다. 첫 시험을 치르고 구 년이 흘렀는데, 이번에 처음으로 예시에 붙어 본시를 치른 것입니다."

대과는 십육 세 이상의 학사가 응시할 수 있다. 문철이 십육 세가 되던 해에 마침 대과가 열렸는데, 그만 떨어져 버렸다. 그때에는 상당한 충격을 받았는지 지금은 사조에게 말한 것처럼 물이 흐르듯 아무런 느낌도 없다. 이번에 떨어졌으면 삼 년 뒤에 다시 응시를 했을 것이다.

그러니까 삼분의 일 확률로 시험관이 문철의 답안지를 그냥 버리지 않고 보았다가 합격을 시켰다는 소리다.

"그랬느냐. 후우, 장원급제자의 답안지가 세 번이나 예시에서 떨어지다니 세상이 이렇게 썩었구나."

"사손은 세상을 원망하지 않습니다. 악인을 미워할 뿐입니다."

"그래, 그렇지."

고징은 다시 한숨을 내쉬었다. 그러고 보니 문철의 부친인 문병도는 강직한 성품의 사람으로 황제에게 자주 상소문을 올렸다가 결국 엄숭의 모함에 걸려 삭탈관직되었다. 그리고 일가족과 함께 낙향을 하다 강도를 만나 해를 당했다.

그러나 문병도는 낙향을 하기 전 안 좋은 예감이 들었는지 사부인 고징을 찾아와 자신의 갓난아이를 부탁했다. 평생 고향에 돌아가 향사로 지내고 두 번 다시 북경에 오지 않겠다는 사람이 자신의 유일한 혈육을 남에게 맡기니 이미 죽을 줄 알았다는 소리다.

고징은 문병도의 죽음이 확인되자 즉시 사람을 하나 사서 문철을 맡겼다. 문철의 원래 이름은 따로 있었는데, 그건 버렸다. 다행히 아들을 숨긴 사실은 들키지 않은 듯하니 전혀 새로운 사람이 되어야 살아남을 수 있었다.

그런데 그 뒤로 전혀 소식이 없어서 죽은 줄 알았다.

고징은 제자의 억울한 죽음을 안타까워했지만 엄숭에게는 전혀 그런 티를 내지 않았다. 다른 제자들도 많고, 또 가문의 일족도 보호해야 했다.

그 후 이십 년 동안 고징은 엄숭에게 소극적이지만 협조를 했고, 엄숭도 그때의 일은 고징에게 따지지 않았다.

사실 그렇게 무모하게 항소를 올리는 자는 제거할 수밖에 없고, 그런 자를 비호하면 역시 같이 처리해야 한다. 그런데 고증 정도 되면 그렇게 쉽게 죄를 뒤집어씌우거나 비밀리에 죽일 수도 없으니 엄숭도 적당한 수준에서 한발 물러난 것이다.

고징은 한편으로는 기뻐하고, 또 한편으로는 문철의 장래를 걱정해 연신 한숨을 내쉬었다.

"앞으로 어떻게 할 생각이냐? 난 네가 너인 줄 모르고 엄숭에게 널 천거했다. 비록 간신의 밑에서라도 너 같은 인재가 성장하여 대명을 지탱하기를 바랐다."

"사조님의 뜻에는 감사드립니다. 하지만 저는 하늘이 무너져도 엄숭을 위해서는 일을 할 수 없습니다."

문철은 굳은 얼굴로 말했다.

사실 그는 평생 벼슬길에 나서지 않을 생각이었다. 그런데 유일한 친우인 강진에게 자극받아 죽이 되든 밥이 되든 자신의 능력을 시험해 보기로 결심하고 북경에 올라왔던 것이다.

결국 대과에 장원으로 급제를 했지만, 여전히 엄숭의 그늘은 조정에 넓게 드리워져 있으니 빠져나갈 길이 보이지 않았다.

본심을 숨기고 그의 밑에서 일하며 기회를 노릴 수도 있다. 하지만 문철은 그런 짓은 하지 않기로 결심했다. 사람을 속이고 간자 노릇을 하며 배신을 준비하는 것은 그가 익힌 학문의 가르침에 어긋나는 것이다. 어떤 어려움이 있어도 당당하게 정면으로 맞서야 한다.

이렇게 되니 믿을 사람은 사조인 고징뿐이다. 문철은 솔직하게 자신의 심정을 고징에게 털어놓았다.

"사조님, 저에게 길을 열어주십시오."

문철이 무릎을 꿇고 땅에 머리를 댔다. 대례를 하며 간청하는 사손의 모습에 고징은 고개를 들어 달을 보았다.

잠시 후, 고징은 말했다.

"난 이미 늙었다. 이제는 후학을 양성할 기력도 남아 있지 않구나. 이제는 따뜻한 남쪽 지방으로 가서 여생을 보내고 싶다."

"……."

"내일 내가 엄숭에게 말하겠다. 그리고 너를 마지막 제자로 받아들여 가르치겠다고 간청을 하면 그가 들어줄 거다. 나와 함께 남경으로 가자."

"사조님!"

문철은 놀라서 외쳤다. 한림원주인 고징이 관직을 나라에 반납하고 남경으로 가겠다니! 그것은 너무나도 큰일이다. 그는 감히 찬성할 수 없었다.

고징이 말했다.

"난 네 부친의 죽음을 막지 못했다. 아니, 처음 엄숭이 병도에게 죄를 만들어 붙일 때, 그걸 알면서도 참견하지 않았지. 만약 막았다면 병도 한 명이 아닌 적어도 수십 명에서 수백 명이 참화를 당하게 될 거라고 판단했으니까. 지금도 그 결정은 틀리지 않았다고 생각하지만 죽어서도 병도를 볼 면목이 없구나."

“아닙니다. 부친께서는 사조님의 심정을 이해하실 것입니다.”

“그래, 그러니 나와 같이 가자. 남경은 아직 엄숭의 손이 완전히 미치지 않는다. 그곳이라면 네가 뻗어나갈 길이 있을 거다. 또 엄숭도 이 일에 대해서 반대하지는 않을 거다. 차대 한림원주를 그의 사람으로 채울 수 있을 테니까 말이다.”

“사조님…….”

“어차피 나도 더 이상 이곳에서 할 일이 없다. 이미 북경은 엄숭의 천하다. 한림원주가 그의 사람이든 아니든 마찬가지이니 남경에서 때를 기다리면 틀림없이 기회가 올 것이다.”

고징의 눈이 고집스럽게 빛났다. 젊은 학사들보다 훨씬 강렬한 눈빛이었다. 그걸 본 문철은 사조가 굳은 결심을 했다는 것을 알았다. 아직 사조는 포기하지 않고 있다!

“알겠습니다. 제가 꼭 사조님을 모시고 길을 열어 보이겠습니다.”

“그래, 어떤 경우에도 절망할 필요가 없다. 가자꾸나.”

고징의 말에 문철은 다시 허리를 굽혀 정중히 대답했다. 사조와 사손의 눈빛은 똑같이 집념으로 불타고 있었다.

문철은 속으로 중얼거렸다.

'강진, 너와 헤어진 지 십 년도 넘는 세월이 흘렀지만 여전히 너는 나의 경쟁 상대다. 너라면 틀림없이 방법을 강구해서

적절한 길을 열었겠지. 네가 할 수 있으면 나도 한다. 꼭 남경에서 엄숭을 상대할 방법을 찾아내겠다.'

언제부터인가 문철은 어려운 일이 닥칠 때마다 '이럴 때 강진이라면' 하고 생각하는 습성이 생겼다. 그의 마음속에 강진은 '무소부지'는 아닐지 몰라도 '무소불위'의 능력을 지닌 것으로 각인된 상태다. 강진이야말로 만 리를 떨어져 있어도 문철을 쉬지 않고 단련시키는 최고의 '채찍'이었다.

강진 역시 어릴 적의 힘든 생활고 중에서도, 또 절문비곡에서의 무공 수련 중에도 항상 스스로 일정 이상의 학문을 했다. 그것은 문철을 의식해서라 할 수 있다.

둘은 서로가 서로의 스승이나 마찬가지였다.

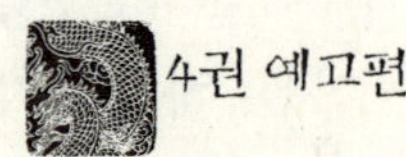

"그자가 감히!"

"아무리 홍의검협의 사부라 해도 그런 듣도 보도 못한 사파의 나부랭이를 그냥 놔두란 말이오!"

사람들의 불만이 극에 달했다. 하기야 흑풍의 만행은 자존심이 있는 정파의 무인들이라면 참을 수 없는 지독함이 있다.

하지만…….

소림방장 일엽 대사는 한숨을 내쉬며 말했다.

"빈승이 어째서 이런 심야에 조용히 그대들을 불렀는지 혹시 짐작하는 바 있소?"

“험, 그건 무슨 이유입니까?”

“이건 대외비이니 절대 다른 사람들의 귀에 들어가서는 안 되오. 단지 빈승은 혹시라도 불의의 사고가 터지는 것을 미연에 방지하려는 것이오.”

“무슨 심각한 비밀이기에 그렇게까지 조심하시는 겁니까?”

“그러니까……”

일엽 대사는 차마 입으로 소리 내어 말하지 못하고 한 사람 한 사람마다 전음을 보냈다.

전음을 들은 자들의 표정 변화는 정말 돈을 주고도 보기 힘들 정도로 기괴막측했다.

이윽고 모든 사람들이 일엽 대사의 비밀을 공유하게 되었다. 그들은 하나같이 입을 다물고 고개를 숙였다.

‘이건 재앙이다. 흑룡방보다 더한 재앙이다!’

‘나이 칠십이 넘어 은퇴한 자가 반로환동했다고? 그럼 앞으로 얼마를 더 산다는 거지?’

절망, 좌절, 그리고 공포.

사람들은 지금까지 자신들이 얼마나 위험한 짓을 하고 있었는지를 비로소 깨달았다.

일엽 대사는 조용히 자리에서 일어나며 말했다.

“이후에는 알아서들 하실 것이라 믿겠소이다. 아미타불.”

“…….”

침묵은 곧 긍정이다.

CHARM MASTER

참마스터

눈매 퓨전 판타지 소설

부적(Charm)이란

만드는 자의 정성, 만드는 자의 능력, 받는 자의 믿음,
이 세 가지가 충족되어야 최고의 힘을 발휘한다.

이계에서 넘어온 영환도사의 후손 진월랑!
아르젠 제국의 일등 개국 공신 가문이었던 이계인 가문, 진가가 하루아침에 몰락했다.
그것도 가장 믿었던 사람으로 인해.

홀로 살아남은 어린 월랑은 하루하루 생존 게임이 벌어지는
살인자들의 섬으로 보내지는데……

**독과 부적의 힘을 손에 넣은 진월랑!
그가 피바람을 몰고 육지로 돌아온다.**

유행이 아닌 자유추구 –
WWW.chungeoram.com

Book Publishing CHUNGEORAM

청운하 新무협 판타지 소설

백팔번뇌

百八煩惱

세상은 날 버렸다,
나 또한 세상을 버렸다.

神이 선택한 그들이 흘린 쓰레기를…
난 그저 주워 먹었을 뿐이다.
그러므로 난 여전히 배가 고프다.

일류(一流)가 되기 위해서라면…
난 기꺼이 신마저 집어삼킬 것이다.